Hagen

Marie Malcovati

Als hätte jemals ein Vogel verlangt, dass man ihm ein Haus baut

Roman

Edition Nautilus

Edition Nautilus GmbH
Schützenstraße 49 a
D - 22761 Hamburg
www.edition-nautilus.de

Erstausgabe März 2022
Umschlaggestaltung:
Maja Bechert
www.majabechert.de

FSC www.fsc.org
MIX
Papier aus verantwortungsvollen Quellen
FSC® C083411

Druck und Bindung:
CPI – Clausen & Bosse, Leck
1. Auflage
ISBN 978-3-96054-280-3

So lange hatte er sich damit beschäftigt, wie man draußen in der Wildnis und im Wald überlebte.

Er hatte das Kambium aus Fichtenstämmen geschabt und beim Verzehr von Bockkäferlarven darauf geachtet, dass er zuerst den Kopf zerkaute, damit sie nicht zurückbeißen konnten. Er hatte gelernt, warm zu bleiben, Wasser zu finden, zu warten. Überleben war so schwer, er wäre nie darauf gekommen, dass auch das Gegenteil schwer sein würde.

Es war natürlich Unsinn gewesen, ausgerechnet zu der Stelle am nordwestlichen Rand des Sees zu gehen. Dort gab es eine Überdachung, die er selbst errichtet hatte, und unter der immer etwas trockenes Holz lag. Dort Halt zu machen, widersprach seinem Vorhaben in jeder Hinsicht.

So zögerlich kannte er sich gar nicht.

Solange es hell war, zogen kleine höfliche Wolken vorüber, erzwungene Grüße entfernter Verwandter. Sie machten sich nichts aus ihm, nicht wirklich. Aber als es dämmerte und der Himmel sich wie eine riesige Wunde zuerst hell- und dann dunkelrot färbte, da verstand er plötzlich, worauf er gewartet hatte. Das Licht verschwand schnell, und festhalten konnte er es jetzt nicht mehr. Trotzdem war er froh, es nicht verpasst zu haben. Wenn das Licht stimmte, betraf ihn alles, alles hatte mit ihm zu tun.

Er ließ eine Faust voller Schnee in seinem Mund schmelzen und fütterte das Feuer, anstatt es zu löschen. Er war müde, aber noch nicht müde genug. Da war ein Geräusch, das er nicht einordnen konnte, seit Stunden schon. Es klang, als würde jemand singen, was seltsam war. Noch seltsamer aber war etwas anderes: Er war absolut sicher, dass er die Stimme kannte.

Es konnte kein Hunger mehr sein

Am Rand ihrer Kapuze hatte der Regen einen Eingang gefunden, ein schmaler Bach stürzte geradlinig ihren Rücken herunter, während das Efeu, das die gesamte Außenwand umrankte, die Tropfen behutsam nach unten weitergab. Sie machte einen Schritt in Richtung Gartentür und erschrak, als hätte sie erwartet, dass das Haus zur Seite sprang, sich auflöste, wenn sie darauf zuging, aber das tat es nicht. Der Wind war kalt und es dämmerte schon. Sie blieb wieder stehen. Seit der Grenze hatte sie dieses stechende Gefühl in ihrem Magen. Etwas, das sich wie Hunger anfühlte, aber keiner war, oder zumindest nicht nur. Die Kekse, die seit Tagen auf dem Boden ihrer Tasche gelegen hatten, schmeckten nach Schlüsseln, zu denen es kein Schloss mehr gab, nach Münzen, die so klein waren, dass sie sich früher kaum die Mühe gemacht hätte, sie einzusammeln. Aber es waren viele Kekse gewesen. Es konnte kein Hunger mehr sein.

Der amerikanische Briefkasten stand schief, er lehnte mit letzter Kraft am Gartenzaun. Sein Inhalt fiel ihr vor die Füße, als sie die Klappe öffnete: Werbung für grellbunte Bettwäsche und Heißluftfritteusen, verfrühte Sonderangebote für Adventsgebäck, und ein Prospekt der Zeugen Jehovas mit einem etwas zu muskulösen Jesus auf dem Titelblatt. Dazwischen, ungeöffnet und ungelesen, der Brief mit der königlichen Briefmarke, die sie höchstpersönlich vor Wochen bespuckt hatte, die Zahl sieben in der Postleitzahl ohne den hier üblichen Querstrich, ihre eigenen, immer nach links kippenden Buchstaben, die auf dem nassen Asphalt verblassten. Sie hob den Brief auf und schüttelte ihn, steckte ihn tief in ihren triefenden Pullover.

Drinnen brannte kein Licht. Der Regen kroch an ihren Beinen hoch, ihre Hose war bis zu den Kniekehlen vollgesogen, die Schuhe durchlöchert von der langen Reise, von den vielen Abschnitten zu Fuß. Sie zitterte vor Kälte und trotzdem zögerte sie noch. Dass Regen so sein konnte, hatte sie fast vergessen, sie war den Inselregen gewohnt, sanfte beständige Feuchtigkeit überall, aber nicht diese Massen von Wasser. Schräg gegenüber, auf der anderen Straßenseite, stand plötzlich eine Frau mit einem neongelb leuchtenden Schirm. Sie konnte sie im Dämmerlicht schlecht sehen, aber sie hörte, wie sie auf ein Kind einredete, das nicht ins Auto steigen wollte. Es half nicht. Die Frau ließ den Schirm fallen und schob das Kind auf den Rücksitz, bevor sie selbst einstieg und mit wütendem Druck auf das Gaspedal davonfuhr. Das Auto machte eine Welle aus der großen Pfütze vor dem Haus. Starke Böen wehten den Schirm über die Straße. Iona fing ihn ein und ließ ihn aufgeklappt, obwohl er sie vor nichts mehr beschützen konnte.

Tine hatte den gelben Schirm mit ins Klassenzimmer genommen. Aus Versehen wahrscheinlich, aber vielleicht auch als Erinnerung daran, dass es am besten war, alles an sich abperlen zu lassen. Leider war sie kein Schirm. Der Regen trommelte immer lauter an die Scheiben und ein wütender Wind zerrte an den kahlen Ästen vor dem Fenster. Sie kehrte ihren Schülerinnen den Rücken zu, tat, als suche sie etwas in ihrer Tasche und schloss die Augen. Das Angenehme an Klassenarbeiten war, dass niemand sie ansprach. Sie hatte gedacht, es würde mit der Zeit besser werden, aber stattdessen war es schlimmer geworden. Sie hörte sich reden und glaubte sich kein einziges Wort. Natürlich wusste sie, was den Subjonctif auslöste, und sie kannte den Aufbau des Deuteronomiums. Aber es war absurd, dass ausgerechnet sie die Lehrerin war. Sie spielte ihre Rolle schlecht und immer schlechter, je länger das Stück lief. Während die Schülerinnen sich tief über ihre Papiere beugten, baute sie eine

Mauer aus Büchern auf ihrem Tisch, so dass keine, die zufällig aufblickte, sehen konnte, wie sie vergangene Tage aus ihrem Kalender riss und kleine Papiervögel aus ihnen faltete.

»Frau Meerburg, darf ich schon abgeben?«

Sie zuckte zusammen, richtig, so hieß sie ja wieder, schnell versteckte sie den Vogel in ihrer Tasche und nahm die Klassenarbeit entgegen. Es war sinnlos. Sie konnte nicht verschwinden. Und eine von ihnen werden konnte sie auch nicht. In jeder neuen Klasse versuchte sie, die Erwartungen zu brechen, anders zu sprechen als ihre Kollegen und sich schon durch die Wahl ihrer Kleidung auf die Seite der Schülerinnen zu stellen. Aber irgendein Detail verriet immer, dass sie die Regeln ihrer Mode nicht verstand.

Der Sturm draußen wurde noch stärker. Er hatte irgendwo eine Plastikplane losgerissen und schlug sie gegen die Fenster wie eine große graue Welle. Tine dachte an den Ozean, der den Sand unter ihren Füßen wegzog, sie auf die Knie zwang, bis sie endgültig akzeptierte, dass sie nur machen konnte, was das Meer ihr erlaubte. Sie hatte aufgehört, so viel Zeitung zu lesen, um nicht dauernd das Gefühl zu bekommen, jemanden aufrütteln zu müssen, aufgehört, voller Tatendrang in die Schule zu fahren, um vor siebenundzwanzig leeren Augenpaaren zu stehen, deren Besitzerinnen noch immer zu glauben schienen, dass nichts davon sie etwas anging. Alle anderen Schüler auf der Welt schienen aufzuwachen, aber ihre nicht. Sie waren beinahe aggressiv in ihrer Angepasstheit. Manchmal tat es ihr gut, zu behaupten, sie selbst sei mit sechzehn ganz anders gewesen, aber das war eine Lüge und sie wusste es.

Die Schulglocke ratterte, anstatt zu klingeln. Tine sammelte die Arbeiten ein und hoffte auf Schwester Lioba. Sie war die Einzige, die noch rauchte und die Einzige, die ihr keine ungebetenen Ratschläge gab. Es kam vor, dass sie sie um ihr Leben beneidete. Auch wenn sie Clara um nichts auf der Welt missen wollte. Jahrelang hatte Tine sich so sehr ein Kind gewünscht, dass sie die Luft anhielt und sich den

Wunsch verbot, jedes Mal, wenn er sich bemerkbar machte. Sie wusste, dass zu sehr Gewünschtes, wenn überhaupt, nur dann eintrat, wenn man gelernt hatte, darauf zu verzichten.

An welchem Tag Clara genau geboren war, würde nie jemand wissen. Das Datum, das in ihrem Pass stand und an dem man ihr jetzt Geschenke machte, hatte Tine ausgesucht.

Früher, als sie ihr noch beim Anziehen und beim Baden helfen musste, störte sich Tine jedes Mal an der sommersprossigen Blässe ihrer eigenen Hände auf Claras makelloser, goldener Kinderhaut, auf dem glänzenden Schallplattenschwarz ihrer Haare. Es war ihr peinlich, aber ja, sie hatte probiert, ihrer Tochter ähnlicher zu werden. Allerdings: Mit Solarium war da nicht viel zu machen, sie verbrannte oder sie blieb weiß, so papierweiß, dass sie an jedem Strand, in jedem Schwimmbad mitleidige Blicke erntete. Die Tätowierungen waren der radikalste Versuch gewesen, sich selbst von ihrer eigenen Blässe zu befreien.

Geholfen hatte es natürlich nicht, weiterhin wunderten sich fremde Leute lautstark über ihre Unähnlichkeit, fragten unermüdlich, bis Tine irgendeinen Satz sagte, der *Indien* oder *Pakistan* enthielt. Womöglich stimmte es gar nicht.

Niemand in Luchsberg kannte eine Frau, die Claras Mutter hätte sein können. Nur weil sie schon seit über zwei Jahren mitten im bürokratischen Wahnsinn des Adoptionsprozesses steckten, kamen Niklas und Tine als Eltern in Frage. Dass sie wenige Minuten von dem Ort entfernt lebten, an dem das Kind gefunden wurde, verschaffte ihnen keinen Vorteil gegenüber den anderen Bewerbern, und in den ersten Wochen, in denen die quadratische Dame vom Jugendamt täglich vorbeikam, übergab sich Tine regelmäßig aus Angst, man könnte ihr das Kind wieder wegnehmen.

Der Bauer beteuerte immer wieder, nicht die geringste Ahnung zu haben, warum das neugeborene Mädchen ausgerechnet bei ihm gelandet war, in einem Umzugskarton, in seinem Kuhstall, wohl weil es dort wärmer war als draußen, in der eiskalten Dezemberluft.

Das war der Grund, warum Tine Clara immer viel zu warm anzog. Wenn auch sonst nichts in ihrem Leben nach Plan gelaufen war, wollte sie wenigstens dafür sorgen, dass ihre Tochter nie wieder frieren musste. Es gab nichts und niemanden, den Tine so beschützenswert und so schön fand wie Clara, und sie bereute, dass sie viel zu selten dazu kam, sie wirklich zu sehen. Immer gab es etwas, das nicht stillhielt.

Es war seltsam, wie sehr Tine das Familienmodell ihrer Eltern ablehnen konnte und gleichzeitig ständig das Gefühl hatte, Clara etwas Grundsätzliches vorzuenthalten und deshalb als Mutter zu versagen. Clara würde zum Beispiel nie wissen, wie es war, Geschwister zu haben, und Tine machte sich dafür Vorwürfe, obwohl sie sich mit ihren eigenen Geschwistern überhaupt nicht verstand. Es war ein Widerspruch, den sie nicht loswurde, egal wie oft sie sich vor Augen führte, was für atemberaubende Heuchler, was für unerträgliche Spießer ihre Eltern waren, wie erdrückend alles war, was sie glaubten tun zu müssen, ohne es je selbst überprüft zu haben. Trotzdem war das Ideal einer Großfamilie im unerreichbarsten Teil von Tines Gehirn eingebrannt, sie wurde es nicht los, egal wie viel Zeit sie damit verbrachte, alles schlecht zu reden, was ihre Eltern taten.

Sie schleppte sich durch den Schulvormittag, fuhr nach Hause, schnitt Gemüse und warf Nudeln ins Wasser. Sie überflog Claras Hausaufgaben, vereinbarte Termine, lud verschiedenfarbige Wäscheberge in die Maschine und wischte hektisch den Boden, der danach kein bisschen sauberer aussah. Die Zeit machte, was sie wollte, plötzlich war es Abend. Als es dämmerte, hätte sie am liebsten ihren Schlafanzug angezogen und den Tag für beendet erklärt, aber der Kühlschrank war leer. Sie mussten einkaufen. Clara rannte mit offener Jacke nach draußen, hielt vergnügt ihr Gesicht in Richtung Himmel, in die tosenden Fluten.

»Das Auto ist offen! Steig ein! Du erkältest dich!«

Aber Clara hörte sie nicht. Tine schaffte es kaum, sie ins Auto zu schieben.

Da packte der Wind ihren Schirm und wehte ihn über die Straße.

Iona klingelte. Erst vorsichtig, in einzelnen Tönen mit langen Pausen, dann in rhythmischen Abständen wie Morsezeichen und schließlich hielt sie die Klingel einfach gedrückt. Den Schirm ließ sie los, um wenigstens die Hand, die nicht klingelte, in die warme Mulde zwischen Hals und Schlüsselbein zu legen. Ihre Füße spürte sie schon lange nicht mehr. Irgendwann hielt sie es nicht mehr aus. So kalt wie heute war es auf ihrer ganzen Reise nicht gewesen. Unter der Treppe vor dem Hauseingang lagen gestapelte Holzscheite. Sie nahm den größten und schwersten und warf ihn gegen das Fenster neben der Tür. Sie musste viele Scheite werfen, bis sie in ihrem Zustand durch das Loch passte. Eine Scherbe zerschnitt ihr die Hand, die sie sich zum Schutz vor die Augen hielt.

Während sie sich durch die Öffnung zwängte, rief sie seinen Namen, obwohl sie wusste, dass niemand ihr antworten würde. Der Name fühlte sich falsch an in ihrem Mund, wie ein Wort in einer Sprache, die sie vergeblich zu lernen versucht hatte, ein Wort, das sie aussprechen konnte, ohne es wirklich zu verstehen. Auf dem Sofa lag eine alte Zeitung. Der Regen in ihren Haaren tropfte auf die Schlagzeilen und das Blut aus der Schnittwunde sickerte in die Ritzen des Parketts. Zitternd schälte sie sich aus den Kleidern. Der ungelesene Brief klebte an ihrer Haut und sie legte ihn zum Trocknen auf die Kommode, um beweisen zu können, dass sie sich angekündigt hatte.

Sie fand eine verstaubte Flasche Schnaps auf dem Küchenschrank und ein Geschirrhandtuch, das sauber wirkte, goss sich den Alkohol auf die Hand und umwickelte sie mit dem Tuch, so fest sie konnte. Sie war froh, dass es keinen Spiegel gab, aber sie konnte sich denken, wie absurd sie aussah, besonders nackt.

Eine Kastanienfrau war sie, ein Riesenbauch mit Zahnstocherarmen und Streichholzbeinen, denen man den Weg nicht zutraute, den sie gegangen waren.

Im Erdgeschoss standen wertvoll aussehende alte Möbel, die sie an das Victoria and Albert Museum erinnerten. Sie hätten besser in eine Stadtwohnung gepasst, in ein Loft mit hohen Wänden, die ein Echo formten aus jeder laut geäußerten Silbe. Hier, in diesem kleinen windschiefen Haus, wirkten sie fast, als ob sie sich dafür schämten, dass sie so dicht beieinander stehen mussten.

Das obere Stockwerk bestand aus einem einzigen kahlen Raum mit einer Matratze und einer an der Wand befestigten Eisenstange, von der Iona ein paar trockene Kleidungsstücke riss. Das Hemd, der Pullover, selbst die Hosen passten, solange sie die Knöpfe offen ließ. Ein seltsamer Geruch erfüllte das Zimmer und er kam nicht von ihr selbst. Der Regen hatte ihren eigenen Gestank beinahe ganz abgewaschen.

Sie ging schnell wieder hinunter und wäre fast auf den Stufen ausgerutscht, auf der Nässe, die sie selbst ins Haus gebracht hatte. Mit großer Mühe wischte sie die Glasscherben auf. Im Flur fand sie dickes Klebeband und ein paar große Plastiktüten, mit denen sie versuchte, die zerschlagene Scheibe abzudichten. Der Wind rüttelte heftig an den Tüten. Lange würden sie nicht halten.

Nach einer halben Packung Grillanzünder fraßen sich endlich kleine Flammen durch das Holz im Kamin. Aber als sie auf dem Sofa einschlief, erlosch die schüchterne Glut sofort.

Am Morgen suchte sie nach etwas Essbarem. Der Kühlschrank war leer, selbst das Licht darin war erloschen. Sie öffnete die Kellertür, die dabei leise jammerte. So kahl wie das obere Stockwerk war, so vollgestopft war der Keller. Es war unmöglich, auch nur zwei aufeinander folgende Schritte zu machen. Sie musste klettern, über riesige Umzugskisten voll modrig riechender Fotos, über abgenutzte Landkarten und unberührte Wörterbücher. Hier gab es nichts, außer einer verstaubten Dose mit der Aufschrift *Smoked Rattlesnake*.

In der Mülltonne des Nachbarhauses fand sie ein Brot, das nur zur Hälfte verschimmelt war. Die gute Hälfte aß sie hastig auf, im Gehen, denn das lange Gehen konnte sie nicht plötzlich abstellen. Es war das Einzige, das half.

Hinter dem Garten lag ein Wald, dessen Boden so aufgeweicht war, dass sie bis zum Knöchel einsank, wenn sie zu lange stehen blieb. Sie trug warme Schuhe ohne Löcher, die sie im Haus gefunden hatte, und war halb froh und halb beleidigt darüber, dass auch diese ihr beinahe passten. Pilze schossen überall aus der Erde, bestimmt waren auch essbare dabei, aber sie hatte ihr ganzes Leben in großen Städten verbracht und traute sich nicht zu, die richtigen zu wählen, nicht einmal mit dem Bestimmungsbuch, das sie im Keller gesehen hatte. Außerdem würden Pilze allein sie nicht satt machen.

Sie lief weiter, immer tiefer in den Wald, bis es so still war, dass sie das Schmatzen des nassen Laubs unter ihren Füßen als laut empfand. Niemand begegnete ihr.

Als sie zurückkam, sah sie schon von weitem ein Licht, das vom Haus ausging. Aber es war nur die untergehende Sonne, deren letzte Strahlen sich in den Fenstern spiegelten. Niemand war da.

Später klingelten verkleidete Kinder und wollten Süßigkeiten. Ihre Forderungen hinterließen kleine Wolken in der Luft.

»Wir nehmen alles«, sagte ein Junge in einem Skelettanzug, »sogar Lakritze.«

»Tut mir leid«, antwortete Iona. »Habt *ihr* vielleicht was für *mich*?«

Schnell versteckten die Kinder den Korb mit der Beute unter ihren Umhängen.

»Wer bist du?«, fragte ein Mädchen, das einen spitzen Hexenhut trug. »Wo ist Tahvo?«

Die Augen des Mädchens waren riesig und schwarz wie Billardkugeln. Ihr Blick war streng.

»Kennst du ihn?«, fragte Iona zurück.

»Er spielt Frisbee und Schach mit mir, aber er kann beides schlecht.«

Die anderen Kinder waren weitergegangen, läuteten schon an der nächsten Tür, während das Mädchen noch zögerte. Dann zog sie eine nicht mehr ganz vollständige Tafel Schokolade aus ihrem Umhang, warf sie in Ionas Richtung und rannte zu den anderen.

Es war spät, aber Tine wollte es wissen. Eine Frau, hatte Clara gesagt. Eine Frau, die seine Kleider trug. Sie hatte Tahvo seit sechs Wochen nicht gesehen. Es war nicht ungewöhnlich, dass er einfach so verschwand, ohne ihr zu sagen, wo er hinging. Eher hätte sie sich gewundert, wenn er plötzlich damit angefangen hätte, ihr immer mitzuteilen, wo er sich befand. Allerdings: So lange war er bisher noch nie weg gewesen.

Erst als sie klingelte, bemerkte Tine das riesige Loch in einem der unteren Fenster. Ein zusammengestückelter Plastikfetzen hing dort, wo vorher Glas gewesen war. Er blähte sich auf und fiel in sich zusammen, als würde er hektisch ein- und ausatmen. Sie erinnerte sich, wie wütend sie gewesen war, als sie das erste Mal vor dieser Tür gestanden hatte. Noch viel wütender als jetzt. Aber immerhin war es warm gewesen, eine Nacht im Hochsommer.

Niklas und sie hatten sich stundenlang angeschrien, bevor er in sein Auto stieg und einfach davonfuhr. Tine wollte nach Clara sehen, aber nicht weil sie fürchtete, dass sie aufgewacht wäre. Bisher hatte das Gebrüll ihren Schlaf nie gestört. Sie wollte Clara schlafen sehen, um sich selbst zu beruhigen, denn sie war wach, hellwach vom Adrenalin, das der Streit in ihrer Blutbahn hinterlassen hatte. Nichts würde ihr so helfen wie der Schlafgeruch ihres Kindes, wie die Langsamkeit, mit der sich die Decke über ihren tiefen Atemzügen hob und senkte. Sie wollte sich neben sie legen, die Rückseite ihrer Hand auf Claras daunenweicher Wange. Aber Clara war nicht da. Tines Wachheit verzehnfachte sich, sie rief ihren Namen so lange und so laut, bis ihre ohnehin schon überreizte Stimme kippte und einfach versagte. Sie rannte ins Bad, dann über die Treppe hinunter in die Küche, ins Wohnzimmer und wieder hinauf, sah mehrmals in allen Zimmern, in allen Schränken nach, hinter Vorhängen, unter Tischen, im Keller. Nichts. Sie riss die Terrassentür auf, leuchtete mit einer Taschenlampe hinter den Brombeerbüschen im Garten herum, weil Clara überzeugt war, dass dort ein freundliches Gespenst wohnte. Drei Sternschnuppen rasten gleichzeitig über den Augusthimmel und Tine hasste sich dafür, sie bemerkt zu haben. Sie zitterte vor Angst und schaffte es trotzdem nicht, ein paar verglühende Gesteinsbrocken zu ignorieren. Wahrscheinlich hatte Niklas Recht: Sie war eine beschissene Mutter.

Sie holte aus, weil es nicht mehr anders ging. Die Glühbirne der Taschenlampe zerplatzte an der Hauswand. Jetzt erst bemerkte sie: Schräg gegenüber brannte Licht. Tine rannte auf die Straße. Es war das Haus, das alle *Hexenhaus* nannten, ein efeuüberwucherter Steinhaufen, dessen Besitzer sie noch nie gesehen hatte. Eigentlich war es kaum möglich, in Luchsberg zu wohnen und derartig anonym zu bleiben. Das Haus war klein, aber das verwilderte Grundstück, in dem es stand, war fünfmal so groß wie Tines Garten. Zwei Feigenbäume stützten die Außenmauern wie süß beladene Krücken. Sie überlebten einen Winter nach dem anderen, ohne dass sich jemand um sie zu kümmern schien. Tine ging auf das Haus zu und hörte Claras Lachen durch die offenen Fenster. Sie hielt mit der einen Hand den Klingelknopf gedrückt und hämmerte mit der anderen an die Tür, so randvoll mit Wut, dass es ihr fast unmöglich war, dem Mann, der ihr öffnete, nicht sofort ins Gesicht zu schlagen.

»Was machen Sie da?«, schrie Tine.

»Wir spielen Schach«, antwortete Clara, die vergnügt neben dem Mann stand, als würde sie ihn schon immer kennen.

Ein großer Mann, dunkelgrau wie ein alter Wolf, aber mit einem stechenden hellblauen Blick und der aufrechten Haltung von jemandem, der nicht die Hälfte seines Lebens im Sitzen verbracht hatte. Lange silberne Haare fielen seinen Rücken hinunter. Sein Lächeln war so unheimlich wie sein Haus, und sicher genauso in der Lage, jederzeit zusammenzustürzen. In diesem Moment aber hielt es.

Der Mann verschwand und kam wieder, mit etwas, das aussah wie ein großer zerdrückter Maulwurfshaufen auf einem Teller.

»Kuchen«, sagte er und hielt Tine den Teller hin.

»Sie versteht keinen Kuchen«, sagte Clara, weil ihre Mutter nicht antwortete.

Es stimmte. Tine verstand Eis, sie verstand Schokolade, aber Kuchen verstand sie nicht. Die krümelige und gleichzeitig fettige Konsistenz überzeugte sie nicht, die Art, wie er auf dem Teller auseinanderfiel, aber im Mund nicht zerschmolz. Sie hasste die endlosen Backorgien vor Taufen und Kommunionsfeiern und Geburtstagsfesten und Hochzeiten und Flohmärkten, bei jedem noch so nichtigen Anlass, diese sich biegenden Tafeln voll staubiger Hausfrauentröster in deprimierenden Gemeindesälen.

Aufgegessen wurde der Kuchen nie. Aber immer musste er selbstgemacht sein, immer von den Müttern, immer mussten sie Zeit opfern, die sie gar nicht hatten, Zeit, die sie nie mehr zurückbekamen. Kuchen war Unterdrückung.

Niemals würde sie Tahvo verraten, dass ausgerechnet sein hässlicher Kuchen ihr wirklich geschmeckt hatte.

Sehr langsam ging Iona zur Tür. Sie fand noch Zeit, sich darüber zu wundern, warum er überhaupt klingelte. Hatte er seine Schlüssel verloren? Er wusste ja nicht, dass die Tür offen stand, nur einen Hauch, so dass man es von außen nicht sah. Aber wen vermutete er in seinem Haus, in seiner Abwesenheit, wenn er den Brief nicht gelesen und womöglich nicht die geringste Ahnung davon hatte, dass es sie, Iona, überhaupt gab? Sie bereute, dass sie ihm so begegnen würde, so weich vom Schlaf, so wehrlos.

Aber er war es nicht. Es war eine rothaarige Frau. Neben ihr stand das Mädchen, das ihr vorhin die Schokolade geschenkt hatte. Statt des Hexenkostüms trug es jetzt einen grell fluoreszierenden Mantel.

»Wer sind Sie?«, fragte die Frau.

Sie hatte einen gestreiften Schlafanzug an, mit einer zerschlissenen Lederjacke darüber. Iona konnte sich nicht erinnern, je mit so großer Selbstverständlichkeit gesiezt worden zu sein, damals, bevor sie das Festland verlassen hatte, und sie vermisste es jetzt schon, sich in einer Sprache zu bewegen, in der man darüber nicht nachdenken musste.

»Was machen Sie in Tahvos Haus? Woher kennen Sie ihn?«

»Ich kenne ihn nicht«, sagte Iona. »Ich bin seine Tochter.«

Die Frau erstarrte. Sie versuchte zu lachen, aber irgendwie schaffte sie es nicht, sie klang wie eine erkältete Krähe.

»Nein«, sagte sie entschieden. »Er hat keine Kinder.«

Iona spürte den fiebrigen Blick auf ihrem Körper, auf und ab tastete er sich an ihr entlang. Es war zu dunkel, um jemanden wirklich anstarren zu können, aber Iona hielt still, betrachtete geduldig die wachsenden Berge welker Blätter neben der Tür, die niemand zusammenkehrte und wegbrachte. Der Nebel lag so tief, dass sein dumpfer Eisengeruch in jede unbekleidete Pore drang. Sie bereute ihre Wachheit. Wenn sie nicht schlief, hatte sie Hunger.

»Haben Sie was zu essen?«

Die Frau machte einen Schritt nach hinten, ruckartig, als hätte Iona zu einem Schlag ausgeholt, und zog dabei das Mädchen an seiner leuchtenden Kapuze zu sich heran.

»Ja«, antwortete sie widerwillig und drehte sich um.

Iona schlüpfte in die Schuhe ihres Vaters und folgte den beiden über die Straße.

Das Haus gegenüber war so wunderbar warm, dass sie glaubte, es nie wieder verlassen zu können. Es roch lebendiger als bei Tahvo, nach Brot und Feuerholz und nach einem seltsamen pudrigen Parfum, von dem Iona nicht hätte sagen können, ob sie es mochte oder nicht. Die Nachbarin zog die Lederjacke aus, enthüllte eine große, papierfliegerähnliche Tätowierung auf der Innenseite ihres Unterarms und verschwand in die Küche.

Iona legte sich auf das zerwühlte Wohnzimmersofa und sah zu, wie das Mädchen kleine Holzstücke und Reisig aus einem Korb suchte und im Kamin aneinanderlehnte. Das Feuer brannte sofort und fraß sich genüsslich durch immer größer werdende Scheite. Von der Gastgeberin hörte man nur ein gelegentliches Klappern. Iona hätte gerne nachgesehen, warum es so lange dauerte, wollte aber nicht unhöflich wirken.

Sie sah sich um. Die Wand vor ihr war beinahe vollständig von Fotos bedeckt, manche gerahmt, manche einfach mit Tesafilm an die Tapete geklebt. Trotzdem gab es eine eindeutige Ordnung.

Die erste Säule bestand aus Wasser. Riesige Wellen mit schäumendem Abgang, mäandernde Flussläufe, Pfützen, in denen sich bunte Neonlichter spiegelten.

Dann Aufnahmen aus Flugzeugen und von Flughäfen, endlose Wolkenformationen mit Spitzen von Heckflügeln im Bild und öde Wartehallen, wo erschöpfte Reisende mehr von ihren Koffern getragen wurden als umgekehrt.

Dann eine Bahn von Dingen, die kaputt waren, zersplittertes Glas, römische Ruinen, verfallene Mayatempel, Wellblechhütten mit zerfetzten Dächern und Reste von Pyramiden.

Als Nächstes Verbotsschilder und Warnungen *No Se Permite Vagabundos* oder *Éloignez-vous de la bordure du quai* oder auch *Articles of value should not be left on seats whilst receiving holy communion.*

Dann: Wüsten mit goldenen Verwehungen, rote Strände, weiße Strände und Strände mit schwarzem Vulkansand.

Mit Sam zu verreisen war unmöglich gewesen, und sie hatte immer geglaubt, alleine nicht genug Geld zu haben.

Hätte sie früher gemerkt, dass das ging, wäre sie einfach losgelaufen.

Aus der Küche kam das leise Brummen des Backofens. Iona ließ ihren Kopf immer tiefer sinken, so lange, bis ihr Bauch die Sicht auf die Wand mit den Fotos versperrte. Neben dem Sofa türmten sich drei Bücherstapel, auf deren oberstem Exemplar jeweils ein Origamivogel saß. Erst jetzt sah sie, dass die Vögel nicht aus Bastelpapier gefaltet waren, sondern aus Geld. Sie überlegte, ob man den Fischreiher wieder in seinen Urzustand, einen Fünfzig-Euro-Schein, zurückverwandeln konnte, ohne ihn zu beschädigen. Dann blätterte sie in französischen Comics, die sie nicht verstand, und las die Teile der Zeitung, die so nahe neben dem Sofa lagen, dass sie nicht aufstehen musste, um sie zu erreichen.

Nach einem Bildband über Pompeji und mehreren klebrigen Kinderbüchern stieß sie auf eine Bibel. Die dünnen Seiten flatterten um ihre Finger, als wollten sie sich ihrem befremdeten Blick entziehen. Etwas Dickes, Rechteckiges fiel aus dem Matthäusevangelium. Es war ein Polaroid.

Sie erkannte ihn, auch wenn er unglaublich alt geworden war.

»Clara«, rief die Nachbarin aus der Küche, »ins Bett, jetzt!«

Das Mädchen verschwand protestierend und Iona fürchtete, dass das Feuer ausgehen würde. Sie sollte aufstehen und nachfüttern. Aber sie war so müde.

Unter der Straßenlaterne vor ihrem Haus hatte Tine sie für einen kurzen Moment im Licht gesehen. Ja, sie war unerwartet und mehr als ungepflegt, aber die Ähnlichkeit ihrer Gesichtszüge ließ sich nicht ignorieren. Sie sah aus wie Tahvo. Tahvo in jung, weiblich und obdachlos. Ihr Blick war wie seiner: gletscherblau, unschmelzbar.

Fast alles an ihr wirkte hart: die eingefallenen Wangen, ihre großen knochigen Hände und sehnigen Glieder, selbst ihr riesiger Bauch, den Tine wie immer schwer ertrug. Nur ihre Stimme war weich, sie sprach mit einem merkwürdig zögerlichen Singsang, als ob sie sich an den Text eines Liedes erinnern konnte, aber die Melodie dazu bei jedem Wort erfand. Tahvo hatte sie verschwiegen, so wie er fast alles verschwieg, die Undurchdringlichkeit seines Schweigens gehörte zu ihm wie seine Arme und Beine. Trotzdem fühlte Tine sich überrumpelt und das machte sie wütend.

So sehr, dass sie immer wieder ihre Lippen zusammenpressen musste, um nicht laut zu schreien. Sie brauchte Zeit, um sich zu überlegen, wie sie dieser Person, die seine Tochter war, begegnen sollte.

Sie begann zu kochen, nahm alles Mögliche aus dem Kühlschrank und aus der Vorratskammer und versuchte, daraus irgendeinen Sinn herzustellen, die Illusion von Ordnung in der Welt durch eine Abfolge von Menügängen. Die Eier, deren Inhalt sie eigentlich nach Gelb und Weiß trennen wollte, wurden von ihren zornigen Fingern in einer Zehntelsekunde der Eigenmacht einfach zerdrückt. Es war unmöglich, die winzigen Schalensplitter aus der glitschigen Masse zu entfernen. Ihre Hände zitterten zu sehr.

Als Clara endlich ins Bett gegangen war, nahm Tine ihre Notfalldose aus dem obersten Regal des Küchenschranks. Der Rosenkranz ihrer Großmutter glänzte zwischen den grünbraunen Blüten. Sie streckte mit sehr viel Tabak, gerade stark genug, um die Wut zu verschieben. Dann öffnete sie das Fenster und legte sich auf den Boden, der süße, schwere Rauch gab ihr Geduld.

Sie hatte Clara nach ihrer Großmutter benannt, weil sie die Einzige gewesen war, die immer zu ihr gehalten hatte. Womöglich war sie auch der wirkliche Grund, warum Tine mit ihrem Kirchenaustritt zögerte, und nicht etwa die Angst, dass die Schule davon erfuhr.

Es war schon fast Mitternacht, als das schrille Geräusch der Backofenuhr sie aus ihrer Wolke riss. Der Zorn war von ihrem Appetit überholt worden. Sie deckte leise den Tisch, denn die Tochter war auf dem Sofa eingeschlafen. Erst als alle Teller und Schüsseln und dampfenden Töpfe bereitstanden, rüttelte Tine an einem ihrer langen Füße. Sofort riss sie die Augen auf, sah das Essen und erhob sich unerwartet schnell.

Beide setzten sich an den Tisch und verschlangen die Suppe, das Brot, die Nudeln, den Auflauf, die Quiche, den Salat, in erstaunlicher Geschwindigkeit und ohne ein einziges Wort zu sagen.

»Du weißt also auch nicht, wo er ist«, sagte Tine erst, als sie beim Kürbiskuchen angekommen waren. Sie hatte keine Kraft mehr für Förmlichkeiten. Iona schüttelte den Kopf.

Tine stand auf und wankte in Richtung Sofa.

»Dann suchen wir ihn«, sagte sie, bevor sie die Augen schloss. »Ich muss mit ihm reden.«

Kleinere Übel

»Was machen wir hier?«

Iona schnaubte vor Ungeduld. Der geliehene Wollpullover juckte sie überall dort, wo er ihre nackte Haut berührte. Vorne im Sarg lag ein Schafwirt aus dem Dorf, den Tine angeblich nicht einmal wirklich gekannt hatte. Die Kirche war voll und roch muffig, nach nasser Kleidung, die seit Tagen nicht richtig trocknete. Iona tat gar nicht erst, als ob sie dazugehörte. Sie blieb sitzen, wenn alle aufstanden, zuckte jedes Mal zusammen, wenn um sie herum gemurmelt und sich bekreuzigt wurde. Am meisten befremdete sie das geschmückte Skelett in einem Glaskasten neben dem Altar.

Wieso sollte ausgerechnet hier jemand wissen, wo ihr Vater war? Auch wenn sie kaum etwas über ihn wusste, katholisch war er ganz bestimmt nicht. Es war seltsam genug, dass es ihn in dieses Dorf an den äußersten Rand des Landes verschlagen hatte. Es gab niemanden, der ihr hätte erklären können, warum.

»Warum sind wir hier?«, fragte Iona wieder, während die Gemeinde schon wieder in irgendein Lied einstimmte, immer ein paar Takte später als der offensichtlich genervte Organist.

Tine antwortete nicht, weil sie es selbst nicht wusste. Es hatte keinen besonderen Grund gegeben, zu dieser Beerdigung zu gehen, erst recht keinen strategischen. Sie war einfach nur eingeladen worden, was selten genug vorkam. Und da sie sowieso nicht wusste, wo sie mit der Suche beginnen sollten, konnte sie Iona genauso gut mitnehmen, um nicht ganz so allein herumzustehen wie sonst. Tine überkreuzte die Beine, versteckte das große Loch über dem linken Knie.

Eine intakte Strumpfhose hatte sie in der morgendlichen Eile nicht gefunden. Ihr Kleid war zu kurz und ihre Lederjacke wurde nicht beerdigungskonformer dadurch, dass sie schwarz war.

Ihre ganze Familie war gekommen, aber mehr als ein kurzes Nicken bekam sie von niemandem. Zum einen war es wegen der Scheidung an sich, zum anderen aber, weil sie fanden, dass gerade Clara mehr Sicherheit und Stabilität verdient hatte, und Tine gab ihnen darin recht. Allerdings nicht so weit, dass sie bereit gewesen wäre, diese Sicherheit jahrzehntelang vorzutäuschen. An der Wand neben ihr war eine große hölzerne Marienskulptur angebracht. Sie blickte sanft und leicht belustigt, obwohl die Mondsichel scharf in ihre nackten Füße stach. Das Kind hing lässig auf ihrer Hüfte und spielte mit den Falten ihrer Kleidung. Tine fragte sich jedes Mal, warum sie einen Schleier und einen Mantel trug, aber keine Schuhe.

Iona schloss die Augen und gab auf. Es gelang ihr meistens, alle Gedanken an ihre Mutter zur Seite zu schieben, in einem großen Bogen um sie herumzufahren. Aber jetzt, wo sie in dieser Kirchenbank eingeklemmt war, in einem kratzigen Wollpullover gefangen und unfreiwillig auf diese Frau angewiesen, nur weil die ihren Vater kannte, jetzt schaffte sie es nicht.

Sie dachte an die ewige Antwort ihrer Mutter auf fast alles, worum sie sie bat – kann ich bitte Rollschuhe mit Gummirädern, nicht diese bescheuerten aus Plastik, einen neuen Kassettenrekorder, wissen, wer mein Vater ist – immer entgegnete Susanne: »Man kann nicht alles haben.«

Das war in der Zeit, in der sie selbst noch geglaubt hatte, man bekäme vom Leben, das einem bestimmte Dinge verwehrte, automatisch irgendetwas anderes *stattdessen*. In dieser Zeit gingen sie jeden Sonntagmorgen ins Kino, manchmal in Filme, für die Iona viel zu klein war, aber das störte niemanden. Sie saßen in den halbleeren Sälen, in denen die

Samstagabendbesucher kalte Rauchschwaden hinterlassen hatten, und aßen süßes Gummizeug, bis ihnen schlecht war und sie in Zuckertrance über den Kurfürstendamm zurücktaumelten, über dessen grandiose Hässlichkeit sich ihre Mutter lautstark amüsierte. Eine Woche nach Ionas achtem Geburtstag stand ihre Tante Teresa mit Mann und Kindern vor der Tür. Iona kannte sie kaum. Ihre Mutter war am liebsten allein. Die Tante staunte lange über die opulenten Jugendstilverzierungen im Treppenhaus und überreichte ihrer Nichte, zwischen zwei entzückten Ausrufen, eine Art nachträgliches Geburtstagsgeschenk. Iona nahm die kleine Plastiktüte mit dem Betonsplitter entgegen. Sie wusste nicht, was sie damit machen sollte.

Teresa war entsetzt darüber, dass ein Kind, das mitten in Westberlin wohnte, vom Mauerfall absolut gar nichts mitbekommen hatte. Aber noch entsetzter war Ionas Mutter über den unangekündigten Besuch. Die Kinder wurden zum Pizzaholen geschickt und alle schienen froh, sich beim Essen hinter den aufgeklappten Pappdeckeln verstecken zu können, wo die Stille weniger unangenehm war. Aber nach dem zweiten Bier platzte eine Frage aus Teresas Mund.

»Susanne«, fragte sie, »wo ist ihr Vater?«

Danach wurde es noch stiller.

Teresa klappte ihren Deckel nach unten, um nachzusehen, ob ihre Schwester vielleicht den Raum verlassen hatte. Aber Susanne saß auf ihrem Stuhl und hatte die Frage ganz genau verstanden. Sie fuhr mit dem Blick an den hohen Wänden entlang, studierte den Stuck und schwieg.

»Du weißt es selbst nicht«, beschloss Teresa und biss in ihr letztes Stück.

»Man kann nicht alles haben«, sagte Iona, um ihrer Mutter zu helfen. Aber Susanne verlor plötzlich das Interesse an den Gipsschnörkeln und sah Iona an, als hätte sie den Verstand verloren. Iona wusste nicht, was sie falsch gemacht hatte.

Bald nach dem Besuch wollte Susanne nicht mehr ins

Kino. Sie konnte ihre Bücher nicht mehr lesen (sie nützten nichts), ihre Musik nicht mehr hören (sie klang falsch), nicht mehr herumalbern (es war zu laut), nicht mehr schlafen (es war zu still).

Iona musste das Brot nicht mehr umdrehen, wenn sie es abschnitt, weil Susanne Linkshänderin war und vor ihr aufstand und frühstückte, denn sie stand nicht mehr auf und sie frühstückte nicht mehr und auch sonst aß sie nur noch, damit die Tabletten Gesellschaft bekamen, obwohl sie wenig halfen. Nach einer Weile ging sie wieder zur Arbeit, sie tat zumindest so als ob, tat, als sei sie Frau Dr. Susanne Lehm, nur weil es in ihrem Ausweis stand. Aber auch wenn sie tatsächlich operierte, glaubte sie nicht, dass sie es selbst war, die tief ein- und ausatmete im Moment vor dem Schnitt, die Tumoren entfernte und sanft nickte, wenn die Klammern gelöst werden konnten.

Die Tabletten halfen kaum, der Bordeaux schon eher. Natürlich wusste sie, dass sie diese Art von Hilfe tagsüber nicht in Anspruch nehmen konnte, und in den ersten Jahren hielt sie sich eisern an ihre selbst auferlegte Regel, die hieß: Erst wenn es dämmert. Deshalb war der Dezember der beste Monat. Ab vier Uhr nachmittags wurde die Welt erträglich, auch für Iona. In dem kleinen Fenster zwischen nicht betrunken genug und zu betrunken verstanden sie sich gut. Alles andere war schwierig. Obwohl sie eine großzügige Gehaltserhöhung bekommen hatte, war Susanne plötzlich davon überzeugt, die Miete nicht mehr bezahlen zu können, und regte sich unglaublich auf, wenn Iona das Licht in einem Zimmer brennen ließ, in dem sie sich auch nur sekundenlang nicht befand.

Aus irgendeinem Grund war sie hauptsächlich um die Stromkosten besorgt, als sei Elektrizität das teuerste und überflüssigste Luxusgut überhaupt. Im Flur stolperte Iona dauernd über Schuhe, stieß sich an Regalen und versuchte, in der Dunkelheit ihre Mütze zu finden. Abends, wenn sie lesend im Bett lag, spürte sie, dass ihre Mutter immer wieder hinter der Tür stand und nachsah, ob Iona vielleicht beim Lesen eingeschlafen war. Sie lauerte heimlich, um die Nachttischlampe sofort auszuschalten, die sonst womöglich eine Weile ungenutzt gebrannt hätte. Mittlerweile begannen Susannes Kleider von ihr abzurutschen, sie wehrten sich so gut sie konnten gegen das Angezogenwerden, als wollten sie Abstand nehmen von den immer weiter hervorstehenden Knochen. Das helle Grün ihrer Augen wirkte fehl am Platz, ein Leuchten, das in diesem Gesicht nichts mehr verloren hatte, eine weitere Verschwendung von Licht.

Einmal bewunderte eine Mitschülerin Ionas Winterstiefel und wurde ganz aufgeregt, als sie erfuhr, dass sie dieselbe Größe hatten.

»Du kriegst sie«, sagte Iona, »aber ich will dein Taschengeld für den ganzen Monat.« Das war der höchste Preis, der ihr einfiel.

Am nächsten Tag tauschte sie die Stiefel gegen vier klebrige Fünfmarkstücke. Als sie mit taub gefrorenen Zehen nach Hause kam, saß ihre Mutter in der Küche. Ihr Blick ging nach innen, war starr auf etwas gerichtet, das sie Iona niemals erzählen würde. Sie zuckte zusammen, als sie das Geräusch der Münzen hörte, die vor ihr auf den Tisch geworfen wurden. Danach rannte Iona durch die Wohnung und knipste jede Stehlampe, jeden Deckenstrahler, jede einzelne Glühbirne an.

Noch immer wartete Iona darauf, dass Tine ihr sagte, warum sie hier waren, warum sie in der feuchten Kälte herumstanden und dabei zusahen, wie der Sarg herausgetragen und heruntergelassen wurde, wie jeder ein Häufchen Erde in die Grube warf, die so schlammig war, dass sie sich nur mit großer Mühe von der Schaufel löste. Tine ignorierte ihren fragenden Blick, sie ließ sie warten bis die Gebete gesprochen, der Weihrauch verbrannt und die Glocken verstummt waren. Es war die Selbstverständlichkeit der einzelnen Handgriffe, die Iona bei der Beerdigung ihrer Mutter vermisst hatte. Aber deshalb konnte sie sich nicht in die Auferstehung des Fleisches hineinsteigern, bis ihr Gehirn aufgab und sie daran glaubte.

Im Gasthaus zum Löwen zog Tine sie an den Rand, weg von den Tischen und neben den schwarzen Berg aus aufgehängten Mänteln. In dem fahlen Neonlicht, das von der Küche ausging, wirkte Tine noch blasser, beinahe durchsichtig. Ihre roten Locken nahmen Abstand von ihrem müden Gesicht, als wollten sie weg, woandershin, in ein Bild von Botticelli. Iona wich mehreren Tellern Bratkartoffeln aus, die von einer Kellnerin an den großen Tisch gebracht wurden. Sie waren im Weg. Die Kellnerin drehte sich nach Iona um und starrte sie an.

Sie und ihr Bauch nahmen wohl zu viel Platz ein. Iona hob die Hände, wie zum Beweis, dass sie unbewaffnet und in friedlicher Absicht gekommen war. Aber die Kellnerin wandte ihren stechenden Blick nicht ab.

»Ich gehe jetzt«, beschloss Iona, weil Tine offensichtlich selbst keine Ahnung hatte, was sie hier eigentlich taten.

Tine folgte ihr nach draußen. Kaum waren sie vor der Tür, schüttelte sie eine Zigarette aus der Packung. Iona runzelte die Stirn.

»Ich weiß«, sagte Tine und schützte die Flamme mit ihrer Hand.

»Hast du solche Lungen schon mal angefasst?«, fragte Iona. »Die sind wie hartes Leder.«

Die Tür öffnete sich langsam. Tines Bruder und ihre Schwester schoben sich rückwärts nach draußen. Sie winkten in den Gasthof hinein, in eine unbestimmte Richtung, dann drehten sie sich um.

Die Schwester sprach hektisch in ihr Telefon, der Bruder blieb eine Sekunde lang stehen.

»Wo ist Clara?«, fragte er.

»Bei ihrem Vater«, sagte Tine.

Er schüttelte den Kopf und entfernte sich schnell, stieg ohne ein weiteres Wort in sein Auto und fuhr davon.

»Arschloch«, rief sie.

Aber es klang wie eine Frage.

Ein plötzlicher Riss in der Wolkendecke warf ein Stück Sonnenlicht auf den Kiesweg vor ihren Füßen. Tine machte zwei hastige Schritte, reckte die geschlossenen Augen in Richtung Himmel. Sie sah das Blut in ihren eigenen Lidern schimmern und ließ nur widerwillig den Rauch los, den sie zwischen den Lippen gefangen hielt.

»Kinder haben ist schrecklich«, sagte sie, bevor sie einen neuen tiefen Zug nahm. »Und keine Kinder haben, auch.«

»Da bleibt ja nicht viel übrig«, sagte Iona.

»Stimmt, aber wenn man Glück hat, darf man wenigstens selbst entscheiden, was man persönlich für das kleinere Übel hält.«

»Und was ist das für dich?«

»Wäre gewesen. Kinder. Mindestens drei.«

Sie löschte die Glut an der Hauswand, drückte viel heftiger als notwendig, die Funken stoben um sie herum. Die Sonne verschwand. Die Tür öffnete sich wieder. Der Dorfpfarrer kam heraus und nickte zum Gruß, bevor er Tine um Feuer bat.

Er wirkte nicht viel älter als Tine, seine Schritte federten, wenn er ging. Sein Kragen wirkte wie eine Verkleidung. Immer wieder streckte er die Hand aus, um zu prüfen, ob es noch regnete, dann konsultierte er sein Telefon für die Wettervorhersage. Offensichtlich traute er seiner eigenen Hand nicht.

Iona ging ein paar Schritte im Kreis. Das Herumstehen ging ihr auf die Nerven. Sie vermisste die rote Jacke, die sie in London gelassen hatte, weil der Reißverschluss nicht mehr zuging. Diese Jacke hatte die tiefsten Taschen der Welt. Man konnte die Arme fast bis zum Ellbogen in ihrem weichen Futter versenken, bis die Hände ganz still wurden und nicht mehr verrieten, wie sehr man in der Luft hing.

Das Sofa ihres Vaters war schuld und das Essen, mit dem Tine sie versorgte. Jetzt, da sie wusste, was sie essen und wo sie schlafen würde, bemerkte sie, dass alles andere fehlte. Natürlich wollte sie nur Geld von ihm. War das verwerflich? Es wäre das Einzige, was sie je von ihm bekäme, und deshalb würde sie es nehmen. Sie würde es nehmen und ihre Reise fortsetzen, denn wenn sie nicht stehen blieb, war alles zu ertragen. An das Kind dachte sie kaum. Natürlich hatte sie es bemerkt, als ihre Bauchmuskeln zur Seite rutschten, als es schwierig wurde, sich aus dem Liegen nach oben zu ziehen. Sie merkte auch, wenn es sich bewegte.

Gerne hätte sie behauptet, deswegen irgendeine Art von Verbundenheit zu spüren, aber das wäre nicht wahr gewesen und sie schaffte es nicht einmal, sich ausreichend dafür zu schämen. Es war wie in den klaren Nächten, wenn sie in den Himmel sah und wusste, dass sie und auch alle anderen für immer zu dumm sein würden, sich die Unendlichkeit hinter der Milchstraße vorzustellen. Das Universum war da, aber man kapierte es nicht, und auch wenn es wahrer war als alles andere, war es eine unnütze Wahrheit, eine, die alle anderen Wahrheiten sabotierte. Genauso war es mit dem Kind.

Tine bemerkte Ionas Ungeduld und beschloss, den Pfarrer nach Tahvo zu fragen, auch wenn sie sich nicht vorstellen konnte, dass Tahvo mit irgendjemandem im Dorf jemals mehr als drei Worte über das Wetter wechselte. Selbst das bezweifelte sie. Tahvo konnte so wortkarg sein, dass jeder, der sich ihm näherte, sofort aufgab.

»Ähm, Jakob«, begann Tine zögernd, viel lieber hätte sie *Herr Schulacker* gesagt.

»Ich habe Post entgegengenommen für meinen Nachbarn, aber er holt sie seit Wochen nicht ab. Tahvo Fährmann. Kennst du ihn?«

»*Kennen* wäre vielleicht übertrieben«, sagte Jakob, und sah kurz von seinem Handy auf. »Ich habe ein paar Mal mit ihm geredet.«

»Wirklich? Worüber?«

Tine reagierte zu überrascht, sie hielt sich erschrocken den

Mund zu, was alles noch schlimmer machte. Jakob blinzelte verwirrt.

»Das kann ich dir nicht sagen.«

»Aber er hat doch gar nicht … er war doch nun wirklich überhaupt nicht …«

»Offenbar kennst du ihn besser als ich. Wir haben uns nur ein paar Mal zufällig auf dem Friedhof getroffen.«

»Auf dem Friedhof? Was hat er da gemacht?«

Jakob schüttelte den Kopf und sah Tine bedauernd an. Er holte Luft, um etwas zu sagen, aber dann sagte er doch nichts und biss sich nur nervös auf die Lippen.

»Frag mal bei den Wagenburgen«, sagte er schließlich, »am Sankt Fides Weg.«

Danach verschwand er wieder in der Wirtschaft.

Risse und Löcher

Eine neue Schicht Nebel zog über das Tal, so dicht, dass man die Fellfarben der Kühe und Schafe auf der Weide nicht mehr erkennen konnte. Iona berührte aus Versehen einen Zaun und bekam sofort einen Schlag. Sie fluchte laut. Tine blieb nicht stehen.

»Warum hast du es so eilig?«, fragte Iona.

»Weil ich wütend bin.«

»Ich nicht. Ich hätte viel mehr Grund dazu.«

»Lass mich noch mal in der Wohnung nachsehen. Kann ich mit reinkommen?«

»Die Tür steht immer offen.«

»Mach sie besser zu.«

»Und dann? Soll ich jedes Mal die Fenster einschlagen? Oder hast du einen Schlüssel?«

Tine schüttelte den Kopf.

»Ihr wart wohl noch nicht lange zusammen«, sagte Iona, die sich keine Mühe gab, ihren Ekel zu verbergen.

Tine antwortete nicht. Sie sah an sich herunter und merkte, dass das Loch in ihrer Strumpfhose noch weiter aufgegangen war. Ihr ganzes Knie ragte heraus. Aber selbst wenn sie so korrekt gekleidet gewesen wäre wie ihre Schwester, geändert hätte es nichts. Es gab nichts zu retten. Ihre Familie verzieh nichts. Tahvo würde ihr sagen, dass sie aufhören sollte, zu hoffen. Dass es auch Vorteile hatte, das schwarze Schaf zu sein. Aber er war nicht da.

Im Haus war es immer noch eiskalt, obwohl Tine am Morgen einen Glaser gerufen hatte, der die zertrümmerte Fensterscheibe sofort reparierte.

Als sie in die Küche ging, um Tee zu machen, stellte sie

fest, dass alle Vorräte schon fast verbraucht waren. Sie hatte sie erst gestern vorbeigebracht und geglaubt, sie würden für ein paar Tage reichen. Währenddessen hockte Iona am Kamin und machte Rauch.

»Soll ich dir das mal zeigen?«, rief Tine in Richtung Wohnzimmer.

Sie bekam keine Antwort. Der brummende Kühlschrank schaffte es kaum, das scharfe Ticken des Sekundenzeigers an der Küchenuhr zu übertönen. Tahvo hatte ihr von den Blindgängern erzählt, die in Berlin vermutlich noch massenweise im Boden lagen. Längst hatte man Häuser auf ihnen gebaut, Häuser, die etwa so alt waren wie er. Das Material, das die Zündung der Bomben umgab, bestand aus einem Kunststoff, der mit den Jahren porös wurde, man konnte sogar ungefähr sagen, wann er sich ganz aufgelöst haben würde. Und zwar jetzt. Sehr bald. Vielleicht passierte nichts, vielleicht schliefen sie weiter. Aber genauso gut konnten sie in die Luft gehen. Weil man nicht wusste, wo sie sich befanden, konnte das niemand verhindern. Tine war besorgt, aber Tahvo fand, es gäbe Schlimmeres.

»Die Leute schlafwandeln auf Minenfeldern«, sagte er, »seit Jahrzehnten tun sie das, fast überall. Manchmal regen sie sich kurz auf, aber dann werden sie sofort wieder müde.«

Er zeigte auf Tine, die für ihn in solchen Momenten ihre ganze Generation repräsentierte, und sagte: »Ihr wart doch noch nie richtig wach! Ich hoffe auf Clara. Die nächsten sind anders … mehr wie wir.«

Tagelang hatte sie überlegt, was sie ihm erwidern konnte, auch wenn es jetzt natürlich zu spät war, um noch schlagfertig zu sein. Hätte sie sagen sollen: Aber ihr wart naiv? Ihr wart Machos? Ihr hattet Feinde, die klarer zu erkennen waren?

Es machte sie rasend, dass er so über sie dachte, aber ganz falsch war es deshalb nicht und das machte es noch schlimmer. Sie wusste, dass die Stille, in der sie aufgewachsen war, Risse und Löcher bekam, dass sie immer dünner wurde, wie der alte Strumpf eines Bergsteigers. Es war so lange still gewesen. So würde es nicht bleiben.

Tine goss den Tee in die Kanne und wärmte ihre Hände am aufsteigenden Dampf. Es knirschte unter ihren Schuhen. Der Küchenboden war übersät mit getrocknetem Schlamm und kleinen Kieseln. Irgendwie kam es ihr vor, als hätten sich die Abstände zwischen den Dielenbrettern vergrößert. Sie steckte ihren Zeigefinger in eine klaffende Ritze und glaubte, die kalte, abgestandene Luft des Kellers darunter spüren zu können. Ihr eigener Keller war beim Bau schalldicht isoliert worden, damit Niklas die Möglichkeit hatte, dort zu jeder Tages- und Nachtzeit Schlagzeug zu spielen. Er tat es dann allerdings nie. Einen Werkraum hatte er auch gewollt, einen Ort ohne Lärmbegrenzung für sich und seine Söhne, diese Söhne, die er sich wünschte und die er nie bekommen würde, zumindest nicht aus Tines Bauch.

Die Dunkelheit schimmerte zwischen den Brettern hindurch, als wäre sie eingesperrt worden. Und jetzt wollte sie endlich ins Freie.

Papiere

Iona hustete und nahm ein Stück Papier aus dem Korb neben dem Kamin, um dem Feuer Luft zuzufächeln. Es war eine unbeschriebene Geburtstagskarte, die beim Aufklappen zu einem Kuchen wurde, ein Pappkuchen mit acht brennenden Kerzen.

Zu Ionas dreizehntem Geburtstag hatte ihre Tante Teresa ihr eine ähnliche Karte geschickt. Darin befand sich ein kurzer Zeitungsartikel, so klein zusammengefaltet, dass Iona ihn fast übersah. *Ich glaube, das ist er,* hatte die Tante mit dickem Filzstift an den Rand geschrieben. Und unter dem Bild stand: *Er sieht aus wie du!*

Der Artikel erwähnte die unberührten Wälder Lapplands, in denen der Fotograf und Aktivist Tahvo Fährmann *seit über dreizehn Jahren mit seinen Leuten ein anderes Leben versuchte.* Iona ging ins Badezimmer und verschloss die Tür. Seit einiger Zeit besaß sie alle möglichen Pflegeprodukte, die ihre Mutter ihr kaufte, wenn sie sich in einer grellen Phase befand. Diese Phasen waren neu, vielleicht nahm sie andere Medikamente, Iona wusste es nicht, sie fragte auch nicht. Es war schlimm genug, dass sich die Stimmung ihrer Mutter in Gefäßen befand, in Pillendosen, in Pipetten und in Flaschen. In den grellen Phasen kaufte Susanne alles, was ihr in den Sinn kam, und in den dunklen sprach sie vom Obdachlosenheim, in dem sie bald leben würden.

Um sich besser sehen zu können, schob Iona all die Tuben und Tiegel zur Seite, die versprachen, ihre Teenagerhaut wieder in eine Babyhaut zu verwandeln. Langsam konnten sie es mengenmäßig mit der Armada an Antifaltencremes aufnehmen, die Susanne auf der anderen Seite vor dem Spiegel aufgestellt hatte und deren Auftrag noch hoffnungsloser war. Früher hatte sich ihre Mutter nie um ihr Aussehen gekümmert, aber ausgerechnet jetzt, wo ihr alles andere egal geworden war, hatte sie aus irgendeinem Grund damit angefangen.

Iona sah auf das Foto, dann in den Spiegel und wieder zurück. Ihr Gesicht war nicht mehr ihr eigenes. Der kleine Knick in der nicht gerade zarten Nase, ihre Huskyaugen, die glatten dunklen Haare, die am Kopf herunterhingen, als seien sie nie richtig trocken, sogar ihr immerwährendes Stirnrunzeln – alles, alles hatte sie von ihm.

Es gab einen vagen Gedanken, den sie seit Jahren mit sich herumtrug. Immer wieder hatte sie es geschafft, ihn vor sich selbst zu verstecken. Jetzt spürte sie, wie er sich entfaltete, er blähte sich auf wie ein riesiger Fesselballon: Sie war schuld. Weil sie genauso aussah wie ihr Vater, musste ihre Mutter sich jeden Tag an ihn erinnern und kam gar nicht dazu zu vergessen, was auch immer er getan hatte.

Iona knüllte das Stück Zeitung zusammen und warf es ins Klo. Sie spülte drei Mal hintereinander, um sicherzugehen, dass er wirklich verschwunden war. Aber ihn aus ihrem Gesicht, aus ihrer DNA zu entfernen, das war schwerer.

Noch am selben Tag ging sie in den Drogeriemarkt und kaufte eine Flasche Wasserstoffperoxid, um wenigstens ihre Haarfarbe in das verwaschene Dunkelblond ihrer Mutter zu verwandeln. Das Ergebnis war ein grelles Gelborange, das Iona unter Mützen verstecken musste, bis die Haare lange genug nachgewachsen waren, um sie abzuschneiden. Sie musste wohl akzeptieren, dass sie so aussah, aber nicht, dass sie womöglich so *war*. Da sie aber gar nicht genau wusste, was es zu vermeiden galt, weil sie es nicht kannte, musste sie annehmen, dass ihre Mutter das genaue Gegenteil darstellte, und so werden wie sie. Beziehungsweise eine bessere, lebensfrohere Version von ihr.

Ein paar Jahre später bekam Susanne aber kaum noch mit,

dass ihre Tochter sich für Medizin einschrieb und davon sprach, auch Chirurgin werden zu wollen. Als sie starb, brach Iona das Studium ab, obwohl sie fast fertig war, und als sie die Wohnung ausräumte, um nach London zu ziehen, fand sie ein altes Notizbuch, das Susanne wohl versäumt hatte zu vernichten. Darin stand eine Adresse, so oft durchgestrichen, dass Iona sie nur mit großer Mühe entziffern konnte. Ob sie noch stimmte, wusste sie nicht. Sie behielt die Adresse, ohne zu glauben, dass sie sie jemals brauchen würde.

Der Wind hatte den Baum vor dem Küchenfenster schon halbseitig leer geweht.

Die andere Seite leuchtete umso heller. Mit brennenden Rot- und Gelbtönen wehrte sie sich gegen das neblige Grau. Tine fror. Aus dem Wohnzimmer kam immer noch Rauch, aber keine Wärme.

Es war ihr ein Rätsel, wie Iona vollkommen mittellos den halben Kontinent durchquert hatte, ohne in der Lage zu sein, ein einfaches Feuer zu machen. Tine hatte keine Geduld mehr. Sie riss Iona die Streichhölzer aus der Hand und begann, etwas Papier zusammenzuknüllen. Ringsherum baute sie sorgfältig ein Zelt aus Reisig. Aber gerade als sie es anzünden wollte, nahm Iona plötzlich einen der Papierbälle heraus und glättete ihn. Das Zelt fiel in sich zusammen.

»Setz dich«, befahl Tine wütend, »wenn du nicht frieren willst, bis er zurückkommt, dann schau mir zu. Die Heizung funktioniert nicht und ich komme nicht jedes Mal rüber, um dir das Haus warmzumachen.«

Aber Iona starrte nur auf das zerknitterte Papier, das sie gerettet hatte. Selbst als das Feuer brannte und große Flammen in die Höhe schossen, wandte sie ihren Blick nicht ab und kam nicht näher, um sich zu wärmen.

»Was ist das?«, fragte Tine.

»Ein Laborbericht«, antwortete Iona. »Er ist krank. Sehr. Das ist schlecht. Bevor er stirbt, muss er irgendwie offiziell festhalten, dass er mein Vater ist.«

Tine riss das Papier an sich, aber die Werte darauf sagten ihr nichts.

»Wieso denn?«

»Wenn er einfach verschwindet, ohne mich vorher zu adoptieren, erbe ich nichts.«

»Man stirbt nicht von ein paar Zahlen auf einem Zettel.«

»Du musst mir nicht glauben«, sagte Iona.

Sie stand auf und warf den Bericht in die Flammen.

Mutterkraut

Zuerst spürte sie es an der Nase und als es riss, streiften die langen silbernen Fäden ihre Wangen und ihre Ohren. Iona entschuldigte sich leise. Es musste riesig gewesen sein.

»Was ist?«, fragte Tine hinter ihr.

»Ich bin durch ein Spinnennetz gelaufen.«

Iona ging weiter, wurde nicht langsamer, obwohl es steil bergauf ging, und Tine war entsetzt, dass es ihr schwerfiel, mit einer Frau mitzuhalten, die im achten Monat schwanger war. Von weitem sahen sie die Umrisse der Wagen durch den dünnen Nebel schimmern. Iona vermisste ihre Haare, die sie am Morgen mit der Küchenschere abgeschnitten hatte, weil sie so verfilzt gewesen waren. Der Schal ihres Vaters wärmte ihren Nacken nicht halb so gut. Sie folgten dem Schild, auf dem *St. Fides Weg* stand, und ließen den Hexenberg hinter sich.

»Warum heißt der Berg so?«, fragte Iona.

»Wegen der Frau, die sonntags im Wald nach Brennholz gesucht hat, anstatt in die Kirche zu gehen. Suchen musste. Weil sie arm war. Und selbst jetzt sucht sie noch weiter. Nicht mal sterben durfte sie. Das konnte sie sich nicht leisten.«

Tine schüttelte ihr Feuerzeug, um ihm noch eine letzte Flamme zu entlocken. Dann hielt sie die brennende Zigarette so weit weg von Iona wie ihre Armlänge es zuließ.

Der Weg war schmal, immer wieder verhakten sie sich in den wuchernden Brombeerranken. Der gelbbraune Farn, den sie streiften, hinterließ große Tropfen auf ihren Jacken. Hinter ihnen raschelte es deutlich. Womöglich ein großes Tier, ein Reh vielleicht oder ein Hirsch. Nach der Zigarette pustete Tine warmen Atem auf ihre Finger. Selbst ihre Backenzähne waren kalt.

Er war so oft weggefahren, ohne ihr zu sagen, wohin er fuhr oder wann er zurückkommen würde. Ohne dass er sie je hätte warnen müssen, hatte sie immer gespürt, dass sie seine dunklen Stellen nicht berühren durfte. So wie er war, zuverlässig nur in seiner Unberechenbarkeit, hatte er ihr genügt. Zumindest wollte sie gern von sich behaupten, dass sie seine Geheimnisse ertrug, wollte großzügig sein in dieser und jeder anderen Hinsicht. Clara und Tahvo waren alles, was ihr noch blieb. Außer ihnen gab es nichts, das sich noch lebendig anfühlte. Sie hatte jedes Recht, ihn zu verklären.

Aber um genau das weiter tun zu können, brauchte sie wenigstens ein paar Antworten auf die Fragen, die seit Ionas Ankunft aus ihrem Bild von ihm klafften wie aufgerissene Mäuler. Zum Beispiel: Warum hatte er freiwillig so viel Zeit mit Clara verbracht, während ihn sein eigenes Kind offensichtlich nicht interessierte?

Sie waren fast da. Iona ging noch schneller, genoss das Knistern der welken Buchenblätter unter ihren Schritten. Tine versuchte, sich ihre Erschöpfung nicht anmerken zu lassen, aber sie schnappte nach Luft wie Beifang auf dem Schiffsdeck.

Vor dem Wagen, der vom Waldweg aus als Erster zu sehen war, schraubte ein großer bärtiger Mann an einem Fahrrad herum. Iona ging auf ihn zu.

»Wissen Sie, wo Tahvo ist?«

Der Mann schüttelte den Kopf, ohne aufzusehen.

»Aber Sie kennen ihn?«

»Ihr wollt zu Tuulikki«, antwortete der Mann, »sie wohnt im weichsten Wagen.«

Tine wollte fragen, wer das sei und was er mit einem weichen Wagen meinte, aber dann merkte sie, dass Iona schon weitergegangen war.

»Hier vielleicht«, sagte Iona und blieb vor einem großen, räderlosen Wohnmobil stehen, dessen Außenfläche ganz und gar mit zusammengenähten Schaffellen bedeckt war. Nicht einmal die Fenster waren frei gelassen worden. Auf einem Schild an der Tür stand *Tuulikki Hyvärinen.*

Iona versuchte zu klopfen, aber das weiche Fell an der Tür schluckte den Aufprall ihrer Fingerknochen.

»Hallo?«, rief Iona, »Ist jemand zu Hause?«

»Natürlich«, sagte eine Stimme von drinnen. »Wieso sollte ich raus bei dieser feuchten Kälte, wo ich noch bei Trost bin?«

»Dürfen wir eine Frage stellen?«, rief Tine.

Den Akzent der Stimme aus dem Wagen konnte sie nicht einordnen.

Eine schmale Frau mit langen hellgrauen Haaren öffnete die Tür und sagte: »Das tut ihr doch schon. Kommt rein.«

Drinnen war es warm und stockdunkel. Tuulikki zündete eine große Petroleumlampe an, die über einem kleinen runden Tisch hing. Obwohl es jetzt zum Sehen hell genug war, verteilte Tuulikki Teelichter in jedem Winkel ihres Wagens. Bevor sie die Lichter anzündete, formte sie mit ihren Händen große Kreise um sie herum, als wollte sie dadurch sicherstellen, dass die kleinen Flammen nichts berührten.

Jetzt sahen Iona und Tine, dass auch drinnen überall Felle lagen, auf dem Boden, auf dem Bett und auf den Stühlen. Von der Decke hingen würzig duftende getrocknete Blüten, kopfüber zu Sträuchern gebunden. Alles sah sehr sauber und aufgeräumt aus, nichts stand einfach so herum, abgesehen von den Flaschen auf dem Tisch. Sie enthielten eine transparente Flüssigkeit, in der kleine schwarze Kugeln schwammen. In zwei der Flaschen hatten sich die Kugeln schon so weit aufgelöst, dass der Inhalt sich verfärbt hatte und man nicht mehr durch ihn hindurchsehen konnte. Tine und Iona setzten sich vorsichtig auf zwei schiefe, flauschige Stühle. Sie sahen zu, wie Tuulikki sich durch ihre Schränke tastete, bis ein großes Glas Wasser vor Iona stand. Vor Tine stellte sie ein genauso großes Glas, randvoll mit der schwarzen Flüssigkeit, die hochprozentig roch.

»Woher wissen Sie denn …?«, begann Tine, die gerade erst begriffen hatte, dass Tuulikki blind war.

»Ich bin an den Bauch gestoßen.«

»Aber woher wissen Sie, wo ich sitze?«, fragte Iona.

»Dort, wo es nicht nach Rauch riecht«, antwortete Tuulikki und band mit einer lässigen Handbewegung ihre Haare zu einem großen silbernen Nest.

»Richtigen Salmiakki habe ich nicht mehr. Nur noch Lakritzbonbons, aufgelöst in Wodka.«

»Kein Problem«, versicherte Tine, obwohl es widerlich klang.

Sie umklammerte das Glas und roch die süße Schärfe des Alkohols, die Wärme und angenehme Gleichgültigkeit versprach.

»Was wollt ihr wissen?«

»Wir suchen Tahvo«, sagte Iona.

»Viel Glück!« Tuulikki kicherte. »Niemand außer mir hat ihn je beim Versteckspielen gefunden. Es war nett von ihm, dass er überhaupt mit uns gespielt hat. Er war ja sehr viel älter als meine anderen Geschwister und ich und hatte bestimmt Besseres zu tun. Aber er hat sich immer viel zu gut versteckt.«

»Er ist Ihr *Bruder*?«, fragte Tine fassungslos. Sie hatte das Gefühl, durch eine Klappe im Boden zu fallen und nur noch auf den Aufprall warten zu können. Nichts wusste sie über Tahvo. Alles, was sie wusste, war falsch. Sie leerte ihr Glas in einem Zug und hustete.

»Dieselbe Mutter, ja«, antwortete Tuulikki, während sie nach der Flasche tastete, um Tine nachzuschenken. Das zweite Glas wurde augenblicklich nachgefüllt. Ionas Augen verengten sich, als sie sah, wie Tine auch das dritte leerte. Tuulikki hatte nichts als das Geräusch, das das Glas auf dem Tisch beim Abstellen machte, und trotzdem traf sie und goss wieder ein, ohne mehr zu verschütten als ein gewöhnlicher, sehender Barkeeper.

»Er hat mir nie erzählt, wie er aufgewachsen ist«, sagte Tine. »Also er redet sowieso ungern von sich, aber über manche Dinge sagt er einfach gar nichts. Nie. Wenn ich ihn frage, stellt er sich taub.«

Tuulikki seufzte leise und begann, den Tisch abzuwischen. Ihre Finger waren so schmal, dass ihre zwei Ringe bei jeder Bewegung verrutschten, obwohl sie sie an den Daumen trug.

»Ich weiß. Es gab Zeiten, in denen hat er tagelang geschwiegen. In Finnland ist das nicht ganz so ungewöhnlich und wenn man sehen kann, erträgt man es vielleicht. Aber ich halte es nicht aus. Deshalb wollte ich mit, als es ihn wieder wegzog aus dem Wald. Irgendwohin, wo die Pausen zwischen den Wörtern nicht so lang sind. Selbst wenn ich die Sprache erst lernen musste.«

»Welcher Wald?«, fragte Iona.

»Nicht weit von Rovaniemi. Da haben sich Leute versammelt, die von allem genug hatten und dachten, sie wären der Wildnis gewachsen. Ohne die Sami, die uns halfen, hätten wir keine Woche überlebt. Wir mussten so viel lernen. Aber nach vierzehn Jahren, gerade als wir uns nicht mehr so dumm anstellten, wollte Tahvo plötzlich alles abbrechen. Viele haben ihm das übel genommen.«

»Was denn abbrechen?«, fragte Iona.

»Könnten Sie ... vielleicht bitte von vorn anfangen? Ich verstehe überhaupt nichts mehr, ich dachte immer ... ich dachte, Tahvo wäre in Finnland geboren und aufgewachsen und dann, warum auch immer, nach Luchsberg gekommen? Stimmt das etwa auch nicht?«

»Doch, das stimmt«, antwortete Tuulikki zögerlich. »Aber es gab noch ein paar Stationen dazwischen.«

»Welche denn?«, Tine verbarg ihre Ungeduld nicht mehr.

Tuulikki seufzte und ordnete ihr Haar neu.

»Ich weiß auch nicht alles. Er ist in der Nähe von Jyväskylä geboren, in Mittelfinnland, wo wir anderen auch alle aufgewachsen sind. Er hat in Helsinki diese Fotografie-Ausbildung gemacht, und dann glaubte er, er müsste unbedingt weg, um mehr Licht zu haben, so wie diese Maler früher, die alle nach Südfrankreich ... naja, er war dann in Berlin, Deutsch konnte er ja schon gut, weil sein Vater ...«

Tuulikki räusperte sich und ließ ihre Haare wieder los. Sie

setzte sich auf den Stuhl, der noch frei war, zog ihre Beine hoch und umarmte ihre Knie.

»Und dann?«, fragte Iona.

»Er war lange in Berlin, er war da bis ... er brauchte eine große Veränderung, als er wieder nach Finnland zurückkam, also ging er mit diesen Leuten an den Polarkreis und nahm mich mit. Sie sagten, dort sei das einzige Stück unberührte Natur zu finden, das es in Europa überhaupt noch gäbe. Bitte fragt mich nicht, warum ich damals mitgegangen bin, ich weiß es selbst nicht mehr genau. Wahrscheinlich dachte ich, es würde ihm helfen.«

»Wobei denn helfen?«, fragte Iona.

»Jedenfalls, wie gesagt, auch dort hielt er es nicht für immer aus. Ein paar Jahre aber schon, ein paar kalte, lange Jahre.«

Tuulikki schüttelte sich und zog ihre Knie noch näher an sich heran.

»Und danach wollte er *hier*her?«, fragte Tine. »Warum?«

»Das weiß ich nicht genau«, antwortete Tuulikki nach einem etwas zu langen Zögern.

Sie lügt, dachte Tine.

Tuulikki seufzte wieder. Dann holte sie einen Teller und eine raschelnde Tüte aus dem Schrank und stellte etwas auf den Tisch. Es waren Gebäckstücke, die wie Schiffe aussahen. Schiffe aus dunklem Teig, mit Reis beladen. Iona nahm ein Schiff und biss in den Bug.

»Karjalanpiirakka«, sagte Tuulikki.

Tine holte Luft.

»Ich will das wissen, seit ich ihn kenne«, sagte sie, »aber ihn direkt zu fragen ist sinnlos: Er muss doch irgendeinen Grund haben, in diesem Kaff hier zu wohnen. Warum kam er ausgerechnet hierher?«

»Er hatte bestimmt einen Grund«, antwortete Tuulikki. »Vielleicht wollte er es etwas heller und wärmer haben. Manchmal sagte er auch, er fände es schön, an einer Grenze zu leben, sich nicht festlegen zu müssen auf einen einzigen Ort.«

»Oder auf eine einzige Frau?«, fragte Iona mit vollem Mund.

Tine verzog ihr Gesicht und biss die Lippen zusammen.

»Kann sein«, sagte Tuulikki schulterzuckend. »Jedenfalls war das hier als Zwischenlösung gedacht, als Übergang zwischen Wildnis und Zivilisation. Tahvo hat irgendwann ein Haus gekauft. Aber ich bin in meinem Wagen geblieben.«

»Ist das Haus abbezahlt?«, fragte Iona.

Tine trat ihr unter dem Tisch gegen ein Schienbein.

»Ich glaube schon«, sagte Tuulikki. »Warum willst du das wissen?«

»Will sie nicht«, fauchte Tine und trank ein weiteres riesiges Glas Lakritzschnaps, obwohl sich ihr Kopf schon anfühlte wie ein Bausch Zuckerwatte.

»Ist das Kamille?«, fragte Tine, um das Thema zu wechseln. Sie deutete auf die getrockneten Blüten, die von der Decke hingen. Sie hatte vergessen, dass Tuulikki ihre Geste nicht sah.

»Falsche Kamille«, sagte Tuulikki trotzdem.

»Wieso falsche?«

»Weil es keine ist. Es ist Mutterkraut. Gut gegen meine Migräne. Früher wurde es auch für Abtreibungen benutzt. Zumindest hat man es probiert …«

»Was für Abtreibungen benutzt wurde, sollte nicht *Mutterkraut* heißen«, sagte Tine mit wachsendem Seegang in der Stimme.

Tuulikki knickte eine Blüte ab und legte sie vorsichtig auf den Tisch. Tine biss hinein und verzog das Gesicht. So viel Bitterkeit hatte sie nicht erwartet. Sie spülte mit Schnaps nach, um den Geschmack loszuwerden. Diesmal musste sie wieder husten. Tuulikkis Kichern klang wie das einer Vierzehnjährigen.

»Woher kennt ihr Tahvo eigentlich?«

»Er ist mein Nachbar.«

Iona machte ein verächtliches Geräusch.

»Ich verstehe«, sagte Tuulikki, während sie nach dem Glas tastete, um neuen Schnaps einzuschenken.

»Ich dachte, es wird besser mit dem Alter.«

Tine wollte fragen, was sie meinte, aber sie hatte Angst, es schon zu wissen.

Also fragte sie nicht. Sie trank und knallte das leere Glas so laut auf den Tisch, dass es beinahe zerbrach.

»Es reicht«, sagte Iona und hielt Tuulikkis Arm fest, als sie Tine wieder nachschenken wollte. »Ich kann sie nicht zurücktragen.«

Sie sah in Tuulikkis trübe Augen, die sich hin- und herbewegten und nicht aufhörten zu suchen. Als ob sie nicht längst wussten, dass es sinnlos war. Als ob sie immer noch hofften auf einen einzigen hellen Moment, irgendwann. Tine stand auf und machte zwei Schritte, zum Beweis ihrer Nüchternheit. Aber als sie stehen blieb, sah sie nicht, dass sie zu nah an einer Kerze stand. Ihr Jackenärmel fing Feuer.

Iona riss das Fell von ihrem Stuhl und erstickte damit die Flamme.

»Lass mich los«, rief Tine, die nicht bemerkt hatte, dass sie brannte.

Tuulikki runzelte besorgt die Stirn, als ihr der Geruch versengter Kleidung in die Nase stieg. Sie begann nach der Wärme der Kerzen zu tasten und löschte ihr Feuer mit etwas, das aussah wie ein Spielzeug-Kochlöffel.

»Also: Sie wissen es nicht«, sagte Iona.

»Was?«

»Wo er ist.«

»Nein. Das weiß ich nicht. Es tut mir leid.«

»Okay. Danke. Wir gehen jetzt«, sagte Iona, während sie die Tür öffnete und Tine an ihrem unbeschädigten Ärmel in Richtung Wald zog.

Tine war schlecht, aber sie fror nicht mehr. Im Leben gibt es nur wechselnde Übel, das war ein Spruch ihrer Mutter. Über den Bäumen lag ein letzter Streifen Dämmerung.

Sie dachte an ihre Ägyptenreise, an den Gott Re auf seiner täglichen Hin- und Rückfahrt durch die Horizonte. Jeden

Morgen und jeden Abend versperrte Apophis, die Riesenschlange, ihm den Weg. Jeden Morgen und jeden Abend musste er kämpfen, damit er weiterkam, musste Apophis zerschlagen, seine Wirbel zertreten, ihn mit dem Feuer verbrennen, das von seinem Auge ausging. Das vergossene Blut färbte den Himmel rot.

Warum, fragte sie sich, wurden die beiden nicht müde? Jeden Morgen und jeden Abend diese blödsinnige Schlachterei.

Der Wald drehte sich und Tine blieb kurz stehen, um sich an einem Busch festzuhalten. Sie wollte sich auf keinen Fall übergeben.

»Was ist?«, fragte Iona. »Komm doch endlich!«

»Ich kann nicht. Hast du noch nie was getrunken?«

»Nein. Noch nie.«

Das war gelogen. Aber Iona wollte, dass Tine sich noch schlechter fühlte.

»Noch nie?«, äffte Tine sie nach. »Warst du dein Leben lang schwanger?«

»Was in meiner Gegenwart getrunken wurde, reicht für zwei Leben. Locker.«

Tine versuchte sich vorzustellen, wie sie auf das Gesagte reagieren würde, wäre sie nüchtern. Es fiel ihr nicht ein. Stattdessen dachte sie plötzlich an etwas anderes.

»Was sollte das heißen, dass Tahvo sich nicht festlegen will? Betonst du nicht andauernd, dass du ihn gar nicht kennst?«

Iona zuckte mit den Schultern.

»Meine Mutter hat ihn gehasst. Wenn man nach Gründen sucht, warum eine Frau einen Mann hasst, dann ist das immerhin ein Klassiker. Deshalb habe ich ihn mir so vorgestellt. Und Tuulikki hat es bestätigt.«

»Und du? Warum hasst *du* den Mann, von dem das Baby ist?«, fragte Tine und ließ den Busch los, um mit dem Finger auf Ionas Bauch zu zeigen. Eine lächerliche Geste, wie in einem Schultheaterstück. Sofort stolperte sie, wie zur Strafe.

»Ich hasse ihn überhaupt nicht«, antwortete Iona überrascht. »Es gibt niemanden, den ich weniger hasse als ihn.«

Dann versuchte sie, sich an einem horizontal wachsenden Ast hochzuziehen, der ihr auf Brusthöhe den Weg versperrte.

»Ich schaffe keinen einzigen Klimmzug mehr«, sagte sie mit ehrlichem Erstaunen.

Tine gab auf. Der Lakritzschnaps schoss aus ihr heraus.

Als sie fertig war und ihr Atem sich beruhigt hatte, bemerkte sie die tiefen Fußabdrücke in der feuchten Erde. Irgendetwas kam ihr daran seltsam vor. Sie setzte sich auf den Boden, ohne sich um den Schlamm auf ihrem Rock zu kümmern und leuchtete mit ihrem Handy den Boden ab, um im Dämmerlicht besser sehen zu können. Es waren die Spuren vom Hinweg, die mit der Spitze in Richtung Hexenberg zeigten. Da waren ihre eigenen, die Abdrücke ihrer Cowboystiefel, die ein filigranes Muster hinterlassen hatten. Ganz deutlich erkannte sie auch Ionas schwere Schritte in Tahvos Schuhen. Aber da waren noch andere Spuren, genauso frisch wie die ihren. Das laute Rascheln hinter ihnen war kein Tier gewesen. Irgendjemand war ihnen gefolgt.

Das Sofa

Sam erzählte die Geschichte mit dem Vogel so oft, dass Iona sie auswendig konnte. Während all ihrer Zeit miteinander hatte sie nicht die geringste Ahnung gehabt, was sie bedeutete. Sie hätte ihn unterbrechen und ihm genau aufzählen können, bei wie vielen anderen, ähnlich unpassenden Gelegenheiten er das seltsame Schicksal dieses blöden Vogels bereits erwähnt hatte, aber das tat sie nicht.

Am Anfang tat sie es nicht, weil sie ihr Englisch für verbesserungswürdig hielt und sie den klaren Strom aus flüssigen Worten auf sich wirken lassen wollte. Sie trank alles, was Sam sagte, um es übernehmen zu können.

Später tat sie es nicht, weil sie dachte, dass sich irgendetwas darin verbergen musste, etwas, das ihr nicht zugänglich war, weil sie nichts vorweisen konnte als ein abgebrochenes Medizinstudium. Sie fürchtete, die Geschichte könnte irgendeine Referenz sein, Bezug nehmen auf einen der vielen Klassiker, die sie nicht gelesen hatte. Dieses absichtliche Ignorieren berühmter Autoren war eine kleine, kindische, aber wirkungsvolle Rebellion gewesen, die sie sich ihrer Mutter gegenüber erlaubte. Susanne ärgerte sich maßlos darüber, denn sie selbst war eine literarische Allesfresserin, die den Hang hatte, ihre wenigen Bekannten mit ihrer Bildung zu erschlagen, bis alle sich dumm genug fühlten, um vor Scham zu verstummen. Iona sah nicht ein, etwas zu lesen, das sie nicht berührte, egal wie berühmt der Verfasser war.

Das Geld, das Susanne übrig gelassen hatte, war innerhalb kürzester Zeit verbraucht. Iona hatte ein winziges Zimmer mit schimmeligen Wänden in Brixton gemietet, keine Heizung, kein Tageslicht, aber teuer war es trotzdem. In Berlin hätte sie sich für denselben Preis eine ganze Wohnung leisten können, aber sie wollte nicht zurück. Wenn sie an ihre Mutter dachte, kam es ihr vor, als versuchte sie sich an einen schlechten Traum zu erinnern. Die Details entglitten ihr, aber das dumpfe Unwohlsein blieb.

In London konnte sie sich Träume nicht leisten, weder gute noch schlechte, und das war genau richtig, sie war endlich wach. Sie war wach und sie wollte überleben.

Im Pub gegenüber fragte sie nach einem Job. Der Besitzer sagte: »Ich mag keine Deutschen. Aber mit Bier kennt ihr euch aus.«

»Ich mag kein Bier«, antwortete Iona, und der Besitzer lachte und stellte sie ein.

Als sie Sam zum ersten Mal sah, war er ein Vampir. Er kam mit einem Freund, der sich als Werwolf verkleidet hatte. Iona wischte den Nebentisch und war dabei wie immer unsichtbar. Selbst an diesem Abend, an dem ihr Ausschnitt fast bis zum Bauchnabel reichte, an dem sie eine lange schwarze Perücke und einen Piratensäbel trug und unzählige Armreifen, die bei jeder Bewegung klirrten: Wenn sie Tische wischte, nahmen die Gäste sie nicht wahr. Um derart private Dinge mitzuhören, hätten andere dafür ganze Wohnungen verwanzen müssen. Wenn die Gespräche interessant genug waren und sie sonst nichts zu tun hatte, wischte sie bereits makellos saubere Tische einfach trotzdem weiter. Auch das merkte nie jemand.

»Tu deine Zähne wieder rein«, sagte der Werwolf. »Sonst siehst du aus wie Michael Jackson.«

Der Vampir fummelte an seinem Gebiss herum.

»So besser?«, fragte er. Er klang amerikanisch. »Der rechte ist schon abgebrochen. Scheißzeug. Ich hab ihn mit Kaugummi fixiert. Aber beim Trinken verrutscht er.«

»Besser«, sagte der Werwolf und räusperte sich nervös. Iona wischte im Uhrzeigersinn und wieder dagegen, etwas Ernstes lag in der Luft.

»Was ist los?«, lispelte der Vampir, während er einen Haufen Süßigkeiten aus seiner Manteltasche holte. »Die hab ich den Kindern weggenommen. Ist besser für sie, wenn wir das aufessen. Geradezu unsere elterliche Pflicht.«

»Ich sag es jetzt einfach«, begann der Werwolf, aber dann verließ ihn der Mut.

Er sah sich um, als erwarte er Beistand von irgendwoher. Als keiner kam, hielt er sich mit beiden Händen am Tisch fest und sagte schnell: »Ella hat eine Affäre.«

Der Vampir hatte gerade seine Lippen am Glas, verschluckte sich und rang mit aller Kraft nach Luft. Vergeblich.

»Der Zahn!«, rief der Werwolf.

Der Vampir stand taumelnd auf und röchelte. Trotz der weißen Schminke sah man ihn blau anlaufen. Iona warf den Schwamm hin und drehte sich um. Er war sehr groß, aber nicht viel größer als sie. Sie riss den Mantel von seinen Schultern und legte eine Faust unter Rippen und Brustbein. Mit der anderen Hand griff sie die Faust und zog sie ruckartig nach hinten. Er röchelte immer noch. Iona probierte es ein zweites Mal, wieder ohne Erfolg. Dann holte sie tief Luft und vollführte einen dritten und so heftigen Ruck, dass sie glaubte, eine Rippe knacken zu hören. Er spuckte den Zahn auf den Tisch und sackte auf seinem Stuhl zusammen. Die Zombies an der Bar applaudierten, bis der Krankenwagen kam.

Zwei Tage danach kam er wieder, mit einem großen Karton in den Armen. Die Rippe war doch nicht gebrochen.

Im Karton war ein Kuchen mit Schokoladenglasur und einem ziemlich langen Schriftzug aus glänzenden Zuckerperlen:

Now there is hope that my actual death
Will be slightly less ridiculous
Thank you

Iona wunderte sich, dass sie nicht bemerkt hatte, wie gut Sam aussah. Allerdings hatte sie ihn auch noch nicht ohne Vampirschminke gesehen.

Eine Frau an der Bar sprach laut in ihr Telefon. Ihre langen Nägel klimperten nervös an ihrem leeren Glas entlang. Für alle gut hörbar betrauerte sie den Verlust ihrer entflogenen Wellensittiche.

Da erzählte Sam die Geschichte mit dem Vogel zum ersten Mal. Iona lachte höflich, während sie die letzten Biere zapfte, obwohl sie weder verstand, was daran lustig war, noch, ob er überhaupt wollte, dass sie lachte.

Sam warf drei Pfeile in Richtung Dartscheibe, der erste traf knapp den Rand, die letzten beiden gingen ins Leere. Er fluchte laut. Dann sagte er:

»Ich finde, wir sollten eine Affäre haben.«

»Weil deine Frau eine hat?«

»Woher weißt du das?«, fragte Sam verwundert, während er die Pfeile einsammelte.

»Ich stand direkt daneben.«

»Ach … Ja, auch deswegen. Dann wären wir quitt.«

»Und warum mit mir?«

»Du hast mir das Leben gerettet«, sagte Sam und traf in die Mitte. »Das ist ein Zeichen.«

Iona wusste nicht, was er mit dem Zeichen meinte, seinen gelungenen Wurf oder ihren Heimlich-Griff, aber sie fragte nicht nach, das Gespräch war zu seltsam geworden. Sie war müde und die Füße taten ihr weh. Sie wollte nach Hause.

»Tut mir leid«, sagte Sam, der ihren Gesichtsausdruck bemerkt hatte. »Nimm mich bitte nicht ernst.«

Von da an kam er jeden Abend, immer kurz bevor sie schlossen. Iona fand eine Visitenkarte in seiner Jackentasche, während er auf der Toilette war. Er hatte behauptet, er sei Kapitän, aber da stand *Samuel Toussaint Dessalines PhD, Drama Department, Kingston University*. Sie hatte keine Ahnung, was ein Drama Department sein sollte. Überhaupt wusste sie eigentlich nichts über ihn. Ihre Gespräche waren ausschließlich albern. Iona war sicher, dass er nicht ihretwegen kam, sondern vor allem, um nicht zu Hause zu sein.

Aber eines Tages traf sie ihn zufällig, während sie im Park

laufen ging. Er saß auf einer Bank und rief ihren Namen. Sie wäre vor Schreck fast gestolpert und blieb nur widerwillig stehen.

»Du rennst«, stellte er fest.

Er klang enttäuscht, als hätte er das nicht von ihr erwartet.

»Ja«, sagte sie, »du nicht?«

»Warum sollte ich?«, fragte Sam irritiert. »Weil ich schwarz bin?«

»Nein«, sagte Iona. »Weil du Amerikaner bist.«

Iona lief nicht, weil sie glaubte, sich in Form halten zu müssen. Seltsamerweise wäre sie nie auf die Idee gekommen, sich selbst als sportlich zu bezeichnen. In der Schule war sie immer als Letzte in ein Team gewählt worden, weil sie ungeschickt war und vor Bällen davonrannte, anstatt sie zu fangen. Sie interessierte sich weder für Trainingspläne noch für Marathons. Sie hatte sich einfach nicht anders zu helfen gewusst, als es ihrer Mutter immer schlechter gegangen war und ihre eigene Zuversicht für zwei reichen musste. Wäre sie nicht gelaufen, hätte die Düsternis sie sofort angesteckt. Und jetzt traute sie sich nicht mehr, damit aufzuhören. Sie hatte Angst davor, still zu sitzen, auch wenn sie es sich jetzt erlauben konnte.

Ein paar Enten waren aus dem nassen Betonloch hinter ihnen geklettert und watschelten entschlossen in Richtung einer älteren Dame, die altes Brot an die Spatzen und Tauben verteilte. Erst war sie auf der Papiertüte herumgetreten, um das Brot zu zerkleinern, dann öffnete sie die Tüte und begann sich um sich selbst zu drehen, sie drehte sich und drehte sich, bis die Krümel einen großen Kreis um sie gebildet hatten, in dessen Mitte sie irgendwann taumelnd stehen blieb.

Sam nahm die große Mappe mit den noch nicht korrigierten Essays seiner Studenten auf den Schoß und wies mit beiden Händen auf die leere Stelle neben sich. Iona setzte sich, aber nur auf die äußerste Kante der Bank, um ihr Zögern durch absichtliche Unbequemlichkeit deutlich zu machen. Der Stoff ihres T-Shirts klebte an ihrem verschwitzten Rücken und sie wartete auf einen Blick, der ihr erklären würde, was sie hier taten. Aber Sam sah sie nicht an. Er nahm einen Zipfel seines Jacketts, um ausführlich seine Brille zu putzen. Durch die sauberen Gläser starrte er noch konzentrierter auf die im Kreis versammelten Vögel, die das Brot aufpickten. Und dann erzählte er die Geschichte zum zweiten Mal.

Iona hüllte sich in die Merkwürdigkeit seiner Worte wie in eine überraschend warme Decke. Niemand außer ihm hatte gesehen, dass sie fror. Unter seinen Albernheiten lag etwas Unerwartetes, etwas, das sie jetzt erst bemerkte.

Nie verlangte sie von ihm, dass er sich von seiner Frau trennte. Es erschreckte ihn manchmal, wie viel Luft sie zwischen sich und ihm ließ. Dass er so viel Zeit mit seinen Kindern verbringen wollte, störte sie überhaupt nicht. Im Gegenteil, sie rechnete es ihm hoch an.

»Man kann nicht alles haben«, sagte sie oft, zu sich selbst, aber in seiner Gegenwart, und irgendwie ärgerte es ihn, wie heiter sie dabei klang.

Sie hörte auf, Getränke einzugießen, und lernte, Scheinwerfer zu hängen und zu bedienen, nachdem sie einmal auf Sams Anfrage für jemanden eingesprungen war. Plötzlich wusste sie, was sie am allerbesten konnte. Wenn jemand sie fragte, womit sie ihr Geld verdiente, antwortete sie mit Begeisterung *Lichttechnik*, auch wenn sie selten etwas anderes beleuchten durfte als studentische Produktionen von Leuten, die Sam irgendwie kannte.

Am Anfang trafen sie sich meistens in seinem Büro. Aus irgendeinem Grund hatte sein Büro eine Milchglasscheibe und keine transparente wie alle anderen.

Sam, der an Zeichen glaubte, sah auch darin eins.

Er kaufte ein bequemes Sofa, das mehr Raum einnahm als sein Schreibtisch. Iona besuchte seine Vorlesungen und auch die seiner Kollegen, heimlich, denn eine Einschreibung konnte sie sich nicht leisten. In Sams Büro war es viel wärmer als in ihrer feuchten und fensterlosen Behausung. Irgendwann warf sie das Wenige, das sie besaß, in einen großen Rucksack und kündigte ihren Mietvertrag. Wenn Sam abends nach Hause ging, musste sie nur darauf achten, nicht in die Nähe der videoüberwachten Computerräume zu geraten. Oft fürchtete sie, der Hausmeister, der gegenüber wohnte, könnte es bemerken, wenn nachts ein kleines Licht in Sams Büro brannte, oder wenn sie das Licht im Flur brauchte, um zur Toilette zu gehen oder sich *Maltesers* vom Automaten am Ende des Gangs zu holen. Vielleicht merkte er es auch, aber er verriet sie nie. Zum Duschen ging sie in das Schwimmbad, das auf der anderen Seite des Campus lag, und in dem große Plakate monatelang die nächste Schwimmmeisterschaft des *Commonwealth* ankündigten, die dann aber nie stattfand. Frühmorgens war Iona oft die Einzige, die zwischen den türkisfarbenen Kacheln ihre Bahnen zog. Sie war eine schlechte Schwimmerin, die sich weigerte, den Kopf unter Wasser zu tauchen, aber sie liebte ihre Wachheit danach und den leichten Chlorgeruch, der ihre Haut den ganzen Tag über nicht verließ.

Ihre Kleidung wusch sie im Studentenwohnheim, allerdings nur, wenn sie es schaffte, mit jemandem durch die Tür zu schlüpfen, der einen Schlüssel besaß. Sam bot an, ihre Wäsche mit nach Hause zu nehmen, aber das war Iona unangenehm, obwohl seine Frau gesagt hatte, sie wisse Bescheid.

Nur das sagte sie: »Ich weiß Bescheid.«

Sam erwiderte, er wisse es auch, was sie betraf, und seine Frau hatte genickt und sich zwei aufgebrühte und abgekühlte Schwarzteebeutel auf die Augen gedrückt, weil sie fand, dass sie danach wacher aussah, als sie es wohl je wieder sein würde.

Obwohl ihr das Verhältnis anscheinend nichts ausmachte, wollte Iona nicht, dass seine Frau ihre löchrigen Unterhosen und ausgeleierten Pullover in der Waschmaschine fand. Lieber überbrückte sie die Zeiten, in denen sie es nicht schaffte, sich ins Wohnheim zu schmuggeln, mit Kostümen aus dem Fundus des Studententheaters. Die Beleuchtungsjobs waren oft noch schlechter bezahlt als das Kellnern, aber sie war froh darüber, dass Sam nie auf die Idee kam, ihr Geld zu geben. Sie erlaubte, dass er ihr sein altes Fahrrad schenkte, damit sie sich schneller fortbewegen konnte, ohne die U-Bahn bezahlen zu müssen, dass er ihr Aufträge verschaffte und sie in seinem Büro schlafen ließ. Aber dafür bestand sie darauf, ihn zum Essen einzuladen, wann immer es möglich war.

An einem Abend im April, der sich wie Februar anfühlte, saßen sie in Chinatown und stocherten in einem viergeteilten Hot Pot. Das Lokal roch stark nach dem Frittierfett, das schon für Schlagzeilen gesorgt hatte, weil es sich in den Abflussrohren unter ihnen in einen monsterförmigen Klumpen verwandelt hatte, der so gut wie nichts mehr durchließ. Von der Decke hing ein erschlaffter Papierdrachen, der müde schaukelte, wenn die Tür aufging. Es gab keine englischen Speisekarten. Der Kellner ließ sie auf Schriftzeichen in Mandarin deuten, ohne Übersetzungen anzubieten, obwohl er wusste, dass sie ihre eigene Bestellung nicht verstanden.

Iona starrte auf das Plakat hinter Sam, weil es das Einzige war, das sie lesen konnte. Es war eine Liste von Regeln für den chinesischen Neujahrstag, obwohl das neue Jahr schon zwei Monate alt war.

Dort standen die verbotenen Wörter, die man während des Jahreswechsels auf keinen Fall in den Mund nehmen sollte (*dead, sick, empty, pain, ghost, poor, break, kill*) und was zu tun war, wenn etwas zerbrach (die Scherben mit den Worten *sui sui ping an* in rotes Papier wickeln und erst nach Anbruch des neuen Jahres in einen Fluss werfen).

Sams breite Schultern verdeckten die restlichen Tabus. Iona war froh, dass er die Liste nicht sehen konnte, denn er übernahm jede Art von Aberglauben sofort.

Bestimmt gab es Leute, die fanden, dass auch das, was sie ihm sagen musste, auf die Liste der Unglück bringenden Dinge gehörte, aber sie spürte keinerlei Dramatik in sich, so sehr sie auch danach suchte. Sam sprach mit strahlenden Augen von seinen Töchtern. Iona mochte es, wenn er von ihnen erzählte. Aber irgendwann unterbrach er sich und wirkte verwundert, als hätte er Ionas Anwesenheit gerade erst bemerkt.

»Warum dieses Kostüm und nicht Mirandas?«

Er deutete auf ihr seltsames Gewand aus metallisch glänzendem Kunstleder, das er vor kurzem im *Sturm* an einem studentischen Prospero gesehen hatte.

»Es ist wärmer«, antwortete sie und hielt ihm einen silbernen Arm hin.

Er streichelte ihn wie einen Welpen. Sie war nur fünf Jahre jünger als er und noch stärker, als sie aussah. Trotzdem kam sie ihm manchmal so unschuldig vor, dass es ihn traurig machte. Naiv war sie nicht. Aber sie schien mit so wenig zufrieden, dass die meisten Leute in ihrer Gegenwart nervös wurden. Nie würde sie irgendwo wirklich dazugehören. Sie war eine Nonne auf einem 90er-Jahre-Rave, und es brach ihm das Herz, dass sie durch ihn nicht weniger einsam wurde. Er streichelte den klebrigen Stoff, bis sie ihren Arm wegzog.

»Wir hatten einen Unfall«, sagte sie. »Aber keine Sorge: Ich war schon beim Arzt. Der Eingriff ist in zwei Wochen. Früher ging es nicht«

Draußen schüttelte der Wind die rotgoldenen Lampions, die noch immer über der Straße hingen. Sam brauchte ein paar Sekunden, bis er verstand.

»Nein«, sagte er, »auf keinen Fall.«

»Bist du verrückt?«, fragte Iona und versuchte einzuordnen, was sie gerade aus dem Topf gefischt hatte. Sie wusste nicht einmal, ob es sich um Gemüse oder um Fleisch handelte, nahm das Stück dann aber trotzdem, vorsichtig, in den Mund.

»Ich will es!«, sagte Sam.

»Ich nicht«, sagte Iona und kaute angenehm überrascht, obwohl sie noch immer nicht sagen konnte, was es war.

Sam wurde wütend. Wut hatte sie noch nie an ihm gesehen.

»Du kannst das nicht allein entscheiden!«, rief er und ließ seine Hände so heftig auf die Tischplatte fallen, dass eines der Teelichter unter dem Hot Pot erlosch.

»Willst du immer so leben? In meinem Büro auf dem Sofa wie eine Obdachlose?«

»Was soll ich denn wollen, deiner Meinung nach?«, rief Iona. Jetzt wurde auch sie langsam wütend. »Soll ich mir ein Haus mit Garten wünschen mit Sandkasten für die Kinder? In dem du mit mir wohnst, bis es dich langweilt?«

Sam stand auf und nahm seine Jacke. Es ärgerte ihn maßlos, dass die Tür des Restaurants einen Bremsmechanismus besaß, so dass er sie nicht zuknallen konnte. Aber so viele Türen, wie er gerne zugeschlagen hätte, gab es wahrscheinlich nirgends. Am liebsten wäre er ihr eine Weile aus dem Weg gegangen, um in Ruhe über die Situation nachzudenken. Aber er musste zur Arbeit.

Tagsüber, wenn er Termine mit Studenten oder Kollegen hatte, war Iona immer unterwegs. Wenn sie nichts zu tun hatte, setzte sie sich in die Bibliothek und las, was immer sie finden konnte über Bühnendesign oder Scheinwerfertechnik. Sie hinterließ keine Spuren, und ihr Rucksack stand immer gut versteckt hinter dem großen Papierkorb unter seinem Schreibtisch. Trotzdem war die Wahrscheinlichkeit groß, dass sie sich irgendwann, zumindest kurz, über den Weg liefen. Er fand sie gerade unerträglich, aber er wusste, ja er bedauerte fast, dass diese Wut nicht ewig anhalten würde, denn sobald sie verrauchte, würde er nur noch eins wollen: sie umstimmen. Besonders viel Zeit blieb ihm nicht. Und allein mit Worten würde er nicht weit kommen.

Er mietete die erste Wohnung, die in Frage kam. Sie bestand aus einem einzigen winzigen Zimmer, lag alles andere als zentral und war schlecht angebunden, aber eine andere hätte er niemals bezahlen können.

Er schob das Sofa aus seinem Büro, hievte es in den Aufzug, in sein Auto, in die Wohnung und ließ sich von niemandem helfen, auch wenn es ihm fast den Rücken zerbrach.

Dann kaufte er ein paar Pflanzen, damit das Zimmer nicht so leer wirkte. Vor allem aber besorgte er jede Menge Glühbirnen, Stehlampen, Kronleuchter und Lichterketten. Begeistert würde sie trotzdem nicht sein, das wusste er.

Tatsächlich stand sie lange in der Tür, bevor sie einen Schritt über die Schwelle tat. Sie fühlte etwas kippen, langsam, aber unwiederbringlich.

»Überleg es dir wenigstens«, sagte Sam, der jeden Moment damit rechnete, dass sie davonrannte. Iona sagte nichts. Sie war verwundert über seine Verzweiflung. Warum wollte er so dringend dieses Kind?

Er ließ sie allein, damit sie nachdenken konnte. Er war wild entschlossen, das Richtige zu tun, in einer Situation, in der es das Richtige nicht gab.

Am Morgen goss sie die Pflanzen und überschwemmte dabei den ganzen Boden. Die Fenster bebten, wenn am nahe gelegenen Flughafen eine Maschine abhob oder landete. Sie machte Toast in der Küche und ließ ihn beinahe verbrennen, weil er ihr so am besten schmeckte. Auch den Geruch mochte sie, dieses gerade noch nicht Verbrannte. Als sie kurz das Fenster öffnete, wurde alles verdrängt vom Gestank des Kerosins, das wolkenweise von draußen hereinzog.

Gegen Nachmittag erschien Sam mit zwei großen Koffern und er brauchte nicht viel zu sagen, damit sie wusste, was er getan hatte. Er hatte sich entschieden. Das hätte er nicht tun sollen. Die Affäre mit Iona hatte seine Frau nicht interessiert, zumal sie ja selbst längst eine hatte, aber er hatte den unausgesprochenen Vertrag gebrochen und angefangen, darüber zu reden. Das Schlimmste war natürlich Ionas Schwangerschaft.

»Warum hast du ihr das gesagt?«, rief Iona. »Wozu um Himmels willen sollte das gut sein? Es wird dieses Kind nie geben!«

Sam wollte antworten, aber in diesem Moment donnerte ein riesiger Jet über das Haus und verschluckte, was immer er gerne erwidert hätte.

Zum Abschied hatte seine Frau ihm geschworen, dass er seine Töchter kaum noch sehen würde. Wäre sie nicht Anwältin für Familienrecht gewesen, hätte er sehr viel weniger Angst vor dieser Drohung gehabt. Aber jetzt war es zu spät. In dem Moment, als er mit seinen Koffern ins Auto gestiegen und losgefahren war, konnte er nichts mehr rückgängig machen.

Sam ließ sich auf das Sofa fallen und blieb einfach liegen. Tagelang stand er nur noch auf, um ins Bad zu gehen. Iona verpasste den Termin für den Abbruch und wunderte sich später selbst darüber, wie es dazu gekommen war. Irgendein Teil von ihr hatte wohl gehofft, ihn mit der Möglichkeit dieses Kindes vor dem Versinken retten zu können.

Am Anfang fühlte sie sich schlecht, wenn sie ihn mit dem Sofa allein ließ. Nur selten ging sie aus dem Haus, um Toast und Bohnen und vielleicht etwas Gemüse zu kaufen, für sich selbst, weil Sam kaum noch aß.

Er wollte nicht wissen, was in der Welt draußen passierte, in der die Amseln immer lauter vom Frühling sangen, weil sie keine Ahnung hatten, wie es war, wenn ein Sofa an einem klebte wie schwarzes Öl im Gefieder.

Einmal versuchte Iona es auf die medizinische Art. Sie versuchte, so nüchtern und sachlich zu klingen wie möglich.

»Ist es das erste Mal?«, fragte sie.

Sam nickte langsam, sein Blick war verschwommen, er sah sie nicht an. Nach ein paar weiteren Fragen, die unbeantwortet in der Luft hängen blieben, recherchierte sie ein bisschen und entschied sich für ein Medikament. Sie trug die Symptome etwas zu mechanisch bei ihrem Arzt vor, der ihr dann aber ein anderes Mittel gab, weil er von ihrer Schwangerschaft wusste. Es half nicht.

Ein anderes Mal versuchte sie es mit Wut. Sie schlug auf das Sofa ein und riss mit ihren Fingernägeln ein großes Loch in den Stoff. Große Baumwollfetzen klafften aus der Wunde. Aber er drehte sich nicht einmal um.

Draußen wurde es immer wärmer. Die Blätter platzten hellgrün aus den Ästen der erwachenden Bäume und immer mehr Spatzen setzten sich auf das Fensterbrett in der Küche, wo Iona die Krümel aus dem Toaster für sie ausschüttelte. Sam spürte die Wärme nicht und das Gezwitscher war für ihn nichts als Geräusch, nicht anders als die donnernden Flugzeuge, die irgendwohin flogen, wo es auch nicht besser war als hier.

An einem besonders warmen Junimorgen packte Iona ihren Rucksack.

Es war möglich, dass das Sofa ihn verschlang, dass er sich gegen alles entscheiden würde, wie ihre Mutter. Aber diesmal konnte sie nicht dabei sein. Der Gedanke, auf der Straße leben zu müssen, machte ihr sehr viel weniger Angst. Wenn sie heute nicht ging, würde sie sich anstecken. Dann wären sie alle beide gefangen.

»Es war einmal ein Vogel«, begann sie, obwohl Sams Augen geschlossen waren. »Der geriet in einen Hurrikan. Darin waren schon Autos und Feuerwehrleute und Lampen, Ärzte, Hunde, Klaviere, Priester und Fotoalben und … Sofas.

Die, die es konnten, schrien laut, weil sie nicht sterben wollten, sie fürchteten den Schmerz des Zusammenpralls. Sie wussten, sie würden zerbrechen. Also schrien sie vor Angst. Aber das Schreien half nicht. Sie zerbrachen trotzdem.

Alle außer dem Vogel.

Der Vogel flog weiter und ließ den Sturm hinter sich. Er flog über türkisblaues Wasser, über Inseln mit silbernen Stränden, auf denen Zuckerrohr wuchs.

Aber als er sich gerade freuen wollte, spürte er den Schuss, das Blut in seinen Federn, und fiel vom Himmel. Dass man ihn im Ofen briet, mit Maniok und Süßkartoffeln, spürte er nicht mehr.«

Das Schlimmste an der Geschichte war, dass Iona sie jetzt verstand.

Als sie aus der Tür trat, wurde sie überwältigt von einer völlig unangemessenen Freude. Sie schämte sich, aber ihre Erleichterung ließ sich nicht leugnen.

Sie lief und lief und lief und wollte nie wieder damit aufhören.

Weder noch

Gegen vier Uhr morgens bereute Tine, dass sie nicht stricken konnte. Sie bereute es nicht zum ersten Mal. Es war schon die dritte Nacht, in der sie keinen Schlaf fand. Sie hatte alles probiert: Ihren letzten Wein geleert, ihr letztes Gras geraucht (viel war es nicht gewesen), drei Kapitel eines außergewöhnlich langweiligen Buchs gelesen, drei Origamivögel gefaltet und ein Lavendelbad genommen. Sie hatte einen Rosenkranz gebetet und sogar warme Milch getrunken, obwohl sie wusste, dass ihr davon übel wurde und ihr war auch übel geworden. Sie hatte sich in Claras Zimmer, neben ihr Bett gelegt und ihrem regelmäßigen Atem gelauscht, aber es hatte sie nicht beruhigt.

Sie gab ein paar Worte in Suchmaschinen ein. Und dann gab sie auf. Sie warf sich mitten in einen glitzernden Bilderstrom, der sie blendete und befremdete, und zu dem sie eindeutig nicht gehörte, obwohl sie irgendwann einmal geglaubt hatte, all diese diamantäugigen Menschen zu kennen.

Nicht alle hatten alles. Aber alle hatten *etwas*.

Zum Beispiel einen Strand auf Bali mit Elefanten und strahlenden Zwillingen im Vordergrund und einer Reiseroute, die ihnen niemand zugetraut hätte (*Lasst euch nicht einreden, es sei schwierig,* stand darunter, *die Kinder lieben Indonesien!*).

Oder einen Mann, der Schmuck in Desserts versteckte, was Tine zwar furchtbar albern fand, aber trotzdem gab es ihr zu denken. Nie hatte jemand ihr überraschend Schmuck geschenkt, selbst ihren Verlobungsring hatte sie eigenhändig ausgesucht – und später eigenhändig ins Klo geworfen.

Oder sie hatten leuchtende Augen im Scheinwerferlicht,

wurden auf Bühnen gerufen, wo sie selbstironische Dankesreden hielten, weil das, was sie gut konnten, einen Nerv getroffen hatte und sie sprachen von Disziplin und von Teamwork, aber niemals sagten sie *Glück*.

Ihr politisches Engagement, ihre gut inszenierte Ungeschminktheit, selbst ihre Trauerfälle glitzerten.

Sie hatten die Jobs, die Tine jetzt nicht mehr bekam, weil sie einmal etwas Großes abgelehnt hatte, als sie schwanger gewesen war.

Zwar war aus dieser Schwangerschaft kein Kind geworden, genauso wenig wie aus der nächsten, aber das hieß nicht, dass ihre Karriere dadurch wieder in Fahrt geriet.

Ihre Arbeit bei der Hilfsorganisation hatte sie geliebt – bis Niklas sie dazu brachte zu glauben, der Lehrerberuf sei mit der großen Familie, die sie sich wünschten, besser vereinbar. Es stimmte ja irgendwie, sie war ununterbrochen unterwegs gewesen. Aber vielleicht hätte sie ohne sein Drängen nicht ganz so schnell aufgehört, wäre nicht quer eingestiegen und auf dieser katholischen Mädchenschule gelandet, hätte nicht alles so irreparabel ruiniert.

Aus *sowohl/als auch* war *weder/noch* geworden und sie wusste nicht, was zum Teufel sie davon haben sollte, wo es doch angeblich nur positive Erfahrungen gab oder solche, aus denen man lernte. Was hatte sie gelernt? Nur, dass alles viel schneller zu spät sein konnte, als sie fähig war zu akzeptieren.

Sie konnte versuchen sich einzureden, dass sie das alles nicht wollte, dass alles gestellt war, vergänglich, eine Lüge, ein Traum. Aber es nützte nichts. Sie wollte auch auf diesen Fotos sein, wollte Beweise, dass ihr Leben gut war. Und vor allem wollte sie Tahvo fragen, ob es auch ihm so ging, ob auch er geglaubt hatte, sich vor der Welt zu retten, indem er sie einfror auf Bildern, die nicht so schnell verschwinden konnten wie das, was sie festhielten.

Aber jetzt war er selbst weg und seine Bilder blickten ins Leere. Die Hälfte der Fotos an der Wand im Wohnzimmer waren seine. An dieser Wand hatten sie ihre Blickwinkel kombiniert. Sie waren häufig an denselben Orten gewesen, wenn auch aus unterschiedlichen Gründen und zu unterschiedlichen Zeiten. Natürlich sah man, dass Tines Bilder im Gegensatz zu seinen unprofessionell waren, manchmal unscharf oder unüberlegt belichtet. Tahvos dagegen waren teilweise vor Jahrzehnten entwickelt worden und viele von ihnen waren völlig verblasst

Trotzdem gab es deutliche Ähnlichkeiten, und zwar bei den gewählten Motiven. Das erstaunte sie beide, weil sie eigentlich überzeugt davon waren, so verschieden zu sein, dass sie ohne den Sex keinen Grund gehabt hätten, sich überhaupt zu begegnen. Sie redeten nicht viel, denn wenn sie damit anfingen, stritten sie sich fast immer. Allerdings war es ein lustvolles Streiten, nicht zu vergleichen mit den zu nichts führenden Massakern zwischen ihr und Niklas.

Tahvo nannte sie die vegane Metzgerin, weil er fand, dass ihre Behauptung, gleichzeitig katholisch und Feministin sein zu können, genauso absurd war.

Tine nannte ihn einen alten Sack, aber das war er ja auch und er lachte nur darüber.

Sie hatten sich vorgenommen, im Sommer zu dritt zu verreisen, Tahvo, Clara und sie, und sie wollten irgendwohin, wo sie beide noch nie gewesen waren und noch mehr Bilder sammeln, und dann noch mehr, bis irgendwann die ganze Wand bedeckt wäre.

Es war fünf Uhr achtundzwanzig. Tine spürte ein seltsames Kribbeln in der Brust und sie wusste, dass sie wahnsinnig werden würde, wenn sie nicht bald schlief. Aber sie durfte nicht wahnsinnig werden. Bevor Clara aufwachte, musste sie so wenig wahnsinnig sein wie irgend möglich. Müde vielleicht, aber wenigstens ruhig.

Deshalb suchte sie nun doch nach dem Strickzeug. Beziehungsweise nach dem traurigen Knäuel, mit dem sie vor Jahren schon einmal probiert hatte, eine Art Schal für Teddybären herzustellen, für solche zumindest, die keinen Wert auf Stil legten. Was dabei herauskam, war ihr sowieso unwichtig. Aber sie erinnerte sich an das heitere Gesicht ihrer Großmutter beim Stricken, an das gleichmäßige Klicken der Nadeln, an ihre absolute Unbeirrbarkeit.

Nur einmal in ihrem Leben wollte Tine so ruhig sein, wie ihre Großmutter beim Stricken ausgesehen hatte.

Als sie ins Klassenzimmer kam, waren die Mädchen verschwunden. Auf dem Flur hatte sie das Wort *Klimaschutzdemonstration* aufgeschnappt, aber nicht damit gerechnet, dass ihre Schülerinnen sich dafür oder überhaupt für irgendetwas interessierten.

Noch nie hatte sie sich so sehr darüber gefreut, jemanden unterschätzt zu haben. Sie legte ihren Wintermantel auf den Linoleumboden, zählte bis drei und schlief ein.

Das Geschenk einer Lüge

Ein kopfloses Huhn lag mitten im Gehege. Es war grau und weiß, mit sehr buschigen Federn. Zuerst bemerkte Clara gar nicht, dass etwas fehlte. Ein anderes Huhn kam und pickte dort, wo der Kopf nicht mehr war.

Warum tat es das? Waren Hühner Kannibalen?

Sie wollte Tahvo fragen, sobald er wieder auftauchte.

Einmal hatte sie von ihm wissen wollen, warum er so wenig sprach. Er hatte lange geschwiegen und dann gesagt: »Damit ich weniger lüge.«

Von da an hatte sie es als Spiel betrachtet, ihm so viele Worte zu entlocken wie möglich. Die einfachste Art, das Spiel zu gewinnen, waren Erklärungen. Wenn sie ihn etwas fragte, das nichts mit ihm zu tun hatte, kam es manchmal vor, dass er gar nicht mehr aufhörte zu reden.

»Warum läuft im Kuhstall Musik?«, fragte sie zum Beispiel und er ließ sich von ihr über die Straße ziehen und quer über das abgemähte Feld, um ihr zu erklären, dass die Musik eine Sinfonie von Sibelius war, genauer gesagt die Sinfonie Nummer 1 in e-Moll, Opus 39, genannt Järvi, und dass *Järvi* See bedeutete.

Er war plötzlich wie ein Staudamm, den sie punktiert hatte. Kleine Stiche genügten.

»Aber was sollen die Kühe damit anfangen?«

Er sprach von Studien über die Anregung des Milchflusses, dass Musik bewiesenermaßen funktionierte, besonders klassische, und dann erklärte er auch noch das Wiederkäuen und erwähnte die Magnete, die man in den Mägen platzierte, damit die Nägel der Weidezäune, die die Kühe massenweise unbemerkt verschlangen, ihre Eingeweide nicht zerstechen konnten.

Irgendwann wurde es ihr zu einfach. Sie beschloss, die Spielregeln zu ändern, und gab sich selbst nur noch wenige Punkte für die enorme Anzahl an Worten, die aus seinen Erklärungen zustande kamen. Viele Punkte gab es für eine beantwortete Frage, die ihn selbst betraf, je persönlicher, desto größer der Gewinn.

»Wo warst du noch nie?«, fragte sie und es dauerte lange, bis er widerwillig antwortete: »Auf der Osterinsel.«

Auch das war noch zu einfach.

»Hast du Kinder?«, fragte sie und er überhörte es einfach. Das hatte sie erwartet.

Ihr Ehrgeiz war geweckt. Sie stellte die Frage immer und immer wieder, ließ Wochen dazwischen vergehen, aber sie gab nicht auf.

»Nein!«, rief er ungehalten, nachdem sie ihn zum fünften Mal gefragt hatte.

Eine große blaue Ader trat auf seiner Stirn hervor und pochte heftig.

»Nicht mal eins?«

»Kein einziges!«

Erst jetzt verstand sie, dass seine Antwort noch mehr wert war, als sie geglaubt hatte, denn die allermeisten Punkte musste es geben, wenn er log.

Er hätte sich auch weiterhin taub stellen können. Aber er hatte »Nein« gesagt.

Clara sah es als eine Art seltsames Geschenk: Das Geschenk einer Lüge von jemandem, der lieber wochenlang schwieg, als nicht die Wahrheit zu sagen.

Ein stechender Gestank von Gülle wehte über die Felder und durch das Tal. Sie floh vor dem Gestank und rannte so schnell sie konnte, in Richtung Schule.

Monster

Iona lag auf dem Sofa und versuchte sich zu erinnern. Sie wusste nur selbst nicht genau, woran. Vielleicht an eine Bemerkung ihrer Mutter, an irgendeinen unbeabsichtigten Halbsatz, der ihr helfen konnte, herauszufinden, wo Tahvo sich aufhielt. Aber sie erinnerte sich kaum noch an ihr Gesicht. Sie stand schwankend auf und ging in den Keller. Der Geruch nach modrigen Kartons nahm ihr den Atem. Den ersten in ihrer Reichweite zog sie zu sich heran und löste damit eine gewaltige Lawine aus. Vier riesige Umzugskartons ergossen ihren Inhalt auf den Boden. Selbst ohne den Bauch hätte sie jetzt ihre Füße nicht mehr sehen können. Mit Mühe fischte sie nach ein paar vergilbten Bildern, die ihre Schienbeine berührten und hielt sie in das schummrige Licht. Gebäude, Landschaft, Menschen. Nichts davon kam ihr bekannt vor. Wen konnte sie fragen, was darauf war? Tuulikki natürlich nicht. Aber sie wollte sie noch einmal besuchen, ohne Tine diesmal. Es widerstrebte ihr zwar, aber wenn sie Tuulikki sagte, wer sie war und warum sie ihn finden musste, würde sie ihr vielleicht helfen. Sie wusste zumindest mehr über Tahvo als Tine, die sich nur einbildete, ihn zu kennen.

Iona hörte leise Schritte und erschrak. Dann ärgerte sie sich über ihr eigenes Erschrecken. Wieso vergaß sie dauernd, dass er jederzeit hier hereinkommen konnte? Ob er nun krank war oder nicht, er wohnte hier. Die Schritte allerdings klangen sehr vorsichtig und zögernd. Wer bewegte sich so leise in seinem eigenen Haus? Sie schlich die Kellertreppe hinauf, ließ die Bilder in ihren Händen einfach fallen. Dann stieß sie die Tür auf, langsam, damit sie nicht quietschte, aber sie quietschte trotzdem. Ein Schatten huschte über den

Flur. Die Haustür stand offen, aber es war niemand mehr da. Iona lief über die Straße und klingelte bei Tine. Clara öffnete die Tür.

»Warst du grade drüben?«, fragte Iona.

Clara schüttelte den Kopf.

»Ich bin hier beschäftigt«, sagte sie, »meine Mutter ist krank.«

»Was hat sie?«

»Sie kann nicht laufen.«

Iona sah sie an und wusste, was sie meinte. Sie drückte sich an Clara vorbei und fand Tine im Wohnzimmer. Neben ihr standen zwei Flaschen Wein, von denen eine leer war und die andere fast.

»Es tut mir leid«, sagte Tine zur leeren Flasche. »Das ist noch nie passiert. Es tut mir leid.«

Ihr Blick schwamm aus dem Fenster, die Pupillen verschwanden hinter den halb geöffneten Lidern.

»Geh rüber in Tahvos Haus«, sagte Iona zu Clara. »Es sind noch Kekse in der Küche.«

Als Clara draußen war, griff sie Tines schlaffe Arme an den Handgelenken und zerrte sie ins Gästebad, das zum Glück im Erdgeschoss lag. Sie ließ sie mit Kleidern in der Badewanne liegen, einen eiskalten Wasserstrahl auf sie gerichtet. In der Küche machte sie Kaffee und war entsetzt von ihrer eigenen Unbeirrbarkeit. Alles kam ihr so normal vor. Über keinen einzigen ihrer Handgriffe hatte sie nachdenken müssen. *Daran* konnte sie sich erinnern.

Tine kam in die Küche. Sie schwankte immer noch, aber sie hatte es geschafft, sich aus dem Eiswasser und aus der nassen Kleidung zu befreien. Das Handtuch, in das sie sich gewickelt hatte, war zu klein. Es ließ sich vorne nicht schließen und rutschte ab, sobald sie es losließ. Sie setzte sich nackt auf den Stuhl, trank erst das Wasser, das Iona ihr hinstellte und dann den Kaffee. Ihre Haut sah blau aus. Als Iona sie ansah, zog sie automatisch den Bauch ein, als könnte eine schlankere Taille ihr etwas Würde zurückgeben. Sie rauchte, um sich weniger nackt zu fühlen. Ihre Zähne klapperten dabei.

»Es ist wirklich noch nie ...«

»Scht!«, machte Iona. »Ich will es nicht wissen.«

»Ich konnte nicht schlafen die letzten drei Nächte und heute ...«

»Es interessiert mich nicht.«

»Bitte sag es niemandem ... sonst nimmt er sie mir weg.«

Die Tränen in Tines Augen machten Iona endlich so wütend, wie sie es von Anfang an hätte sein sollen. Sie schlug ihre Hände auf den Tisch. Das Wasserglas kippte in Tines Richtung.

»Willst du sie denn so dringend?«

Tine erstarrte. Sie erhob sich, noch immer taumelnd. Ihr rötliches Schamhaar streifte die Tischkante, an der sie sich festhalten musste. Den Bauch ließ sie jetzt, wie er war.

»Du Monster«, sagte sie langsam, »verschwinde aus meinem Haus.«

Iona ging, ohne ein weiteres Wort. Draußen hatte der Nebel sich aufgelöst und ein fahles Licht beleuchtete die feuchten Laubhaufen, die zusammengekehrt und wieder zertreten worden waren.

Im Haus saß Clara auf dem Boden, zwischen einem Haufen roter Folien, die sie in Tahvos Küchenschrank gefunden hatte.

»Was machst du?«, fragte Iona.

»Eine Laterne«, antwortete Clara, »für den Umzug nachher. Hast du Kleber?«

Iona schüttelte den Kopf.

»Den hab ich verbraucht, um das Fenster zuzukleben«.

Sie sah sich um und stellte den großen Pappkarton auf den Tisch, der als Papierkorb diente. Dann nahm sie ein Messer und holte weit Anlauf. Sie stieß ein tiefes Loch in die Pappe und drehte, bis das Loch groß und rund war. Auf jeder Seite stach sie eine klaffende Öffnung, bevor sie Clara das Messer gab. Clara nahm es und begann mit zögernden kleinen Stichen, die immer heftiger wurden.

Währenddessen befestigte Iona ein Stück Paketschnur an einem Ast, der neben dem Kamin lag. Als Clara fertig war, banden sie ihn an den zerlöcherten Karton, stellten brennende Teelichter hinein und löschten das Licht.

Schweigend starrten sie in das flackernde Ungetüm.

»Das ist die hässlichste Laterne, die ich je gesehen habe«, sagte Clara zufrieden.

Sonnenwende

An der Außengrenze des Dorfes verschwand die Straßenbeleuchtung. Nur wenn das Scheinwerferlicht der Autos darüberglitt, sah man das Schild mit dem durchgestrichenen Wort ~~Luchsberg~~ ganz kurz. Manchmal erinnerte Karolin sich an das rote Glühen des nächtlichen Großstadthimmels, an das Fehlen vollständiger Dunkelheit. Es kam vor, dass sie das Glühen vermisste, aber um sich zurechtzufinden brauchte sie es nicht. Sie kannte hier jeden Stein, jeden Weidezaun, jedes Kreuz am Wegrand, an dem meistens nur noch ein Rumpf hing oder eine einzelne angenagelte Hand aus verwittertem Holz.

Wenn sie in die Stadt fuhr, um einkaufen zu gehen, sah sie immer öfter Demonstranten. Sie spürte eine diffuse Erleichterung darüber, dass die Leute sich wieder mehr einbrachten. Aber sie merkte kaum, wofür oder wogegen demonstriert wurde.

Sie hatte viel zu große Mühe zu begreifen, dass sie einmal, vor gar nicht allzu langer Zeit, in einem solchen Menschenstrom mitgerissen worden war und dann war alles passiert, alles, was sie ihr *wirklich erwachsenes Leben* nannte, und jetzt war es vorbei. Nicht etwa, weil sie glaubte, bald sterben zu müssen. Aber nichts absolut Neues würde jetzt mehr passieren. Was sie vor sich hatte, war ein jahrelanger Abspann, während langsam alle den Saal verließen.

Traurig machte sie das nicht. Ihre Traurigkeit war längst aufgebraucht. Allerdings irritierte es sie. Sie fühlte sich dümmer, als sie gehofft hatte zu sein. Sie *wusste* doch, dass das Leben kurz war. Warum also war sie so überrascht?

Das Haus war dunkel und diesmal schien niemand da zu sein, aber die Tür stand immer noch offen. Sie musste herausfinden, ob ihre Vermutung stimmte, aber fragen konnte sie ihn nicht, wenn sie ihn das nächste Mal sah. Wie sollte sie ihm erklären, warum sie ausgerechnet jetzt darauf kam, ohne dass er einen Verdacht hegte?

Die Dielen knarrten laut und empört, als sie eintrat. In all den Jahren war sie noch nie hier gewesen. Als sie sich am ungleichmäßig behängten Garderobenständer vorbeidrückte, kippte er mit der schweren Seite in ihre Richtung. Dieser Mantel. Wieso hatte er ihn behalten? Sie fasste den Stoff an und zuckte zusammen.

So vieles hatte sie vergessen, große und wichtige Dinge, manchmal gab es Jahre, von denen nichts übrig war. Aber hier hing ein Mantel, ein grauer, unförmiger Stoffsack mit Mottenlöchern und sie erinnerte sich an alles, an jeden Tag, an dem sie ihn getragen hatte.

Er hatte Susanne gehört, bis sie ihn ihr lieh, an dem kalten Januarabend, an dem sie zum ersten Mal gemeinsam demonstrieren gingen. Susanne fror nicht. Oder vielleicht fror sie, aber es interessierte sie nicht genug, als dass sie jemals ein Wort über das Wetter verloren hätte. Karolins Zähneklappern nervte sie. Also gab sie ihr den Mantel, zusätzlich zu dem, den Karolin schon anhatte. Ihre Hände hörten dort auf, wo Susannes Ellbogen anfingen und der überflüssige Stoff ließ Karolin noch unbeholfener wirken, als sie es sowieso schon war. Aber sie vergaß immer, ihr den Mantel zurückzugeben, und Susanne erinnerte sie nie daran. Wahrscheinlich war es ihr einfach egal.

Das Parkett unter ihr hatte zwei große Schrammen, die aussahen wie die verwucherte Haut an ihrem Bauch. Die Blinddarmnarbe, die Kaiserschnittnarbe. Daneben standen abgetragene, aber teuer wirkende Lederschuhe, in denen Wespen begonnen hatten, ein Nest zu bauen.

Sie suchte das Haus ab und schleppte ein paar zufällig ausgewählte Kartons aus dem Keller nach oben. Es war anstrengend, die Fotos nicht zu beachten. Zum Glück würde sie bald jemand vernichten. Aber wer würde das sein? Wer würde die Ehre haben, ihn ganz in Luft aufzulösen?

Es waren nicht nur Fotos. Auch Zeitungsausschnitte, Dokumente, Flugblätter, manche penibel nach Datum geordnet und manche nicht einmal aus demselben Jahrzehnt. Sie wusste, nach welchem Zeitraum sie suchte. Alles andere machte keinen Sinn.

Und dann, als sie schon aufgeben wollte, sah sie den Brief, der ungeöffnet auf einer Kommode lag. Sie riss ihn auf und las, ohne die geringste Hemmung. Ein paar wenige nüchterne Sätze in einer seltsam kippenden Schrift, als ob die Buchstaben es sich im letzten Moment noch anders überlegt hatten und jetzt verzweifelt versuchten zu fliehen. Aber es war zu spät.

Ihr wurde übel vor lauter Einsicht. Auf einmal gab es eine Erklärung für etwas, das sie seit Jahrzehnten nicht begriff. Dieser Name. Nichts ließ sich wiedergutmachen, schon gar nicht durch ein paar Buchstaben.

Sie zerknitterte das Papier, bis der Brief in ihrer linken Hand verschwand. Sie ließ die Hand zur Faust geballt und mit der anderen öffnete sie das Klavier, das Tahvo damals gekauft hatte, damit sie ihm etwas darauf beibrachte.

Wo hatte er es untergestellt, während seiner Zeit im Wald mit seinen idiotischen Jüngern?

Das Klavier war verstimmt. Sie spielte den Anfang einer Bach-Invention, wieder und immer wieder den Anfang. Das war es also, was übrigblieb, von all den Jahren an der Musikhochschule: Fünf Takte, einstimmig, denn die linke Hand umklammerte noch immer den Beweis seines Verrats. Es klang fürchterlich. Aber irgendetwas musste sie tun, bis sie wieder verstand, wie sie sich fühlte.

Nach den ersten Monaten der Ausbildung war sie beinahe erschrocken gewesen über die Kraft ihrer eigenen Stimme.

Sie hatte nicht damit gerechnet, dass sie mit noch mehr Übung wirklich *noch so viel mehr* können würde.

Sie war erschrocken und fühlte sich gleichzeitig bestätigt. Es war wohl richtig gewesen, einfach zu nehmen, was ihr zufiel: der Kirchenchor, die Entdeckung ihrer Stimme durch den Chorleiter, die Gesangslehrerin, die ihre Eltern ihr bezahlten, obwohl sie kaum wussten wie, und dann das Studium an einer renommierten Musikhochschule, die zufällig auch noch in der Nähe lag.

Um Geld zu sparen, blieb sie in Luchsberg wohnen und fuhr jeden Tag zum Unterricht in die Stadt. Sie fragte sich nie, ob es falsch war, sich so wenig in die Welt hinauszuwagen. Alles lief wie von selbst in die richtige Richtung.

Warum sollte sie dagegen ankämpfen, warum sollte sie rebellieren und gegen den Strom schwimmen, wenn der Strom sie dorthin brachte, wo sie sein wollte?

Aber dann musste sie operiert werden, eine Kleinigkeit eigentlich, der Blinddarm. Eine mikroskopische Verletzung bei der Intubation reichte aus, um ihre Karriere zu beenden. Sie wusste, so etwas konnte passieren, selbst bei großer Vorsicht, es war kein Omen, kein Wink des Schicksals, nichts anderes als Pech, unerträglich in seiner Banalität.

Trotzdem traute sie jetzt keinem Arzt mehr. Nicht nur deshalb war es verwunderlich, dass sie sich ausgerechnet mit Susanne anfreundete, die gerade mit ihrem Medizinstudium fertig war und Chirurgin werden wollte.

Hinterher, viel später, dachte sie natürlich, sie hätte es nicht tun sollen. Vielleicht war die Stimmbandverletzung doch eine Warnung gewesen, eine Warnung, von allen fernzubleiben, die ihr Geld damit verdienten, in Leuten herumzuschneiden.

Aber sie hatte die Warnung ignoriert. Stattdessen hatte sie sich mitreißen lassen von dieser großen, schönen, entschlossenen Frau, die nicht verstand, was jemand peinlich finden konnte an schlecht gereimtem Skandieren, so lange man auf der richtigen Seite stand.

Sie war laut und ihre Schritte waren lang. Sie hatte sie beinahe umgerannt mit ihrem blutroten Banner.

Susanne hatte alles, was Karolin nicht hatte. Es war nicht nur Mut, nicht nur Ehrgeiz. Da war noch etwas anderes, etwas, das Karolin schon immer gefehlt hatte, eine Streitlust. Eine Sehnsucht nach Gefahr.

Nachdem sie in sie hineingelaufen war, entschuldigte Susanne sich überschwänglich. Sie war nur fünf Jahre älter, aber sie beugte sich zu Karolin herunter wie zu einem Kind, das im Gedränge nach seiner Mutter sucht. Susannes Haar war mausblond und strähnig und es war offensichtlich, dass sie keine Zeit damit verschwendete, sich lange zu überlegen, was sie morgens aus dem Kleiderschrank zog. Trotzdem traf Karolin nie jemanden, der nicht geradezu irritiert gewesen wäre von Susannes Schönheit.

Ihre Augen hatten eine so seltsame Farbe, ein so stechendes, fast unnatürliches Grün, dass man dauernd aufpassen musste, nicht hineinzustarren und dabei völlig zu vergessen, worüber man gerade mit ihr sprach.

Als sie den ersten Kaffee miteinander tranken, wurde Susanne ungeduldig, weil Karolin zu den wenigsten Dingen des Weltgeschehens eine klare Meinung zu haben schien.

»Du tust, als sei das alles so weit weg von dir«, sagte sie vorwurfsvoll. »Zumindest müsstest du wissen, was du selbst darüber denkst.«

Karolin wusste es durchaus, sie fand sich selbst gar nicht so weltfern, obwohl sie nicht viel herumgekommen war. Aber während sie redeten, hatte sie ihren Blick nicht oft genug von Susannes Augen abgewandt, um wirklich klar denken zu können.

Susanne zog sie mit sich nach Westberlin. Anders ließ es sich nicht beschreiben. Das war ihre Freundschaft zu diesem Zeitpunkt: Ziehen und gezogen werden. Karolin ließ sich gerne ziehen. Sie wusste keine bessere Alternative, jetzt, wo Leute, die ein geschultes Ohr hatten, ihr Gesicht verkrampften, wenn sie anfing zu singen.

Lange wusste sie nicht, warum Susanne sich so um sie bemühte und ausgerechnet mit ihr wohnen wollte anstatt in einer großen, wilden Kommune mit ihren weitaus interessanteren Freunden. Aber sie nahm das Angebot an und stellte sich dankbar in ihren Schatten.

Überraschenderweise liebte Karolin die Stadt sofort, in all ihrer Härte und Hässlichkeit. Susanne dagegen *wollte* sie lieben, sie wollte es unbedingt.

Jeder, dessen Meinung sie schätzte, sagte doch, dass es großartig war, dieses Brandloch auf der Landkarte, diese eingemauerte Freiheit, die es sonst nirgends gab auf der Welt. Alles, wofür Westberlin stand, passte zu Susanne. Es war vollkommen unlogisch, dass sie diese Stadt nicht liebte. Sie versuchte es immer wieder, aber sie schaffte es einfach nicht, und Karolin war die Einzige, die wusste, wie verzweifelt Susanne deswegen war.

Obwohl sie vor Erschöpfung schielte und humpelte, kam Susanne nach ihren Schichtdiensten im Krankenhaus oft noch in die Kneipe, in der Karolin arbeitete, und die bis sechs Uhr morgens geöffnet war. Manchmal schaffte es Karolin, sich dort in ein interessantes Gespräch einzuklinken. Die Leute an der Theke hielten ihr die geleerten Gläser hin und ließen sie mitreden, während sie einschenkte. Sie sahen eine junge Frau, die der Provinz entkommen war, so wie die meisten von ihnen, sie nahmen sie wahr als jemanden, der etwas zu sagen hatte. Sie war immer noch rund und klein, aber ihr Gesicht war nicht mehr ganz so unschuldig, ihre dunklen Locken waren länger und wilder, alles allzu Niedliche an ihr war verschwunden. Karolin fand sich zum ersten Mal durchaus passabel. Und trotzdem: Sobald Susanne den Raum betrat, schwenkten alle Scheinwerfer auf sie.

Ein Musiker, mit dem Karolin stundenlang herumalberte und auf dessen Unterarminnenseite sie am Ende in riesigen Ziffern ihre Telefonnummer schrieb, vergaß seinen Mund zu schließen, als Susanne sich neben ihn an die Theke setzte. So blieb er sitzen, bis sie nach Hause ging.

»Wer ist die Frau mit den radioaktiven Oliven?«, fragte er.

Karolin ignorierte seine Frage und knallte die Gläser so heftig auf die Theke, dass sie überschwappten. Sie wollte verschwinden, aus der Wohnung ausziehen, die sie sich teilten, und irgendwo anders arbeiten, ohne Susanne zu sagen, wo.

Aber sie konnte nicht. Sie konnte sie nicht allein lassen. Irgendetwas hatte sich gedreht, so langsam und leise, dass Karolin nicht mehr sagen konnte, wann es angefangen hatte. Vielleicht hatte es auch gar nicht angefangen, sondern war immer schon da gewesen und sie hatte es einfach nicht früher bemerkt, weil sie niemanden kannte, der so selbstsicher wirken konnte wie Susanne. Sie war laut, weil niemand sie sonst je gehört hätte, nicht mit drei älteren Brüdern und einer zweieiigen Zwillingsschwester, die in jeder Hinsicht das Gegenteil von ihr war. Karolin fragte sich, ob Susanne jetzt, wo sie niemanden mehr niederschreien musste, auf einmal angefangen hatte, sich mit ihrer eigenen Lautstärke unwohl zu fühlen.

Sie war weit weggezogen und arbeitete erfolgreich in einem Beruf, den man ihr nicht zugetraut hatte. Plötzlich musste sie sich nichts mehr beweisen. Warum war sie nicht erleichtert?

Am hellsten Abend des Jahres hatten sich beide freigenommen. Sie wollten mit ein paar kalten Getränken im Tiergarten sitzen und lesen, bis die Sonne endgültig verschwand. So jedenfalls hatten sie es verabredet. Aber als Karolin losgehen wollte, reagierte Susanne nicht auf ihr Rufen. Vielleicht schlief sie? Vorsichtig öffnete Karolin die Tür. Fünf helle Streifen Sonnenlicht drangen durch die Rollläden in den Raum. Sie sahen aus wie Käfiggitter. Susanne saß zusammengekauert in einer Ecke.

Sie hatte sich so fest in ein Laken gewickelt, dass sie aussah wie eine riesige Raupe, die kurz davor war, auch noch ihren Kopf im Kokon verschwinden zu lassen. Auf dem Laken sah Karolin die blaue, verwaschene Aufschrift des Krankenhauses, die auch auf fast allen Handtüchern zu finden war, die es in der Wohnung gab. Susanne verdiente mehr als genug, um sich eigene Handtücher leisten zu können. Sie stattdessen von der Arbeit mitzunehmen, war ein Tick, den Karolin erst lustig und dann immer seltsamer fand. Natürlich waren sie oft und heiß gewaschen worden. Aber Karolin dachte trotzdem an Blut und an Tod, an Eiter und an Schmerzen, wenn sie ihre Hände damit abtrocknete. Wenn sie zu lange darüber nachdachte, musste sie die Hände ein zweites Mal waschen. Dann aber vermied sie die Berührung mit dem Handtuch und schüttelte die Finger einfach, bis sie trocken waren.

Nun also auch noch die Laken? Würde sie als nächstes ihre Privatkleidung verschenken und nur noch in OP-Kitteln herumlaufen? Oder die Brotmesser in der Küchenschublade durch Skalpelle ersetzen?

All das fragte Karolin nicht.

Sie fragte nur: »Was ist los?«, und bekam keine Antwort. »Ist was passiert?«

Susanne sah sie an wie durch ein Fernglas und gleichzeitig erschrocken, sie hier anzutreffen. Als könnte sie sich kaum noch erinnern, wo sie war.

»Bei der Arbeit?«

Susanne schüttelte den Kopf.

»Warum sitzt du hier im Dunkeln?«

»Ich bin müde«, sagte sie mit einer Stimme, die klang, als hätte sie sie von jemandem ausgeliehen, den sie nicht besonders gut kannte. Sie passte nicht in ihren Mund.

Susanne schloss langsam die Augen und Karolin schloss leise die Tür.

Sie ging allein. Es war noch immer heiß und als sie auf die Straße trat, bereute sie, dass sie ihren engsten Rock trug. Er zwang sie, ihre Schritte kleiner zu machen, als sie wollte, und nicht die kleinste Brise schaffte es bis zu ihren Schenkeln. Am liebsten hätte sie ihn sofort ausgezogen und ihn einfach auf der Straße liegen lassen. Niemand trug mehr solche Röcke. Um sie herum flatterte alles, Haare, weite Kleider, die Fahnen von zwanzig Ländern vor dem Hotel am Bahnhof Zoo. Nur sie brachte es fertig, sich selbst unnötigerweise zu beengen. Sie verfluchte den Rock, aber umkehren wollte sie jetzt nicht mehr.

Im Tiergarten setzte sie sich auf eine Bank und las Tageszeitungen der vergangenen Wochen, die sie von der Arbeit mitgenommen hatte. Es war ihr egal, dass die meisten nicht mehr ganz aktuell waren. Der ertrinkende Junge, den keiner gerettet hatte, weil niemand richtig sicher war, zu welchem Teil der Stadt der Fluss gehörte. Eine Vorschau der kommenden Filmfestspiele. Die Lorenz-Entführer, die unauffindbar blieben. Irgendwelche Feierlichkeiten anlässlich des Jahres der Frau, was immer das bedeuten sollte.

Hinter ihr stand eine Bank, mit dem Rücken zu ihrer. Sie merkte, wie sich jemand darauf niederließ. Als er seine Arme ausstreckte, stieß er an ihren Kopf.

Er entschuldigte sich nicht. Karolin rutschte an den Rand und raschelte genervt mit ihrer Zeitung. Sie versuchte wieder zu lesen, aber plötzlich waren die Buchstaben so beweglich. Er störte sie, schon bevor sie ihn sah. Er roch gut. Nach Harz, nach Feuer und nach Brot, das man etwas zu lange geröstet hatte.

Es klickte auf der anderen Bank. Dann surrte es. Es hörte nicht auf. Immer wieder diese Geräuschabfolge, ein Surren und dann wieder ein Klick, bis sie verstand, dass er ein Foto machte und den Film weiterdrehte und dann wieder fotografierte. Sie wandte den Blick in seine Richtung und konnte nicht nachvollziehen, was er dort sah. Ein paar Bäume, ein paar Spaziergänger, ein Hund, der mitten auf den Weg schiss.

»Was fotografierst du?«, fragte Karolin.

Sie hatte den Eindruck, dass er angesprochen werden *wollte*, so penetrant war er mit seiner Weigerung aufzuhören.

»Ein Licht«, sagte er nach einer Weile und verstellte sein Objektiv.

»Was für ein Licht?«, fragte sie. »Licht ist doch immer.«

Er antwortete nicht, aber er legte den Fotoapparat ab und wirkte sofort nackt und verletzbar.

»Ich bin aus Finnland«, sagte er schließlich mit offensichtlicher Mühe, als hätte er ihr ein großes Geheimnis verraten. Er schien es sofort zu bereuen.

»Ist das nicht teuer, so viel Film zu verbrauchen?«, fragte Karolin, weil ihr nichts Besseres einfiel.

Er sah sie irritiert an, als hätte er darüber noch nie nachgedacht. Vermutlich hatte er das auch nicht. Dann bemerkte er etwas, das ihn noch mehr verwunderte.

»Warum wird es schon dunkel?«, fragte er.

»Es ist halb zehn«, antwortete sie.

»Es ist *Juhannus*«, sagte er, aber mehr zu sich selbst als zu ihr.

Sie verstand nicht, ob er schüchtern war oder arrogant oder vielleicht auch beides. Sie verstand auch nicht, ob er mit ihr sprechen wollte oder nicht, ob sie gehen sollte oder bleiben. Laut raschelnd faltete sie ihre Zeitung zusammen. Sie glättete jedes einzelne Blatt, bevor sie es in ihre Tasche steckte. Er blieb still. Sie hätte einfach aufstehen können und verschwinden. Immer wieder fragte sie sich später, warum sie das nicht getan hatte. Nur weil er so gut roch? Gab es nicht tausend andere, die gut rochen? Und mit denen man ein normales Gespräch führen konnte? Die nicht ohne Vorwarnung in ein so tiefes Schweigen verfielen, dass man selbst anfing zu reden und zu reden, bis man sich vollkommen und irreversibel lächerlich gemacht hatte?

Irgendwann würde sie feststellen, dass nicht einmal sein Schweigen verlässlich war. Manchmal verriet er ihr alles, aber nur ihr. Er wurde zu einem großen klaffenden Loch, das dann, hinterher, tagelang heilen musste.

»Seit wann bist du hier?«, fragte sie.

»Heute.«

»Heute? Und du sprichst schon so gut Deutsch?«

Er schüttelte den Kopf.

»Mein Vater ist Deutscher.«

Er wartete. Sie sah ihn fragend an.

»Er kam '41 nach Finnland. Zur Unterstützung. Sie waren verbündet, inoffiziell zwar, aber mit allem was dazugehört, auch wenn das bei uns niemand wahrhaben will. Danach ist er geblieben. Heimlich. Er hat sich versteckt, bis er ein paar Jahre später meine Mutter getroffen hat. Er hat behauptet, der Wald hätte ihn ... verwandelt.«

Karolin wollte nicht zugeben, wie wenig sie über Finnland wusste. Sie hatte nur eine vage Vorstellung von Kälte, die bei jedem Atemzug brannte, und von monatelanger Dunkelheit.

»Verwandelt? In was?«

Sein Lachen klang unheimlich. Ein sich steigerndes Dröhnen, wie ein startendes Flugzeug. Dann hörte er ganz plötzlich auf.

»Hat sich dein Vater nach dem Krieg auch verwandelt?«

Karolin zögerte. Er kannte ihren Namen nicht und wollte schon wissen, ein wie schlimmer Nazi ihr Vater gewesen war?

»Er hat sich gefangennehmen lassen. Mit Absicht. Südfrankreich, Algerien, Alabama. Nur nach Russland wollte er nicht, da hat er einen Arzt bestochen, der ihn schnell operiert hat. Er hat irgendwas rausgenommen, was man nicht unbedingt braucht. Den Blinddarm, glaube ich. Oder die Milz.«

»Die was?«

Karolin hob hilflos die Schultern. Sie konnte ihm nicht sagen, was die Milz eigentlich war, sie wusste es selbst nicht genau. Susanne hätte es ihm erklären können.

Was machte sie wohl jetzt alleine in der Wohnung? Karolin spürte plötzlich eine absurde Angst, fürchtete, dass mittlerweile auch Susannes Kopf im Laken verschwunden war, ihr Mund verschnürt und der Kieferknochen am Schädel festgezurrt wie bei einer Mumie. Dabei hätte ihr allerdings jemand helfen müssen.

Wie war es ihr überhaupt gelungen, sich selbst die Hände einzubinden? Hatte sie sich über den Boden gerollt?

»Hoffst du also, er war vielleicht weniger schlimm als die anderen?«

»Ja, das hoffe ich. Natürlich hoffe ich das.«

»Und damit ist es genug?«

Karolin ärgerte sich plötzlich. Sie fühlte sich genau wie bei ihrem ersten Gespräch mit Susanne. Er fand sie wohl naiv. Für spießig und verklemmt hielt er sie wahrscheinlich auch. Aber so war sie nicht mehr. Sie hatte sich von Susanne ziehen lassen und jetzt hatte sie Susanne überholt, die eingewickelt in einem dunklen Zimmer lag. Sie, Karolin, war draußen in der Welt.

Sie stand auf und stellte sich vor ihn. Sie starrte in seine eisblauen Schlittenhundaugen und versuchte, nicht zu blinzeln. Erst jetzt sah sie, dass er sein langes dunkles Haar zu einem unordentlichen Zopf geflochten hatte. Ein richtiger Zopf, wie bei einem kleinen Mädchen. Es war lächerlich. Das machte ihr Mut.

»Was willst du von mir?«, fragte sie.

Sie bekam keine Antwort. Er wandte seinen Blick nicht ab, aber seine Hände umklammerten sehnsüchtig den Fotoapparat. Schon bald verstand sie, dass es seine Art war, die Welt zu filtern und auszuhalten. Er verschmolz mit seiner Kamera wie ein Kurzsichtiger mit seiner Brille, nur dass er nicht *mehr* sehen wollte, sondern *weniger.*

»Was ist da drin?«, fragte Karolin und deutete auf den großen, olivgrünen Militärrucksack, der neben ihm stand.

»Alles«, antwortete er.

Sie nahm den Rucksack und begann ihn auszuräumen. Jeden einzelnen Gegenstand stellte sie vorsichtig auf die Bank und auf den Boden vor seinen Füßen. Das meiste war Fotoausrüstung. Dann ein Rasierapparat, den er nicht sonderlich oft zu benutzen schien. Eine traurig aussehende Zahnbürste und eine Zahnpastatube, mit viel zu vielen Vokalen auf der Verpackung. Eine Seife, ein Handtuch, zwei Hemden, vier

Unterhosen. Drei Bücher in drei verschiedenen Sprachen. Er wehrte sich nicht. Nur als sie ein großes weißes Tuch aus dem Rucksack nahm, zuckte er ganz kurz zusammen. Sie hielt seinen Blick fest, während sie ihren Rock auszog und sich stattdessen das Tuch um die Hüften wickelte. Den Rock ließ sie auf der Wiese liegen und ging einfach davon.

Es war 1975. Ihre Schritte waren jetzt so viel länger.

Intelligentes Leben

Tine wusste nicht, was sie mit den Kürbissen anfangen sollte. Sie hatte sich übergeben, kurz geschlafen, etwas Brot gegessen, noch mehr Wasser und Kaffee getrunken und sich angezogen. Ihre Beine zitterten noch, ihr war noch immer übel und ein dumpfer Schmerz pulsierte von ihrer Wirbelsäule bis zur Schädeldecke. Aber sie wollte nach Clara sehen. Sie wollte sich entschuldigen.

Die Kürbisse versperrten ihr den Weg. Sie lagen aufeinandergestapelt, direkt vor ihrer Haustür. Tine sah Licht im Haus gegenüber und sie hörte, wie jemand Klavier spielte, ein paar wenige Takte, immer wieder dieselben. Es musste Iona sein. Tahvo hatte sein eigenes Klavier in ihrer Gegenwart noch nie angerührt. Plötzlich fiel ihr ein, dass sie nicht darüber nachgedacht hatte, was genau sie zu Clara sagen würde.

Sie war nicht mehr klein und dumm war sie auch nicht. Man konnte ihr keinen Unsinn erzählen, ohne dass sie es merkte.

Sollte sie also die Wahrheit sagen? Dass sie Tahvo vermisste und Angst hatte, ihn nie wiederzusehen? Dass sie alles falsch gemacht hatte, absolut alles, bis auf sie, Clara, aber jetzt begann sie auch in dieser Hinsicht zu versagen? Dass sie alt wurde und fett und dass sie ihren Beruf hasste und ihre Familie auch und am allermeisten Niklas? Dass all ihre Freunde plötzlich verschwunden waren? Dass es die Welt jeden Tag mehr verdiente von einem Kometen gerammt und ausgelöscht zu werden, und dass sie, die sie immer geglaubt hatte, etwas ändern zu können, sich erst jetzt ihrer eigenen Heuchelei bewusst wurde? Die Arbeit bei der Hilfsorganisation hatte ihr selbst vielleicht geholfen, sonst aber niemandem.

Sollte sie ihr sagen, dass sie mit Gott haderte, zumindest wenn sie nüchtern war?

Da kümmerte sie sich lieber um die Kürbisse. Einen nach dem anderen trug sie in ihre Küche. Die obersten waren Zierkürbisse, smaragdgrün mit orangefarbener Maserung, sie waren so schön, dass man ihnen ihre Nutzlosigkeit verzieh. Dann kamen die richtigen, sie wurden immer schwerer und hässlicher, der größte reichte ihr fast bis zu den Knien. Tine besaß kein Küchenmesser, das gegen diesen Kürbis eine Chance gehabt hätte. Sie schleppte ihn in den Garten, um ihn mit der Axt zu zerspalten wie ein Stück Brennholz. Was sie danach mit ihm anfangen sollte, wusste sie nicht. So weit konnte sie nicht denken.

Sie holte aus und schlug zu. Die Axt steckte tief im Kürbis, aber sie bewegte sich nicht mehr. Tine zog mit aller Kraft, sie verrenkte sich dabei den Rücken und schrie auf vor Schmerz, aber sie dachte nicht daran, loszulassen.

Denn plötzlich hatte sie das Gefühl, dass alles davon abhing, ob sie diesen Kürbis besiegte oder nicht. Ihren letzten Rest Selbstachtung würde sie nur zurückbekommen, wenn sie jetzt nicht aufgab. Sie zog und fluchte und rüttelte und irgendwann löste sich die Axt.

Als er endlich entzweit war und seine riesigen grünen Kerne vor ihr ausschüttete, wurde es leichter. Jetzt war er offen und seine Innenseite lag weich und verletzlich vor ihr. Sie schlug weiter auf ihn ein, immer und immer wieder, bis sie in der Dämmerung nicht mehr sah, wo ihre Schläge landeten.

Die Kürbissplitter wickelte sie in die Zeitung, die sie heute nicht gelesen hatte, in die allerneusten schlechten Nachrichten. Damit ging sie zurück in die Küche.

Sie entfernte die Schalen und die Kerne. Sie spülte die Erdklumpen und die Kieselsteine ab, die noch am Fruchtfleisch klebten von ihrem Zweikampf im Garten. Was übrigblieb, warf sie in einen großen Topf.

Es klingelte.

»*C'est toi, Karim?*«, fragte Tine durch die Sprechanlage.

Niklas hatte sie aus unerfindlichen Gründen einbauen lassen, obwohl man durch das Fenster neben der Eingangstür jeden, der klingelte, klar und deutlich erkennen konnte.

Karim, der algerische Paketbote, sprach sehr gut Deutsch. Aber Tine vermisste es, mit jemandem Französisch zu sprechen, der es wirklich konnte. Ihre Schülerinnen zählten nicht dazu, aber das war weder ihre Schuld noch Tines. Sprachen lernte man nicht in der Schule, davon war sie überzeugt, und es war nur einer der vielen Gründe, warum sie sich selbst so überflüssig fand.

»*Mais non, c'est pas moi*«, antwortete Karim.

Tine öffnete die Tür und nahm das Paket entgegen. Sie vermutete darin den neuen Wintermantel für Clara. Zu spät merkte sie, dass sie die Bestätigung der Entgegennahme aus Versehen mit ihrem abgelegten Nachnamen unterschrieben hatte. Mit Niklas Namen, der noch immer Claras war, bis sie ihn selbst austauschen würde oder auch nicht. Es machte keinen Unterschied. Den neuen, jetzt wieder alten Namen hatte Tine von Niklas geliehen. Der zurückgekehrte Mädchenname war der ihres Vaters. Keiner der beiden gehörte ihr. Um ihren Namen wirklich zu besitzen, bräuchte sie einen ganz neuen, einen der noch vollkommen unverbraucht war. Damit müsste es anfangen. Aber dann dachte sie an Marilyn Monroe. Ein neuer Name allein nützte gar nichts.

»Willst du noch was?«, fragte Karim.

Dann rümpfte er die Nase und sah sie streng an.

»Hast du getrunken?«

»*Un peu.*«

Er schüttelte tadelnd den Kopf.

»*C'est pas bon pour ta santé.*«

Er war ihr Grasdealer. Er verachtete Alkohol.

»Ja, ich weiß«, sagte Tine. »Aber es ist und bleibt das Einzige, das wir der künstlichen Intelligenz voraushaben.«

»*Qu'est-ce que tu me racontes là?*«

»Wenn du eine Flasche Chardonnay auf einen Roboter schüttest, dann weißt du, was ich meine. Das hält der *nicht* aus. Der verträgt *gar nichts.*«

Karim weigerte sich zu lachen. Er griff in eine Hosentasche und ließ seine Hand darin stecken.

»*Alors? T'en as besoin*?«

»Vielleicht«, sagte Tine, »für Notfälle.«

Es war lächerlich. Ihr ganzes Leben war ein einziger Notfall. Aber damit war sie bestimmt nicht allein. Nach dem Austausch wollte Karim weiter.

»*Attends*«, bat Tine und überlegte, wie sie ihn aufhalten konnte.

Einen Tee oder Kaffee würde er nicht annehmen, das hatte sie schon oft probiert. Sie brauchte eine große Frage.

»Gibt es intelligentes Leben im Universum?«

»Leben, das gibt es. Intelligentes Leben? Nein.«

»Aber ich habe vor kurzem einen Artikel gelesen«, sagte Tine, enttäuscht von seiner kurzen Antwort, »in dem hieß es, es sei hochgradig unwahrscheinlich, fast sogar absurd, anzunehmen, dass ausgerechnet wir die Einzigen sein sollen. Wir befinden uns nur in unterschiedlichen Entwicklungsstufen. Die anderen sind womöglich einfach viel weiter als wir, vielleicht schon so weit, dass ... sie sich schon wieder selbst ausgelöscht haben. Deswegen hören wir nichts von ihnen. Aber sie waren da.«

»Sie haben sich ausgelöscht. Scheint dir das intelligent?«

Tine zuckte mit den Schultern. Ihr Rücken tat immer noch weh von der Schlacht mit dem Kürbis und ihrem Kopf ging es nicht besser. Erst jetzt merkte sie, dass sie fror.

»Gibt es Hoffnung? Dass wir klüger sind als sie?«

Karim sah sie besorgt an. Er hätte ihr wohl gern geholfen, aber er wusste nicht, wie.

Dafür umarmte er sie fast mit seinen traurigen, langbewimperten Augen.

»*Écoute. Il faut que je m'en aille.*«

»Nur noch eine Frage«, rief Tine, die selbst erstaunt war

über den flehenden Tonfall ihrer Stimme. Sie räusperte sich, als ließe Verzweiflung sich wegräuspern.

»Karim – glaubst du, die Welt geht unter?«

Er zog die Brauen hoch und streckte die Hand aus, vorsichtig, um ihre Stirn zu berühren.

»Natürlich geht die Welt unter. *Tu le sais*. Aber später. Noch nicht jetzt sofort.«

Tine nickte.

»Magst du Kürbis? *Potiron*? Ich kann eine Suppe machen. Es dauert nicht lange.«

»Das nächste Mal«, sagte Karim, während er sich umdrehte.

Er wirkte erleichtert, als er in seinen Lieferwagen stieg.

Tine öffnete den Mund, um ihm hinterherzurufen, aber dann schloss sie ihn wieder. Alles war gesagt. Sie begann sehr langsam, die Suppe zu kochen.

Kein besseres Wort

Das Laternenmonster, das sie geschaffen hatten, ließ sich nur sehr schwer tragen. Dauernd stieß Clara mit jemandem zusammen. Die Lieder waren ihr plötzlich peinlich, sie konnte nicht mitsingen. War sie zu alt für diesen Umzug? Sie glaubte sich zu erinnern, dass sie sich am Morgen noch gefreut hatte. Aber jetzt war ihr alles unangenehm, sie schwitzte in ihrer dicken Jacke. Der Abend war kalt, aber nicht kalt genug, um die vielen Schichten Kleidung zu rechtfertigen, die ihre Mutter ihr zum Anziehen hinlegte. Clara stellte den zerstochenen Müllkarton auf den Boden und öffnete den Reißverschluss. Der Umzug teilte sich dort, wo sie stehen blieb, und floss dann links und rechts an ihr vorbei.

Sie stand genau vor dem Kuhstall, in dem man sie gefunden hatte. Ganze Tage hatte sie dort verbracht, in der Hoffnung auf ein Zeichen, irgendeinen Hinweis auf ihre anderen Eltern. Manchmal sah sie den Kühen lange und tief in die Augen und bildete sich ein, dass sie über ihre unausgesprochene Frage nachdachten, obwohl die Tiere, die sie anstarrte, Generationen entfernt waren von denen, die dort gestanden hatten, als sie ein Säugling gewesen war.

Sie ließ die Laterne auf der Straße stehen und ging in den Stall. Wenn der Bauer sie sah, nickte er nur. Er wusste, warum sie kam. Seine Frau brachte ihr je nach Jahreszeit Holunderlimonade oder heißen Kakao.

Aber jetzt war es dunkel, niemand war da. Die Kühe stießen ihre warmen Atemwolken in die Novembernacht. Clara streichelte ihre weichen, duftenden Mäuler und begrüßte sie, eine nach der anderen. Ihre Körper waren zu schmal für ihre schweren Euter, in denen riesige, dunkelblaue Adern pochten. Man sah ihren Puls, sogar im Mondlicht.

Sie setzte sich auf einen großen Heuhaufen, der auf dem Boden lag. Im Dachgebälk raschelte es. Sie erschrak und sah nach oben. Die Schwalben konnten es nicht sein. Sie waren längst weggeflogen. Oder machten sie sich die Mühe gar nicht mehr, weil die große Kälte meistens ausblieb? Dann raschelte es wieder, diesmal neben ihr.

Ein riesiger runder Schatten verdeckte den hellen Vollmond. Es war Iona.

»Deine Laterne…«, sagte sie, »ich musste sie löschen.«

»Das ist Tahvos Mantel, oder?«

Iona nickte.

»Wo ist er? Warum bleibt er so lange weg?«

»Ich weiß es nicht. Das weißt du doch.«

Clara stand auf. Sie wollte, dass Iona sie in Ruhe ließ. Sie wollte allein sein, in ihrem Stall, bei ihren Kühen.

»Warum wohnst du in seinem Haus und ziehst seine Sachen an?«

»Stört es dich?«, fragte Iona überrascht. »Er ist mein Vater.«

»Nein, ist er nicht. Jedenfalls nicht mehr, als die Leute meine Eltern sind, die mich hier abgelegt haben und einfach gegangen sind.«

»Das mag sein.«

»Weiß Tahvo überhaupt, dass es dich gibt?«

Iona zog die Schultern hoch und ließ sie mit einem Ruck fallen. Sie drehte den Mantel auf die linke Seite und schlüpfte in die Ärmel, als könnte sie auf diese Art ein Kleidungsstück daraus machen, das ihr gehörte.

»Das sieht bescheuert aus.«

»Findest du?« Iona lachte.

Clara ärgerte sich, dass Iona so schwer zu beleidigen war. Ihre Mutter war immer viel schneller verunsichert.

»Was willst du?«, rief sie und hoffte, dass das unhöflich genug war, damit Iona endlich verschwand. Aber sie lächelte nur.

»Ich will, dass du mitkommst.«

»Wohin?«

»In den Wald.«

»Jetzt? Es ist dunkel.«

»Hast du Angst?«

Clara schnaubte verächtlich. Sie kannte diesen Wald sehr viel besser als Iona, die anscheinend nicht einmal wusste, wie man ein Feuer zum Brennen brachte. Ihre Mutter hatte ihr das erzählt, und es klang wie eine Warnung vor überheblichen Großstädtern, obwohl sie normalerweise diejenige war, die das Dorf und alle seine Einwohner verfluchte.

»Du vielleicht.«

»Deine Mutter macht sich wahrscheinlich Sorgen, aber …«

»Ich komme mit«, unterbrach Clara.

Schweigend stiegen sie den steilen Berg zum Wald hinauf. Die Straße roch nach den faulig süßen Äpfeln, die in den Gärten am Boden lagen und zerfielen.

Ein langsames, wohlriechendes Sterben.

Der Asphalt endete plötzlich und ein Schotterweg begann, noch steiler und verschlungener als die Straße. Iona trat auf etwas, es zersprang krachend unter ihren Sohlen. Sie tastete nach der Nuss und als ihr Fuß sie fand, bückte sie sich schwerfällig nach ihr.

Nachdem sie sorgfältig die Schale entfernt hatte, bot sie Clara eine Hälfte an. Aber Clara wollte keine Walnuss. Nichts, was sie wollte, war so einfach zu finden, dass man im Dunkeln darüber stolperte und schon zufrieden war.

»Was machen wir im Wald?«

»Wir gehen zu den Wagenburgen«, sagte Iona, »ich weiß den Weg nicht mehr genau.«

Das stimmte nicht ganz.

»Warst du schon mal dort?«

»Mit der Schule«, sagte Clara. »Beim Grillplatz. Der ist gleich daneben.«

Clara beschleunigte ihr Schritttempo, aber Iona blieb dicht hinter ihr. Sie abzuhängen schien unmöglich.

Vor dem Wagen, der schon von weitem nach Schaf roch, blieb Iona stehen.

Vielleicht war das der Sinn – dass Tuulikki riechen konnte, wo sie wohnte.

Clara rümpfte die Nase, obwohl sie selbst nach Kuhstall roch. Sie war nach dem Anstieg außer Atem und verschwitzt und ließ ihre viel zu dicke Daunenjacke einfach hinter sich ins Laub fallen.

»Tuulikki!«, rief Iona. »Tuulikki?«

Sie rief und rief, bis Clara sie unterbrach.

»Wer immer das sein soll, ist nicht zu Hause«, sagte sie ungeduldig.

»Sie ist meine Tante«, erwiderte Iona und war selbst überrascht, weil ihr das gerade erst auffiel.

Clara schwieg kurz und fragte dann: »Was willst du von ihr?«

»Sie sagt, sie weiß nicht, wo Tahvo ist, aber vielleicht kann sie mir trotzdem helfen.«

Iona rief ein paar Mal Tuulikkis Namen und weil sie keine Antwort bekam, öffnete sie einfach die Tür. Sie starrte eine Weile in die Dunkelheit, bevor sie beschloss wieder umzukehren. Sie ging so langsam sie konnte, als ob sie Tuulikki vielleicht doch noch irgendwo entdecken konnte, wenn sie nur aufmerksam genug war. Auch Clara setzte ihre Schritte langsam und vorsichtig, um sich nicht im Gestrüpp zu verheddern, denn jetzt verschwand das silberne Mondlicht hinter einem langen Streifen aus Wolken.

»Willst du bei mir übernachten?«, fragte Iona, als sie unten am Waldrand angekommen waren.

»Bei Tahvo meinst du. Es ist *Tahvos Haus*.«

»Ja. Meinetwegen. In Tahvos Haus.«

»Nein, danke.«

Sie gingen schweigend weiter. Clara fror, aber sie bereute trotzdem nicht, dass sie die Jacke einfach liegen gelassen hatte. Iona blieb stehen. Im Haus brannte Licht.

»Er ist zurück!«, rief Clara, als sie es sah, und rannte los.

Iona dagegen wurde langsamer. Sie sollte froh sein, dass die Suche vorbei war, damit sie das Geld nehmen und weiterziehen konnte. Aber ihr graute es trotzdem vor der Begegnung. Sie wünschte, sie hätte es längst hinter sich, wäre wieder allein, zumindest fast, und unterwegs. Ein kurzer Gedanke an das Kind rauschte durch ihren Kopf wie eine Signalstörung. Noch immer kam ihr das Kind so weit weg vor. Wie etwas, das mit ihr so gut wie nichts zu tun hatte.

Clara kam aus dem Haus und schüttelte enttäuscht den Kopf.

»Niemand da.«

»Und das Licht?«

Clara zuckte mit den Schultern.

»Jemand hat vergessen, es auszumachen. Meine Mutter wahrscheinlich.«

Iona war erleichtert und ärgerte sich gleichzeitig. Sie konnte nicht ewig warten. Spätestens wenn das Kind da war, musste sie irgendeine Entscheidung treffen und es musste die richtige sein. Für jede ihrer Entscheidungen, so gegensätzlich sie auch waren, würde sie Geld brauchen. Geld machte sie nicht frei, aber kein Geld machte sie gefangen. Sie brauchte nicht viel, aber sie brauchte es.

Und für ihn, den sie ihren Vater nennen musste, weil es kein besseres Wort für ihn gab, wäre es eine einmalige Gelegenheit, die erste und letzte, sich nützlich zu machen.

Aus Tines Küche hörte man den Pürierstab heulen. Sie klingelten, obwohl Clara einen Schlüssel hatte. Tine riss die Tür auf und umarmte Clara, die vergeblich versuchte, sich gegen die Umarmung zu wehren.

»Entschuldige«, sagte Tine immer wieder. Und dann: »Wo warst du?«

»Im Wald«, sagte Clara und nutzte den Moment der Überraschung, um sich zu befreien. Sie rannte die Treppe hinauf, ohne sich umzudrehen.

»Wo ist ihre Jacke?«

Iona zuckte mit den Schultern, bevor sie die Straße überquerte und zurückging.

Zurück in das leere Haus eines Fremden.

Wer noch so wütend war

Karolin verließ das Haus, ohne das Licht zu löschen. Sie trug die Wahrheit in ihrer geballten Faust durch die Nacht. Es war kalt geworden, aber die Wut wärmte sie.

Dass Tahvo sich all die Jahre danach nicht gemeldet hatte, konnte sie sich damals mit seiner Trauer erklären. Aber sie hatte nie begriffen, warum *Susanne* ausgerechnet in der schlimmsten Zeit ihres Lebens jeden Kontakt zu ihr abbrach. Jetzt aber verstand sie alles.

An einer Brandwand in der Nähe der S-Bahn-Station Tiergarten hatten die Malerarbeiten des *Weltbaums* begonnen. Der Baum wuchs in die falsche Richtung, von oben nach unten. Tahvo band sein langes Haar zu einem unordentlichen Knoten zusammen, um die Brise, die die davonfahrende S-Bahn verursachte, an seinem Nacken zu spüren. Es war heiß. Im August würde er nach Finnland zurückfahren, aber nur für die Konferenz in Helsinki, die zur Unterzeichnung der KSZE-Schlussakte stattfand. Es war sein erster großer Auftrag als Fotograf und er bekam ihn, weil er nicht nur Finnisch und Schwedisch, sondern auch Deutsch und Englisch fließend sprach. Wenn er sprach. Dazu kam es eigentlich selten, wenn er fotografierte.

In den von senfgelbem Metall unterbrochenen Fensterscheiben sah Karolin ihr Spiegelbild. Zufrieden stellte sie fest, dass keine Spur mehr übrig war von dem knopfäugigen Schwarzwaldmädchen, das sich nach Berlin hatte mitschleifen lassen wie eine kleine, samtweiche Handtasche. Sie würde wegziehen aus der Charlottenburger Wohnung, die sie mit Susanne teilte. In Tahvos Wohngemeinschaft in Kreuzberg war ein Zimmer frei. Zwar kannten sie sich erst ein paar Wochen, aber Karolin hatte keine Bedenken. Was sollte schon passieren? Wenn es nicht gut lief, zog sie eben wieder aus. Sie fühlte sich unzähmbar in ihrem roten Sommerkleid, geradezu italienisch. Da fiel ihr etwas ein.

»Ich war noch nie in Italien«, sagte sie zu Tahvo.

»Fahr doch hin«, antwortete er und stieg in die Bahn. Alle Plätze um ihn herum waren frei, aber er setzte sich nicht. Er setzte sich nie. Karolin hätte sich gern gesetzt, aber dann wäre der sowieso schon beträchtliche Höhenunterschied zwischen ihnen unüberwindbar geworden.

»Allein?«

Tahvo zuckte mit den Schultern. Er verstand das Problem nicht. Karolin wünschte sich, dass er sie mit einer Reise überraschen würde. Aber obwohl sie sich erst so kurz kannten, wusste sie, er würde das nicht tun. Ganz genau erklären konnte sie es nicht. Aber es erinnerte sie an Susanne. Beiden widerstrebte jede Form der Berechenbarkeit, und sie hassten alles, was sie tun mussten, weil es von ihnen erwartet wurde, ganz egal von welcher Seite die Erwartungen kamen.

Karolin befürchtete, die beiden würden ihre Ähnlichkeiten sofort bemerken, so dass sie, wie immer, in Vergessenheit geriet. Deshalb hatte sie es unbedingt vermeiden wollen, sie einander vorzustellen, besonders als Susanne plötzlich aufhörte, sich zu vergraben und wieder nach draußen ging. Ihr altes Selbst erklärte die Tage, an denen sie eingewickelt im Zimmer gelegen hatte, mit einem viralen Infekt.

Ganz plötzlich war er wieder vorbei.

Aber Karolin hatte das Treffen nicht verhindern können, denn eines Tages stand Tahvo unangekündigt frühmorgens vor ihrer Wohnung. Sie war noch nicht von der Arbeit zurück. Susanne hatte ihm geöffnet, ihm Kaffee angeboten und ein paar Worte mit ihm gewechselt. Während Karolin damit rechnete, dass er jetzt alles über Susanne wissen wollte, fragte er später nur nach ihrem Namen, der ihm entfallen war.

Entweder hatte er nicht bemerkt, wie interessant sie war, oder sie interessierte ihn wirklich nicht. Karolin konnte es kaum glauben. Aber langsam verlor sie die Angst.

Sie waren auf dem Weg nach Charlottenburg, um Karolins Koffer zu holen. Es waren drei. Möbel hatte sie keine. Die Matratze, auf der sie jahrelang geschlafen hatte, würde sie in der Niehbuhrstraße lassen. Es gab genug davon in der Kreuzberger WG. Karolin versuchte sich zu merken, wie laut das Kopfsteinpflaster unter ihren Füßen klackerte. Natürlich würde sie wiederkommen. Aber als Besucherin. Das war etwas anderes. Sie warf einen letzten Blick auf die schief gehängten Plakate am alten Kino, in denen sie und Susanne in den endlosen eisigen Wintern einen Großteil ihrer Sonntage verbracht hatten. Jetzt war es so heiß, dass die Luft flimmerte. Sie ging an Hauswänden mit verblassten Worten vorüber, manche waren von Efeu überwachsen oder von neueren, dringlicheren Parolen übersprüht. Insgesamt bekam man an den Mauern hier sehr viel weniger zu lesen, und die Schrift war nie so groß und nie so bunt wie die an den Mauern in Kreuzberg.

Susanne war nicht zu Hause. Karolin war froh darüber. Sie wusste nicht, wie sie sich von ihr verabschieden sollte. Nachdem sie ihre Schlüssel auf die Kommode gelegt hatte, stand sie eine Weile zögernd im Flur herum.

»Kommst du?«, fragte Tahvo.

Sie nickte und zog die Wohnungstür zu, ganz langsam, als könnte sie es sich in der letzten Sekunde noch anders überlegen.

Die Konferenz in Helsinki war ein Glücksfall für Tahvo. Durch sie bekam er alle möglichen neuen Aufträge, selbst solche, für die er auf den ersten Blick nicht sehr geeignet schien. Zum Beispiel hatte man ihn gefragt, ob er Anfang Oktober nach Mailand kommen wollte. Er sollte für einen Kollegen einspringen, der es dieses Jahr nicht schaffen würde, eine Frühlingsschau von Armani zu fotografieren.

Als er Karolin davon erzählte, verschluckte sie sich vor Lachen und prustete ihren Weißwein über den Küchentisch.

»Du?«, rief sie und hustete. »Du, der du dich ekelst, eine dritte Hose zu besitzen?«

Er durchschaute nicht, dass sie sich mit Absicht so sehr belustigte, sich derartig reinsteigerte in die Unwahrscheinlichkeit seiner Zusage, dass es ihn schließlich reizte zu sagen: »Ich fahre.«

»Ich komme mit«, sagte Karolin und hörte sofort auf zu lachen.

Seit ein paar Wochen gab es *Augusto*, eine italienische Trattoria, in ihrer neuen Straße in Kreuzberg. Sie verbreitete einen so unbeschreiblich guten Duft, dass Karolin immer häufiger vor ihr stehen blieb. Schließlich ging sie hinein und aß das erste Mal Pasta mit Schwarztrüffeln.

Mitten im Raum stand ein Kassettenrekorder, der ununterbrochen Bänder fraß. Nach ein paar Minuten nervtötender Musik erhängte er sich jedes Mal an seiner eigenen Tonspur. Dann kam jemand aus der Küche und setzte sich mit einem Stift an den Tresen, um laut fluchend das Band wieder einzudrehen. Trotzdem wurde der Rekorder nicht aus dem Verkehr gezogen. Immer wieder versuchten sie es mit ihm. Das Licht war zu grell, die Plastikblumen verstaubt und die Fotos an den Wänden der reinste Kitsch. Die Tischdecken waren aus einem billigen Papier, das sich klebrig anfühlte, selbst wenn es noch sauber war. Aber Karolin hatte noch nie so gut gegessen und war noch nie von Leuten bedient worden, die sich so offensichtlich und dennoch höflich über sie lustig machten.

Sie hätte viel lieber hier gearbeitet als in ihrer Kneipe, aber sie sprach kein Italienisch und hätte auch die Kunst des ironischen Kellnerns erst lernen müssen. Jedenfalls war die Pizzeria ihr neuer Lieblingsort und genau so, oder zumindest so ähnlich, hatte sie sich Italien vorgestellt.

Tahvo dagegen hatte an Tränengasnebel gedacht, an blutige Auseinandersetzungen zwischen Neofaschisten und der Avanguardia Operaia.

Nicht, dass er Gewalt erstrebenswert fand. Aber es leuchtete ihm ein, dass Konflikte nach außen getragen wurden, anstatt nach innen zu versickern oder heruntergespült zu werden, wie es so oft passierte in dem stillen Land, aus dem er kam.

Er hatte sich vorgestellt, Polizeigewalt sichtbar zu machen, er wollte, dass seine Bilder zu etwas gut waren, nicht nur für ihn selbst. Aber jetzt sollte er lächerliche Stofffetzen fotografieren, noch dazu welche, die sich niemand leisten konnte und die kein normaler Mensch anzog.

Nach der endlosen Zugfahrt von Westberlin erreichten sie die Stazione Centrale und kämpften sich nach draußen. Beide waren wie erschlagen von der Wucht der faschistischen Architektur des Bahnhofsgebäudes und von den Menschenmassen, die sie nicht erwartet hatten. Sie waren sprachlos vor Enttäuschung. Tahvo wirbelte den Stadtplan in den Händen herum wie eine Schneekugel, aber die Stadt wurde davon nicht besser. Er sah überall Anzugträger, die ihn abfällig musterten. Karolin suchte hinter den mehrspurigen Straßen und den riesigen Häuserblöcken vergeblich nach irgendetwas, das sie ans *Augusto* erinnerte.

Sie gingen in eine düstere Bar, in der ausschließlich Männer herumstanden und Zeitung lasen und es irgendwie fertig brachten, sich dabei gleichzeitig zu unterhalten. Tahvo bestellte Kaffee auf Französisch, der Barista schleuderte ihnen die Tassen auf die Theke, ohne sie eines einzigen Blickes zu würdigen. Es war der erste Oktober, und noch immer so warm wie im Hochsommer. Der Ventilator an der Decke drehte sich mühsam, aber vergeblich. Karolin sah auf die Schlagzeilen der Zeitung. Das Wort »Massaker« konnte sie identifizieren. Zwei Frauen kamen in die Bar, mischten sich zwischen die noch immer gleichzeitig redenden und lesenden Männer und hörten eine Weile zu. Ihre Gesichter wurden immer angespannter. Mit zittrigen Händen kippten sie ihren Kaffee hinunter. Dann, plötzlich, platzte ihnen der Kragen. Sie schrien und empörten sich, als ginge es um ihr nacktes Leben. Offensichtlich teilten sie ganz und gar nicht die Meinung der anwesenden Anzugträger, die langsam immer mehr verstummten. Karolin sah auf das Bild in der Zeitung und versuchte angestrengt den Artikel zu lesen. Ihr Schulfranzösisch half ihr nicht viel, aber sie verstand immerhin nach einer Weile, dass es um zwei junge Frauen ging, um Vergewaltigung und um Mord. Plötzlich konnte sie sich vorstellen, was die Männer gesagt hatten.

»Wo gehst du hin?«, rief Tahvo.

»Aufs Klo«, antwortete Karolin und verschwand hinter der Tür, die das Symbol der Rockträgerin mit den zusammengewachsenen Beinen trug.

Während sie pinkelte, las sie die vier Worte an der Wand und hatte sofort das Gefühl, dass sie persönlich gemeint war. Da stand:

Hai una voce. Usala.

Sie blätterte hinterher in ihrem Taschenwörterbuch nach *voce*, nur um sicherzugehen, dass sie richtig lag. Das tat sie. Natürlich war eine andere Art von Stimme gemeint, nicht die, die sie verloren hatte. Aber solange sie hier allein war, in einer unbequemen Stehhocke, um die schmierige Klobrille nicht zu berühren, konnte sie den Aufruf so interpretieren wie sie wollte. Irgendetwas war losgetreten worden in ihrem Kopf und sie konnte es noch nicht genau fassen. Plötzlich war sie so wütend auf die Männer in der Bar und sie wunderte sich darüber. Nicht über die Wut wunderte sie sich, sondern über sich selbst. Es war bei weitem nicht das erste Mal, dass sie sich mit Gewalt an Frauen auseinandersetzte, sie hatte schließlich jahrelang mit Susanne gelebt und mit den unterschiedlichsten Leuten in ihrer WG-Küche feministische Debatten geführt. Warum fühlte sie sich jetzt erst persönlich betroffen?

Auf dem Weg zum Hotel sprachen Tahvo und sie kein Wort. Zum ersten Mal merkten sie, wie wenig sie sich kannten.

Karolin trug ihr langes indisches Kleid, das im Wind flattern konnte, wenn es welchen gab. Aber die Luft lag wie Beton über der Stadt und bewegte sich nicht. An den Säumen ihres Kleides waren kleine Metallglocken angenäht, die bei jedem Schritt klimperten. Das Geräusch hörte man allerdings erst wieder im Hotelzimmer, wo der Straßenlärm bei geschlossenen Fenstern etwas weniger dröhnte. Tahvo stellte seinen Rucksack ab und legte alle Einzelteile seiner Fotoausrüstung behutsam auf den wackligen Tisch. Er fand auch einen Briefumschlag darin. Den hatte er ganz vergessen.

»Die haben sie mir geschenkt«, sagte er. »Freikarten für die Scala. Kannst du was damit anfangen?«

Karolin nahm die Karten zögernd entgegen, aber dann riss sie den Umschlag auf.

La Tosca.

»Du weißt doch, dass ich das kann.«

»Dann nimm sie. Für mich ist das zu elitär. Und außerdem – dieses stundenlange Geschrei …«

Tahvo verzog das Gesicht.

»Was du nicht kennst, kannst du nicht beurteilen.«

»Aber was ich darüber weiß, stößt mich ab.«

Karolin schwieg. Sie hatte keine Lust, ihn zu überzeugen. Sie legte sich aufs Bett und begann zu lesen.

Am nächsten Tag, bevor er widerwillig zum Laufsteg aufbrach, hatte er seine Meinung geändert. Sie verabredeten sich für den Abend, direkt in der Via Filodrammatici.

Beide waren falsch gekleidet, das merkten sie sofort. Sie hatten Glück, dass man sie einließ, obwohl ein Türsteher mit langem Gewand sie sehr lange und vorwurfsvoll musterte. Kurz bevor der Vorhang aufging, wurde Karolin panisch. Was tat sie hier? War sie verrückt geworden? Warum war sie freiwillig hergekommen, um eine alte, nur mühsam vernarbte Wunde in aller Öffentlichkeit wieder aufzureißen?

In der ersten Pause rannte sie aus dem Gebäude. Tahvo lief ihr hinterher, mit seinen langen, leisen Schritten, wie ein Wolf in einem verschneiten Wald.

»War es so schlimm?«, fragte er. »Ich fand es gar nicht so schrecklich.«

Erst jetzt bemerkte er ihre Tränen.

»Es war ekelhaft«, sagte sie und schniefte.

Sie gingen eine Weile schweigend geradeaus, ohne zu wissen, wo sie eigentlich hinwollten. Erst über die glänzenden Mosaikböden der Galleria Vittorio Emanuele, dann quer über die Piazza del Duomo und ihre siebzehntausend Quadratmeter Taubenkot.

»Du solltest wieder Musik machen«, sagte Tahvo schließlich.

Karolin lachte bitter.

»Warum denn nicht?«, fragte er. »Wenn du nicht mehr singen kannst, mach doch was anderes. Du könntest wieder Klavier spielen.«

»Es ist zu spät«, sagte sie, »wenn man davon leben will, muss man sehr früh anfangen.«

»Wer redet denn von Geld?«

Jetzt wurde sie wütend. Es war das erste Mal, dass sie auf ihn wirklich wütend war.

»Ich!«, rief sie. »Ich rede von Geld! Soll ich Klavier spielen, weil es hübsch ist? Wie irgendwelche Töchter aus gutem Hause, die Schubertsonaten klimpern und auf Französisch parlieren, weil es so gut zu ihrem Haarschmuck passt? Meine Eltern haben eine Wirtschaft. Ich kann Bier zapfen und Kartoffeln braten und drei volle Teller davon auf einem Arm tragen. Das ist es, was mir bleibt.«

Tahvo schwieg, aber es klang anders als sonst. Es war ein Schweigen, das nach Worten suchte. Sie befanden sich mitten in den Straßenbahnschienen einer alten Tram, die gerade mit knirschenden Rädern um die Ecke bog. In letzter Sekunde zog Tahvo sie zur Seite, aber als er sie nicht früh genug aus seiner Umarmung entlassen wollte, stieß sie ihn weg. Den Rest des Abends ging sie allein durch die Stadt, die sich anfühlte wie eine Bleischürze.

Tatsächlich, wenn sie lange genug nachdachte, konnte sie sich an viele Momente erinnern, in denen sie unbeschreiblich wütend gewesen war. Aber noch nie in ihrem Leben war sie so wütend gewesen wie jetzt. *Iona.* Wie hatte Susanne es wagen können, sie so zu nennen?

Karolin stand vor dem Haus, in dem sie wohnte, das Haus ihrer Eltern, in dem sie geboren und aufgewachsen und zu dem sie zurückgekehrt war als etwas, das weniger wog als ein Schatten.

Ihr Sohn war nie hier gewesen, als er noch lebte, weil ihre Mutter, die kurz vor der Geburt ihres Enkels Witwe wurde, es vorgezogen hatte, Karolin in Berlin zu besuchen, um die beiden zu sehen. Nichts hatte sie dort an ihren Mann erinnert und aus demselben Grund kehrte Karolin mit der kleinen Urne nach Luchsberg zurück: um nicht an jeder Ecke erinnert zu werden. Viel einfacher wurde es dadurch nicht. Sie war eine Fremde geworden und genau das wollte sie auch bleiben. Auf der Beerdigung waren nur sie, ihre Mutter und ein alter Pfarrer, der ständig vergaß, was als Nächstes kam. Als kurze Zeit später auch ihre Mutter starb und sie den *Löwen* übernahm, gab es niemanden mehr, der sie fragte, wie es ihr ging. Auch Tahvo fragte sie das nie, Jahre später. Aber er fragte deshalb nicht, weil er es wusste.

Karolin trat gegen das Gartentor und schrie, bis ihre Stimme versagte. Dann zerriss sie den Brief. Suchen musste sie Tahvo nicht. Sicher würde er irgendwann bald bei ihr auftauchen für seine monatliche Portion Vergebung, wie immer. Und jetzt wusste sie auch endlich, was es zu vergeben gab.

Sie fühlte sich aufs Schlimmste hintergangen, aber gleichzeitig beinahe unangenehm verjüngt. Sie hatte sich wohl getäuscht: Wenn sie sich so aufregte, konnte der Abspann noch nicht begonnen haben. Wer noch so wütend war, konnte nicht alt sein.

Orakel

»Ich muss sicher sein, dass du es weißt«, sagte Tine, die plötzlich in der Tür stand. Ihre Jacke hatte sie nur über die Schultern geworfen, so dass die Ärmel leer und sinnlos um sie herumflatterten.

»Was?«, fragte Iona und schob mit den Füßen ein paar Papiere und Fotos zusammen. Sie bedeckten den gesamten Boden.

»Warum hast du hier alles ausgeschüttet?«

»Das warst *du* doch!«

Tine schüttelte den Kopf.

»Dann muss es Tahvo gewesen sein. Er sucht irgendwas, aber er will mich nicht treffen.«

»Blödsinn«, antwortete Tine, aber es klang schwach.

»Er weiß doch gar nicht, dass du hier bist.«

»Vielleicht ja doch. Vielleicht von dir?«

Tine holte Luft, um sich zu verteidigen, aber sie wusste nicht, wie. Es war unmöglich, Iona das Gegenteil zu beweisen. Dann erinnerte sie sich, warum sie gekommen war.

»Ich will, dass du weißt, dass Clara mir wichtiger ist als alles andere auf der Welt. Auch wenn es für dich nicht danach aussieht. Verstehst du das?«

Iona zuckte mit den Schultern.

»Ist es nicht ziemlich egal, was ich über dich denke? Ich will nur mein Geld. Dann verschwinde ich.«

Tine ließ sich auf dem Boden nieder, sie sackte zusammen wie eine Marionette, deren Puppenspieler plötzlich die Lust verloren hat. Die Jacke rutschte ihr von den Schultern und landete in einem Haufen aus vergilbten Papieren, die nichts, keine Klammer, keine Mappe, zusammenhielt. Sie umschlang ihre angezogenen Beine mit den Armen und ließ ihren Kopf auf die Knie fallen.

»Endlich«, seufzte sie, »endlich sagst du die Wahrheit.«

»Was soll ich denn sonst wollen? Hast du geglaubt, ich will ihn kennenlernen, damit wir verpasste Urlaube nachholen und er mir Gute-Nacht-Geschichten vorliest?«

»Er macht das«, murmelte Tine leise, ohne die Stirn von den Knien zu heben. »Er liest Clara vor.«

Iona schnaubte verächtlich und drehte sich um. Sie stolperte über eine kleine Kiste, die heraufgebracht, aber nicht angerührt worden war. Ihr Deckel war mit dickem Klebeband verschlossen, mehrere Streifen auf jeder Seite. Iona hob sie mühsam vom Boden auf, weil sie glaubte, ihren Namen darauf gelesen zu haben. Aber als sie sie ins Licht hielt, merkte sie, dass nur die Tinte des Stifts, mit dem der Schreibende angefangen hatte, mitten im Wort ausgegangen war. Die zweite Silbe hatte deshalb eine andere Farbe und auch, weil der neue Stift dünner war, eine etwas andere Form:

JONA than

Iona spürte einen seltsamen Schmerz in ihrem Rücken. Er strahlte hinunter bis in ihre rechte Kniekehle. Bisher war sie von allen Unpässlichkeiten verschont geblieben, vor denen man sie gewarnt hatte. Fremde Leute in allen Städten, die sie durchquert hatte, gaben ihr ungebetene Ratschläge, als sie sahen, dass sie schwanger war. Erst als ihre Obdachlosigkeit auffälliger wurde als ihre Schwangerschaft, verstummten die Ratschläge und an ihre Stelle traten mitleidige oder entsetzte Blicke, die sie noch kilometerweit im Rücken spürte. Auch wenn sie medizinische Esoterik zutiefst verabscheute, hielt sie es plötzlich für möglich, dass es diese Blicke gewesen waren, die sich tief in ihre Haut gegraben hatten und sich jetzt bemerkbar machten.

Sie versuchte, keinen Schmerzenslaut von sich zu geben, als sie sich auf dem Sofa niederließ. Es gelang ihr nicht. Tine entknotete ihre Beine und Arme und sah Iona an.

»Warst du jemals beim Arzt?«, fragte sie.

»Wozu?«, fragte Iona zurück.

»Du hast keine Versicherung«, stellte Tine fest, und Iona widersprach nicht.

Auf einmal verhärtete sich Tines Gesichtsausdruck.

»Weißt du, wie schwierig eine Adoption ist?«

»Nein«, sagte Iona, »aber *du* weißt es. Und gleich wirst du mir sagen, wie dankbar ich sein sollte. Oder sowas in der Richtung.«

»*Warum* bist du nicht glücklich?«, schrie Tine.

Sie zitterte vor Wut. Iona sah aus dem Fenster. Unter dem Licht der Straßenlaterne bemerkte sie ein paar Regentropfen, in die sich langsam immer mehr Schnee mischte. Sie fragte sich, ob Sam noch lebte. Nur das hätte sie gerne gewusst.

»But I *am*«, sagte sie schließlich, als wäre Sam es gewesen, der ihr die Frage gestellt hatte.

Tine stand kopfschüttelnd auf und begann Papier zu zerknüllen und Äste zu zerkleinern. Mit viel zu viel Schwung warf sie das erste größere Holzscheit in den Kamin. Sie pustete auf die kleinen Flammen, bis ihr schwindlig wurde, und rettete sie in letzter Sekunde vor dem Ersticken.

In der Küche sah sie in alle Schränke. Alle Vorräte waren verbraucht. In ihrem eigenen Haus gab es nur noch die Kürbissuppe, aber die hatte sie vor Verzweiflung versalzen. Sie öffnete die Küchentür, die in den großen, verwilderten Garten führte. Der Bauer, der auf der anderen Seite wohnte, ließ kleine Säcke voll Kartoffeln in einer Kiste vor seinem Stall liegen. Das Geld dafür würde sie ein anderes Mal in die kleine Kasse daneben werfen. Aber zuerst musste sie über die verwelkten Laubberge und Ranken klettern, die Tahvos Grundstück von dem des benachbarten Landwirts trennten. Die dünnen Stoffschuhe, in die sie nur schnell geschlüpft war, um Iona die Meinung zu sagen, waren schon nach wenigen Sekunden nass. Tine spürte etwas Hartes in den Augen, es stach wie Schneekristalle, die aber schmolzen, sobald sie den Boden berührten.

Sie dachte an einen Wintermorgen, als sie sieben oder acht gewesen war und aus irgendeinem Grund das Haus viel früher als notwendig verlassen hatte, um in die Schule zu gehen. Es war noch so dunkel gewesen, nicht eine Spur von Dämmerung am Himmel. Warum hatte ihre Mutter sie nicht zurückgehalten? Sie konnte sich nicht erinnern. In der Nacht war Schnee gefallen, dicker weißer Schnee, der wie überquellende Schlagsahne alle Wege verdeckte. Es war unmöglich zu sagen, wem welcher Platz zustand, wo der Gehweg war und wo die Straße, das Weizenfeld, die Kuhweide. Die Schule war noch geschlossen. Niemand, nicht mal ein Vogel, hatte den Schnee auf dem Schulhof berührt. Alle aufgeschürften Knie, alles Herumstehen und Prügeln, das Angeben und das Unsichtbarmachen, alles war gelöscht. Tine stand vor der weißen Masse wie vor einem riesigen unbeschriebenen Blatt. Bis die Schule anfing, konnte sie es füllen, wie sie wollte. Sie stürzte sich hinein und machte Schneeengel und glitzernde Hügel und lief große Buchstaben in Schreibschrift, die man – so stellte sie es sich vor – vom Flugzeug aus würde sehen können. Sie schrieb nicht ihren Namen. Sie schrieb *SOS*. Das hatte sie irgendwo gesehen, allerdings ohne genau zu begreifen, was es bedeutete. In Wirklichkeit brauchte sie keine Rettung, im Gegenteil: Sie platzte beinahe vor Freude.

Wann, das fragte sie sich jetzt, während sie auf dem nassen Laub ausrutschte, wann hatte sie verlernt, sich so zu freuen, nicht obwohl, sondern *weil* sie allein war? Warum hatte sie sich immer geschämt, wenn sie der Arbeit wegen in eine fremde Stadt gekommen war, wo sie noch niemanden kannte und deshalb abends ohne Begleitung in Bars herumsaß und ungeduldig ihr Handy bearbeitete, damit es so aussah, als käme noch jemand, der sich bloß unglaublich verspätete?

Immer hatte sie nur gewartet. Erst auf eine erfolgreiche Schwangerschaft, dann auf die Entscheidung der quadratischen Dame von der Adoptionsstelle, die immer ein Zimtkaugummi im Mund hatte und sich erst nach Monaten überzeugen ließ, dass es Clara bei ihnen gut haben würde. Schließlich hatte sie darauf gewartet, dass Niklas auszog, und jetzt wartete sie auf Tahvo. Nichts davon wünschte sie sich für Clara. Zum ersten Mal war Tine erleichtert darüber, dass sie zumindest genetisch nichts an sie weitergegeben hatte.

Sie nahm den schwersten Kartoffelsack aus der Kiste und stapfte durch den schlammigen Garten zurück, als sie hinter sich ein Gackern hörte. Zwei Hühner waren ihr gefolgt. Tine drehte sich um und starrte sie an. Sie zischte laut, aber die Hühner rührten sich nicht. Sie dachte an die Auguren im alten Rom und kramte mit der freien Hand erst in den Rocktaschen, dann in den Jackentaschen, in der Hoffnung, dort irgendetwas zu finden, was Hühner mochten, damit sie sie nach ihrer Zukunft fragen konnte. Aber sie fand nichts. Alle Taschen waren leer.

Iona hörte, wie Tine zurückkam und anfing, in der Küche zu hantieren.

Kurz überlegte sie, ob sie aufstehen und ihr helfen sollte, aber sie schaffte es kaum, sich aufzurichten. Vorsichtig zog sie ihren rechten Fuß zum linken Knie. Ihre Beine bildeten eine Vier, die sie nicht mehr sehen konnte. Sie dachte an das andere Sofa, an die Zeit, als es noch in Sams Büro gestanden hatte. Es war ein altes, aber bequemes Sofa gewesen mit einem abgeschabten Überzug aus grauem Leinen. Nicht wirklich schön, aber unschuldig. So viel Zeit hatte sie auf diesem Sofa verbracht, es hatte alles ausgehalten, so viele übermütige Sprünge und so viel Erschöpfung, so viele Bücher und Filme, so viel Sex, so viel Schlaf. Manchmal war Iona auch einfach nur dagelegen und hatte zugesehen, wie das Dreieck aus Sonnenlicht, das gegen vier Uhr auf die Rückenlehne fiel, immer röter wurde, bevor es schrumpfte und verschwand. Wenn sie geahnt hätte, wie das Sofa sich gegen sie wenden würde, hätte sie darauf bestanden, auf dem nackten Boden zu schlafen.

Es war ein zu hoher Preis gewesen für so ein bisschen Bequemlichkeit.

Tine stellte dampfende Kartoffeln auf den Tisch und hielt den Salzstreuer in die Luft wie die Fackel der Freiheitsstatue.

»Mehr gibt es nicht«, verkündete sie.

Die imaginären Einwanderer schwiegen. Tine schob Iona ein großes Kissen unter den Rücken und reichte ihr ein paar Kartoffeln. Sie hatte sie kleingeschnitten, damit sie schneller abkühlten. Iona aß mit den Fingern, nahm hastige Bissen, als müsste sie damit rechnen, dass ihr jederzeit der Teller aus der Hand gerissen wurde.

Tine aß im Stehen. Währenddessen ging sie durch den Raum, stieg über die Hindernisse auf dem Boden und berührte ab und zu die feine Staubschicht, die auf allen Gegenständen lag. Den Plattenspieler hatte Tahvo noch nie benutzt, zumindest nicht in ihrer Gegenwart. Seit sie ihn kannte, war es still bei ihm, aber nicht, weil er keine Möglichkeiten hätte, die Stille zu durchbrechen. Er besaß ein Klavier, ein Radio und diesen Plattenspieler samt Schallplatten. Sie nahm die oberste aus ihrer Hülle und blies vorsichtig auf das nachtschwarze Vinyl. Sie drückte auf den größten Knopf, der rot aufleuchtete, und wunderte sich, als tatsächlich die Nadel herunterfuhr und begann, sich an der Rille entlangzutasten. Es war ein neapolitanisches Lied, was da erklang, entsetzlich traurig und vollkommen unverständlich, obwohl Tine ganz gut Italienisch sprach. Was hatte Tahvo mit Neapel zu tun? Das Einzige, was sie verstand, war der Titel der Schallplatte, der in großen geschwungenen Buchstaben auf der Hülle stand:

Nella notte dei tempi, ewig lange her. Auf dem Foto im Hintergrund trocknete die Wäsche in engen Gassen, in die nie ein Sonnenstrahl fiel.

»Wer ist Jonathan?«, fragte Iona.

»Keine Ahnung.«

Iona schob die Kiste zu ihr. Tine besah die Klebestreifen auf allen Seiten und zögerte.

»Das ist sehr fest zu.«

»Eben. Das ist seltsam. Alles andere liegt lose herum.«

Das Lied war zu Ende. Die Schallplatte knackte laut und klang genau wie das Feuer, das im Kamin brannte. Dann setzte die Musik wieder ein und übertönte das Geprassel mit ihrer unerträglichen Schwermut. Tine zog die Nadel mit einem Ruck nach oben. Sie hatte genug gehört, um sich erneut zu fragen, ob sie über Tahvo wirklich so viel mehr wusste als Iona.

Mit ihren Nägeln bekam sie die dicken Klebestreifen nicht auf. Tine fluchte vor Ungeduld. Dann nahm sie das große Messer, das, mit dem Iona und Clara den Papierkorb zerstochen hatten, um ihn als Laterne zu verwenden. Sie rutschte am Rand ab und schnitt sich in die Hand, mit der sie die Kiste festhielt. Das Blut schoss aus ihr heraus, als ob es nur darauf gewartet hatte. Tine sah interessiert zu, bis Iona sich stöhnend aus dem Sofa befreite und mit einem Küchentuch und einem Schal einen Druckverband improvisierte.

»Au! Muss das so fest sein?«

Iona legte die Kiste auf den Tisch und drehte die kleine Lampe in ihre Richtung. Während des Studiums hatte sie sich nie gefreut, wenn jemand ihr Geschick lobte und ihr sagte, aus ihr würde eine gute Chirurgin werden. Was nützte es, in etwas gut zu sein, was man eigentlich gar nicht tun wollte?

Für eine kurze Zeit glaubte sie, sich endgültig befreit zu haben und endlich ihren eigenen Weg gegangen zu sein. Aber dann sah sie mit Sam eine Arztserie und erschrak, als jemand über einen sich seit Stunden im OP befindenden Chirurgen sagte:

»*He's still in the theatre.*«

Sie wusste ja, dass damit der Operationssaal gemeint war, aber es verwirrte sie trotzdem. Hatten das Theater und der Operationssaal ihrer Mutter doch mehr miteinander zu tun, als sie wahrhaben wollte? Ähnlich war es, als sie zum ersten Mal die Klebestreifen auf der Bühne bemerkte, die dazu dienten, dass jeder wusste, wo er noch im Licht stand und wo nicht mehr. Sie sahen genauso aus wie die Markierungen im Krankenhaus, die man bei großen Operationen anbrachte, damit der Chirurg dem Anästhesisten nicht auf die Füße trat.

Iona befürchtete, sich sehr viel weniger weit entfernt zu haben, als sie gehofft hatte. Erst war es nur ihr Vater gewesen, von dem sie sich in jeder Hinsicht unterscheiden wollte, dann war es immer mehr auch ihre Mutter. Jede Gemeinsamkeit mit ihren Eltern empfand sie als Versagen. Aber es war wie nach der Befragung von Orakeln in griechischen Sagen: Je mehr man versuchte, ihrer Voraussage zu entgehen, desto wahrscheinlicher war es, dass sie eintraf.

Sie stach mit der Spitze des Messers in die Klebestreifen und schälte geduldig jede Schicht ab, bevor sie die nächste öffnete. Ihre Hände waren ruhiger, als sie sich fühlte. Das metallische Ticken der Küchenuhr drang bis ins Wohnzimmer. Ab und zu heulte der Wind auf und blies kalte Luft durch die undichten Fensterritzen.

Tine stellte sich neben Iona, als sie die Kiste öffnete und den Inhalt auf den Tisch leerte. Es waren Fotos, hunderte von Fotos von einem kleinen Jungen mit dunklem Haar und hellbraunen Augen.

»Wer ist das?«, fragte Tine.

Iona zuckte mit den Schultern. Tine nahm ihren Teller mit den zwei übrig gebliebenen Kartoffeln und stellte ihn in der Küche ab. Als ihr Blick auf die Uhr fiel, erschrak sie. Es war schon nach Mitternacht. Sie kletterte über die Aufschüttungen im Wohnzimmer und fand ihre Jacke nicht mehr. Irgendwo musste sie versunken sein, in all dem Papier, das ihnen nicht weiterhalf.

»Ich muss gehen«, sagte Tine und nahm einen alten Mantel vom Haken, den sie noch nie an Tahvo gesehen hatte.

Iona schlief auf dem Sofa ein.

Zwei Zweige im Wind

Es hatte die ganze Nacht geregnet und es hörte nicht auf. Der leise Nieselregen war einem lauten Trommelregen gewichen, und der Wind zerrte an den letzten Blättern der Bäume im Garten. Clara war schon wach, als Tine in die Küche kam, um Kaffee zu machen. Sie sahen sich an und zum ersten Mal begriff Tine wirklich, dass Clara erwachsen werden würde. Bisher hatte sie nur eine vage Ahnung davon gehabt, hatte zur Kenntnis genommen, wie Claras Füße wuchsen und wie ihre anfangs so wilden und oft spiegelverkehrten Buchstaben gezähmt wurden und nicht mehr quer über die Seiten schlitterten.

Vergeblich versuchte Tine, ein Marmeladenglas zu öffnen, eine Holundermarmelade, die Tahvo im letzten Jahr eingekocht hatte. Ihre Hände waren zu rutschig. Sie war zu schwach.

»Gib her«, sagte Clara, »ich kann das.«

Tine ließ sich das Glas aus der Hand nehmen und sah zu, wie Clara mit einem Messer das Vakuum löste und die Marmelade dann mühelos öffnete.

»Gehen wir sonntags nicht mehr in die Kirche?«, fragte Clara.

»Du willst in die Kirche?«

»Nein, überhaupt nicht. Ich frage mich nur, warum wir nicht mehr gehen.«

»Wir gehen doch schon seit Ewigkeiten nicht mehr.«

»Ja, ich weiß. Aber warum?«

Die Glocken begannen zu läuten, als ob sie die Dringlichkeit der Frage unterstreichen wollten.

»Irgendwann hatte ich das Gefühl, dass ich gar nicht gemeint bin. Wann genau das war, weiß ich nicht mehr, ich … ich hätte vielleicht besser aufpassen sollen.«

Clara nickte langsam, aber ihre gerunzelte Stirn verriet, dass die Antwort sie nicht überzeugte.

»Wie schmeckt Kaffee?«

Tine schob ihr die Tasse hin. Sie trank ihren Kaffee schwarz und ohne Zucker und war überzeugt, dass Clara ihn widerlich finden würde. Aber sie nahm einen Schluck und dann noch einen und verzog dabei nicht das Gesicht.

»Interessant.«

»Lüg doch nicht. Ich mach dir einen Kakao.«

Bevor Tine sich umdrehen konnte, riss Clara die Kaffeetasse vom Tisch und warf sie auf den Boden. Claras Blick war ruhig, sie sah Tine in die Augen, ohne zu blinzeln.

»Ich will keinen Kakao.«

»Ja. Das merke ich. Und anscheinend auch keinen Kaffee.«

»Es tut mir nicht leid. Ich soll nicht lügen, sagst du. Also: es tut mir kein bisschen leid.«

»Mir aber«, sagte Tine, »mir tut es sehr leid.«

»Ich hasse dich.«

»Ja«, sagte Tine und zog die Nase hoch, »das verstehe ich.«

»Hör auf zu heulen!«, befahl Clara, aber sie ließ sich von Tine umarmen, sie wehrte sich nicht.

»Das Schlimme ist«, sagte Tine, während sie versuchte, sich zusammenzureißen, »wir haben nur noch Knäckebrot.«

Clara schwieg und sah angestrengt aus dem Fenster. Die Regentonne war randvoll und begann überzulaufen. Die Meisenknödel an der Vogelfutterstation schwangen wie übergewichtige Goldfische in ihren Netzen hin und her. Tine wollte sie einsammeln und drinnen trocknen lassen, damit sie nicht schimmelten, aber gerade als sie Gummistiefel und Mantel angezogen hatte, hörte es ganz plötzlich auf zu regnen. Nur der Wind blies weiterhin.

»Willst du mit dem Drachen raus?«, fragte Clara mit einer Spur von Herablassung, als müsste sie Tine beschäftigen, damit sie nicht auf dumme Gedanken kam.

Tine nickte brav, obwohl ihr auf der Zunge lag, dass ihre letzten Versuche immer in Katastrophen geendet hatten. Die Vorstellung eines im Wind tanzenden Drachens gehörte zu den Dingen, mit denen sie sich jedes Jahr über den langsam verebbenden Sommer hinweg zu trösten versuchte, aber die Wirklichkeit sah anders aus. Wenn es ihnen überhaupt gelang, den Drachen so zusammenzubauen, dass er tatsächlich fliegen konnte, verwickelte er sich regelmäßig in irgendeiner Baumkrone, wo er für immer blieb. Es gab zwei Exemplare der letzten Jahre, die Tine von ihrem Schlafzimmer aus sehen konnte. In jeder Jahreszeit schimmerte der bunte Plastikstoff zwischen den Blüten, den Blättern oder den kahlen Ästen hindurch. Kein Sturm hatte es je geschafft, die Beweise ihres Versagens zu entfernen, und noch nie hatte ein Drache mehr als einen Herbst überlebt. Trotzdem wurde das Ritual jedes Jahr fortgeführt, vielleicht weil Tine ihr regelmäßiges Scheitern schneller verdrängte, als es vernünftig gewesen wäre.

»Wo ist er?«

»In meinem Zimmer. Ich hab ihn schon zusammengebaut.«

»Mit Papa oder mit Tahvo?«

»Mit keinem«, rief Clara, während sie schon die Treppe hinaufrannte, »allein.«

Tine schluckte. Schon stürzte Clara die Treppe wieder hinunter, ihre lackschwarze Haarmähne flatterte hinter ihr her, genau wie der Schweif des Drachens, den sie in den Händen hielt. Es war nicht der Kinderdrachen, den Tine ihr gekauft hatte. Er war blutrot und hatte Stacheln, er sah gefährlich aus.

»Wo hast du den denn her?«

»Gefunden. Im Keller.«

Tine wusste, dass sie nicht ihren Keller meinte, sondern Tahvos. Clara zog an der Schnur, bis der hölzerne Griff über die Stufen gepoltert kam.

Auf dem großen Feld hinter dem Haus hatten sich noch andere Familien zum Drachensteigenlassen versammelt. Tine wollte auf ihre Armbanduhr sehen, aber ihr Handgelenk war unerwartet leer. Iona musste ihr die Uhr ausgezogen haben, bevor sie sie am Tag zuvor in die Badewanne gezerrt hatte. Aber es dämmerte noch lange nicht, sie hatten Zeit. Am frühen Abend war Clara bei ihren Großeltern zum Essen eingeladen, und weil Tine alle Ausreden ausgegangen waren, würde sie Clara wohl zu ihnen fahren müssen. Tine selbst war nicht eingeladen worden, aber damit rechnete sie schon lange nicht mehr.

»Warum guckst du so komisch?«, fragte Clara.

Tine versuchte, ihren Gesichtsausdruck aufzuhellen, indem sie die Gedanken an ihre Eltern beiseiteschob. Aber stattdessen fiel ihr umso mehr auf, wie anders Clara und sie waren, zwei spärliche, abgebrochene Zweige im Vergleich zu dem Wald aus richtigen Familien um sie herum. Sie sah die anderen Mütter und Väter, die mit ihren praktischen Frisuren, gewärmt von ihren leuchtenden Steppjacken, bewegungslos im abgemähten Weizenfeld standen, menschliche Mauern aus Windschatten für die tosende Schar ihrer Kinder.

Clara stand schon auf der anderen Seite des Feldes, der Drache hoch über ihr. Sie hatte sichtlich Mühe, die Schnur nicht loszulassen, der Wind riss den Stoff mit dem tanzenden Schweif mit sich und jagte ihn hin und her. Plötzlich nahm der Drache Anlauf und raste direkt in die Leinen der anderen beiden Drachen hinein. Er kreiste wie wild geworden um sie herum, ohne dass Clara etwas dagegen tun konnte. Sie zog hilflos an der Schnur, als sie die empörten Ausrufe der anderen Kinder hörte, aber der Angriff ließ sich nicht rückgängig machen. Ihr Drache verwickelte sich mit den anderen, er erwürgte sie geradezu und dann, als Clara es nicht mehr schaffte ihn festzuhalten, riss er sie mit sich. Als auch die anderen Kinder losließen, verschwanden die drei Drachen in einer dicken Nebelwolke, die über dem Hügel hing.

Clara starrte dem bunten Knäuel hinterher, bis es nicht mehr zu sehen war. Um dem Zorn der anderen Familien zu entgehen, rannte sie zu ihrer Mutter, die sie an der Hand nahm und mit ihr nach Hause floh.

Erst vor der Haustür blieben sie keuchend stehen. Als sie wieder Luft bekamen, lachten sie, bis ihnen die Knie weich wurden. Sie ließen sich auf die Stufen vor dem Eingang fallen, obwohl es wieder angefangen hatte zu regnen.

Die meisten Leute sind wie du

Karolin wusste nicht, was Tahvo zu ihrer Schwangerschaft sagen würde, aber es kümmerte sie wenig. Wenn sie ehrlich war, gefiel ihr sogar die Vorstellung, das Kind alleine großzuziehen. Wo sie herkam, wäre sie dafür noch immer schief angesehen worden, aber in Berlin nicht. Obwohl, oder vielleicht gerade *weil* sie nie wirklich über eine eigene Familie nachgedacht hatte, fand sie alles genau richtig, so wie es war.

Sie war alleine aus Mailand zurückgekehrt. Sie hatte keine Lust mehr gehabt, dabei zuzusehen, wie leicht ihm alles fiel. Schon wieder hatte er neue Aufträge bekommen. In den nächsten Monaten würde er fast ununterbrochen unterwegs sein.

Sie traf sich mit Susanne bei *Augusto* und erwähnte ihre Schwangerschaft in einem Nebensatz. Susanne sah sie lange an.

»Wolltest du das?«, fragte sie.

»Nicht so schnell vielleicht. Aber insgesamt, ja.«

»Bei mir geht es nicht. Sagen sie. Seit ich das weiß, macht es mir zu schaffen.«

»Ich wusste gar nicht, dass du Kinder willst.«

Susanne ließ ihre Gabel fallen und gab dem Teller einen Schubs, um Platz für ihre Ellbogen zu haben. Sie zündete sich die erste der genau zwei Zigaretten an, die sie jeden Tag rauchte.

»Warum sollte ich keine wollen?«, fragte sie gereizt.

Karolin zögerte. Es war etwas, was sie glaubte, ganz sicher über Susanne zu wissen, obwohl sie nie darüber gesprochen hatten. Susanne wurde ungeduldig.

»Wegen der Ankettungsaktion? Weil ich gegen 218 protestiert habe, heißt das automatisch, dass ich keine Kinder will? Wenn nur die Mitläufer sich vermehren, was passiert dann mit der Welt?«

»Und du meinst, das sei vererbbar?«

Susanne zuckte mit den Schultern.

»Wer weiß. Viel mehr, als man denkt, ist genetisch festgelegt. Und die meisten Leute sind wie du. Sie tappen im Dunkeln, bis ihnen jemand sagt, wo das Licht angeht.«

Karolin blieb der Mund offen stehen. Sie nahm ihre Jacke und ging, ohne zu bezahlen und ohne ein weiteres Wort.

Es dauerte nicht lange, bis Susanne merkte, dass sie zu weit gegangen war. Sie stand auf der Straße, vor der riesigen Eingangstür des Vorderhauses und entschuldigte sich in die Sprechanlage, ohne sich darum zu kümmern, dass alle Vorbeigehenden mithörten.

»Du bist meine beste Freundin«, sagte sie zum Schluss.

Karolin schwieg erschrocken. Das Konzept einer »besten Freundin« war bisher in Susannes Welt nicht vorgekommen, und dass darüber hinaus ausgerechnet *sie* das sein sollte, war Karolin fast unangenehm. Es klang fremd an Susanne, zu weich, zu klebrig, schlimmer als eine Lüge.

Aber Susanne war entschlossen, ihr zu beweisen, dass es die Wahrheit war.

Jeden Tag kam sie vorbei, manchmal auch nachts, brachte Blumensträuße von entlassenen Patienten oder Kinderkleidung, die sie auf Flohmärkten fand. Tahvo hatte ähnlich wie Karolin selbst auf ihre Schwangerschaft reagiert: überrascht, mit verhaltener Freude, aber undramatisch, ohne den geringsten Überschwang. Niemand außer Susanne sprach über Karolins wachsenden Bauch. Aber Susanne hörte gar nicht auf, davon zu reden, so dass Karolin oft Mühe hatte zu verbergen, dass es sie nervte.

Karolin befürchtete nicht mehr, dass Tahvo sich zu sehr für Susanne interessieren könnte. Susanne war ein Schoßhund geworden, ihr Schoßhund. Alles war plötzlich umgekehrt.

Eines Abends spielte eine irische Band in der Bar, in der Karolin noch immer Bier ausschenkte. Der Besitzer hatte zuvor eine winzige Bühne montiert, auf der die Musiker nicht einen einzigen Schritt machen konnten, ohne sich gegenseitig die Instrumente in die Rippen zu rammen. Karolin war müde. Sie fragte sich, wie lange sie hier noch arbeiten konnte. Nach ein paar melancholischen Liedern machte die Band eine Pause. Susanne unterhielt sich mit dem Lead-Gitarristen, der plötzlich aufstand und auf Karolin zuging.

»*So this one tells me you're a singer*«, sagte er und deutete auf Susanne.

Karolin schüttelte panisch den Kopf. Plötzlich sah sie Tahvo, der wohl schon seit einer Weile in einer dunklen Ecke saß. Sie war zu müde gewesen, um ihn zu bemerken. Susanne wechselte ein paar Worte mit ihm. Er nickte ernst und stellte sich neben den Musiker.

»Wenn du jetzt nicht singst«, begann er und überlegte.

Eine passende Drohung fiel ihm nicht ein.

»Wir werfen dich raus«, sagte er schließlich, »du kannst nicht mehr bei uns wohnen.«

»Du spinnst wohl!«, rief Karolin entrüstet.

»Du wirst es bereuen«, sagte Tahvo, »immer.«

»Sie lassen dich was aussuchen«, fuhr Susanne dazwischen, »du kannst singen, was du willst.«

»Seid ihr alle bekloppt? Ich *kann* nicht mehr singen!«

»Opern nicht. Aber hier ...«

Susanne zeigte auf die wacklige Bühne, mit einer Geste, als präsentiere sie ein Weltkulturerbe.

»Aber wozu?«, rief Karolin. »Außerdem kann ich nicht einfach so, ich bin überhaupt nicht warm! Seit *Jahren* singe ich nur, wenn ich putze. Und ich putze fast nie!«

»*Really, I don't give a flying fuck*«, sagte der Gitarrist gelangweilt, »*and I'm sure* they *won't either.*«

Er drehte sich langsam um.

»*I'm not waiting for you to make up your mind. You probably suck anyway.*«

Da drängte sie ihn zur Seite und hievte ihren bewohnten Körper rückwärts auf die Bühne. Das Scheinwerferlicht und der Tabakrauch brannten ihr in den Augen.

Sie schwitzte. Weil ihr leicht schwindlig war, stellte sie sich breitbeinig hin, so dass die anderen noch enger zusammenrücken mussten. Nichts an ihr war bühnentauglich. Ihr Haar war klebrig und ihr Kajal verschmiert. Als sie das Lied aussuchte, wusste sie schon vorher, an welchen Stellen ihre Stimme kippen würde. Noch nie hatte sie in ein Mikrofon gesungen. Aber es gefiel ihr. So sehr, dass sie sich hinterher ärgerte, weil sie nicht selbst auf die Idee gekommen war.

Das Kind schlief schlecht. Nicht schlechter als andere Neugeborene, aber schlecht genug, um Karolin verzweifeln zu lassen. Sie wusste, dass es normal war. Aber sie hatte geglaubt, es würde ihr nicht so viel ausmachen, weil sie seit Jahren mit wenig Schlaf auskam. Sie sang für ihn, beinahe ununterbrochen. Es half ein bisschen, um ihn zu beruhigen. Aber vor allem half es ihr selbst. Plötzlich hatte sie wieder eine Stimme, auch wenn sie anders klang als früher. Aber es stimmte, was Tahvo gesagt hatte: Nur weil sie für klassische Musik nicht mehr zu gebrauchen war, musste sie noch lange nicht aufhören zu singen.

Sie hatte es sowohl Tahvo als auch Jonathan zu verdanken, dass sie sich einer Band anschloss und sich immer öfter auf Bühnen traute.

Nach einer Weile musste sie endlich nicht mehr kellnern, sondern konnte sich das Wenige, was sie brauchte, ausschließlich ersingen. Alles war gut und es hätte einfach so bleiben können. Aber das tat es nicht.

Ego te absolvo

Tine konnte sich nicht erinnern, wann sie das letzte Mal bei ihren Eltern gewesen war. Es musste vor der Scheidung im letzten Jahr gewesen sein, an der alle ihr allein die Schuld gaben. Genau so, ohne das geringste Bemühen um Differenziertheit, hatte ihre Mutter ihr das auch gesagt: »Du bist nie zufrieden. Das war schon immer so.«

Aber auch wenn das stimmte, konnte es nicht der einzige Grund gewesen sein.

Das andere Problem war, dass Niklas nicht zufrieden sein konnte mit einer ruhelosen, unzufriedenen Frau.

Das Einzige, was Tine ihren Eltern zugutehielt, war, dass ihnen an Clara wirklich etwas lag.

Sie hatten sogar ein eigenes Zimmer für sie eingerichtet, Tines altes Kinderzimmer. Ihre anderen Enkelkinder interessierten sie dagegen nicht übermäßig. Das merkten auch Tines Geschwister, und es war einer der Gründe, warum sie wütend auf Tine waren, ein Grund zumindest, den sie noch nachvollziehen konnte.

Tine verabschiedete sich von Clara und blieb stehen, bis sie im Haus ihrer Eltern verschwunden war. Sie waren zu Fuß gekommen, weil der Regen kurz nachgelassen hatte. Jetzt wollte Tine umkehren, zwei Stunden lang ihren Unterricht vorbereiten und Clara dann mit dem Auto wieder abholen. Aber sie war neugierig. Das Haus war hell erleuchtet und sie wollte wissen, wer außer Clara noch eingeladen worden war. Allerdings musste sie näherkommen, um ins Wohnzimmer sehen zu können, denn ihre Eltern hatten noch Siebziger-Jahre-Fenster, nicht die bodentiefen Glaswände der Neubausiedlungen, in die man hineinsehen konnte wie in Aquarien.

Damit sie selbst nicht entdeckt wurde, duckte sie sich hinter einen großen, dicht gewachsenen Oleander. Zentimeter um Zentimeter versetzte Tine ihn in Richtung Wohnzimmerfenster. Der Kübel war schwer und er durfte nicht wackeln, während sie ihn verschob, nicht mehr jedenfalls, als wenn der Wind an ihm rüttelte. Sie stand noch immer nicht nahe genug, um jemanden durch die Fenster sehen zu können.

»Macbeth?«, fragte plötzlich jemand hinter ihr, und vor Schreck ließ sie den Oleander auf ihren Zeh fallen.

Es war Jakob. Tine war so mit ihrer eigenen Unsichtbarkeit beschäftigt gewesen, dass sie sein umständliches Parkmanöver nicht bemerkt hatte. Sein Auto stand direkt vor dem Haus ihrer Eltern, was nur bedeuten konnte, dass er zum Abendessen eingeladen war. Das war etwas, was die Meerburgs andauernd taten, Pfarrer zum Essen einladen. Jakob war höchstens fünf Jahre älter als sie, aber trotzdem hasste Tine es, dass sie ihn duzen musste, nur weil er an diversen Sonn- und Feiertagen bei ihren Eltern herumsaß und den Kartoffelsalat ihrer Mutter lobte. Zumindest nahm sie an, dass er das tat, sonst wäre er nicht mehr als einmal eingeladen worden, Pfarrer hin oder her, es gab von ihnen noch genügend andere in der Gegend.

Ihr langsames Aussterben würden ihre Eltern wohl nicht mehr miterleben.

»Gute Messe heute?«, fragte Tine resigniert. Sie wollte ihn bitten, ihren Eltern zu verschweigen, dass sie vor dem Haus stand, aber sie wusste, das würde er nicht tun.

»Nicht besonders«, antwortete er.

»Was war los?«

»Keiner da. Keiner, dessen Hörgerät noch funktioniert hat.«

»Ha«, machte Tine tonlos und fragte sich, ob ihr Zeh gebrochen war.

»Wieso wird man Pfarrer? Ich meine heutzutage?«

»Wieso heiratet man? Wieso macht man überhaupt irgendwas? Und vor allem: wieso weiß man alles immer erst hinterher?«

Tine sah ihn überrascht an. In diesem Licht sah er tatsächlich sehr gut aus, mit seinen kantigen Gesichtszügen und seinem wütenden Blick. Sie hatte mit einer diplomatischen, weichgespülten Antwort gerechnet, eingebettet in ein Seelsorgerlächeln. Sie hätte nicht gedacht, dass er sich so angegriffen fühlen würde, und dass er sogar zurückschlug.

»Vielleicht komme ich nächsten Sonntag«, sagte sie.

Jakob zuckte mit den Schultern und tastete in seinen Taschen herum, als würde er etwas suchen.

»Stehst du hier abends oft hinter der Palme?«

»Das ist ein Oleander.«

»Stimmt. Ich sollte das wissen. In Israel …«

Bevor er weitersprechen konnte, ging die Tür auf. Tines Vater kam ihnen entgegen.

»Hallo Jakob«, rief er und winkte, »wieso kommst du denn nicht rein?«

Nach zwei weiteren Schritten wusste er, warum.

»Ich würde mich freuen, wenn Tine mitisst«, sagte Jakob, und wenn Tines Fuß nicht so wehgetan hätte, hätte sie ihm gern gegen sein Schienbein getreten.

»Es ist doch sicher genug da?«, fragte er Tines Vater, der einen Schritt zurücktrat und sich die Wange hielt wie nach einer heftigen Ohrfeige.

»Gute Idee«, sagte ihr Vater widerwillig und wies mit einer seltsam vehementen Geste auf die Haustür, als müsste er Tine und Jakob davon abhalten, durchs Fenster hineinzusteigen.

Ihr Vater ging in die Küche, um ihre Mutter zu warnen. Diese trat sofort an den Esstisch, um Wein einzuschenken. Ihr Lächeln sah so gebügelt und adrett aus wie ihr Rock und ihre Bluse, aber gleichzeitig wirkte es, als würde es ihr unerträgliche Schmerzen bereiten. Als die Gläser voll waren, entspannten sich ihre Mundwinkel endlich und sie sah so genervt aus, wie sie es tatsächlich war.

»Deine Geschwister kommen auch gleich«, sagte sie, ohne dabei den Kopf in Tines Richtung zu wenden.

»Ich will nichts essen«, sagte Tine, »eigentlich muss ich nach Hause, das Auto holen. Es ist nachher zu spät für Clara, um nochmal den ganzen Weg zu Fuß …«

»Ich fahre euch«, bot Jakob an.

»Jetzt bist du hier, jetzt kannst du auch bleiben«, sagte ihr Vater, der es immerhin mittlerweile fertigbrachte, sie direkt anzusehen.

»Jakob hat Recht. Wenigstens *wir* sollten versuchen, wieder zusammenzufinden. Für Clara.«

Tine nahm ihr Weinglas und stand auf. Sie stieg die Treppen hinauf und berührte dabei sanft das Geländer, auf dem herunterzurutschen ihnen als Kindern wieder und wieder vergeblich verboten worden war.

Immer noch hingen dieselben Fotos an den Wänden. Auch die von ihr, auf denen sie noch klein und unschuldig war. Aber das große Hochzeitsfoto von ihr und Niklas hatten ihre Eltern natürlich entfernt. Nur das Loch in der Wand war noch da, von dem dicken Nagel, der es getragen hatte. Tines verletzter Zeh fühlte sich geschwollen an, aber sie zog ihre Schuhe nicht aus. Hier wollte sie jederzeit bereit sein, zu verschwinden.

Sie öffnete die Tür ihres alten Zimmers, das jetzt für Clara reserviert war, während sich die sechs anderen Enkelkinder das Dachgeschoss teilen mussten, wenn sie bei ihren Großeltern schliefen. Die ehemaligen Kinderzimmer ihrer Geschwister waren zu Arbeitsbereichen für ihre Eltern umfunktioniert worden, obwohl Tine bezweifelte, dass ihre Mutter darin irgendetwas anderes tat als im Rest des Hauses.

»Hallo«, sagte Tine zu Clara, die am Schreibtisch saß und zeichnete. Clara war zu überrascht, um den Gruß zu erwidern.

Tine sah sich um. Hier sah es wieder fast genauso aus wie zu ihrer Grundschulzeit.

Was danach gekommen war, sah man dem Zimmer nicht mehr an: Ihre Teenagerjahre, während derer die Wände schwarz bemalt gewesen waren, genau wie die viel zu dicke Umrandung ihrer Augen, und die Jahre danach, in denen sie manchmal zwischen zwei Projekten bei ihren Eltern Station gemacht hatte, erleichtert und beschämt über die Größe des Hauses, nach Monaten in Wellblechhütten und Zelten.

Einmal hatte sie versucht, sich ein Treffen von Tahvo und ihren Eltern auszumalen, aber es war ihr nicht gelungen. Sie hätten so wenige Berührungspunkte gehabt, dass nicht einmal ein Konflikt zwischen ihnen zu befürchten war. Sie wären füreinander wie die Ultraschalltöne von Fledermäusen für Menschenohren, eine absolut unzugängliche Frequenz.

»Was machst du hier?«, fragte Clara endlich.

»Jakob hat mich eingeladen«, antwortete Tine.

»Der Pfarrer? Der mich getauft hat?«

»Ja, der.«

»Kannst du auf dem Bett mal die Schuhe ausziehen?«

Tine überhörte Claras Bitte. Mit dem Kopf und den Füßen berührte sie den Holzrahmen ihres alten Kinderbetts, aber sie passte noch hinein. So viel Platz etwa würde sie in ihrem Sarg haben, dachte sie. Lieber würde sie nur in ein Tuch gewickelt werden und dann direkt in die Erde, oder auf einem offenen Feuer verbrannt und in alle Windrichtungen verstreut.

Aber wenn sie auf diesem Kontinent starb, musste es ein Sarg sein, egal ob sie nun kremiert wurde oder nicht.

Die Vorstellung, in einem engen Raum eingesperrt zu sein, fand sie schlimmer als den Verwesungsprozess. Ihre Klaustrophobie war so ausgeprägt, dass sie schon achtzehn Etagen eines Hochhauses zu Fuß hinaufgestiegen war, nur um einen Aufzug zu vermeiden, und dabei bekam sie schon nach drei Etagen kaum noch Luft.

Sie hielt den zerbrechlichen Stiel des Weinglases auf ihrem Brustkorb mit beiden Händen fest und sah zu, wie langsam die Flüssigkeit von den Wänden zurückfloss, wenn sie

sie bewegte und dann wieder stillhielt. Dieser Wein hatte viel Sonne gesehen in seinem Leben.

Es raschelte unter ihrem Kopf. Tine setzte sich auf und hob das Kissen an.

Da lag eine weitere Zeichnung, aber sie glaubte nicht, dass Clara sie gemacht hatte. Es war ein Löwe mit einer riesigen Mähne. Die Schattierungen waren zu fein, als dass Clara sie mit ihren neun Jahren so gut hätte treffen können, zumal sie kein besonderes Zeichentalent besaß.

Tine erinnerte sich, dass Clara und Tahvo einmal über einen Löwen gesprochen hatten. Sie saßen in der Küche und als sie (etwas spät) bemerkten, dass Tine nach Hause gekommen war, sprachen sie sofort leiser. Tine glaubte, dass es um einen Albtraum ging, denn Clara träumte manchmal, dass wilde Tiere ihr die Arme und Beine abrissen und sie dann, lebendig, aber bewegungsunfähig, in der Wüste liegen ließen.

Unten wurde die Tür geöffnet, mehrmals hintereinander. Laute Begrüßungsrufe erfüllten das Haus. Tine legte die Zeichnung zurück und strich den Bezug glatt.

KM, die verschnörkelten Initialen ihrer Großmutter Klara waren darauf aufgestickt.

Sie verstand bis heute nicht, wie Klaras Sohn, ihr Vater, so anders werden konnte als seine Mutter, so angepasst, ständig in Sorge um seine Außenwirkung.

Vielleicht wollte er einfach so sein wie alle anderen, und nicht das einzige Kind einer alleinerziehenden Mutter, die dauernd ungefragt ihre Meinung sagte und ihn damit ununterbrochen blamierte.

Schon den Ausdruck »alleinerziehend« hatte es in seiner Kindheit, in seinem Umfeld, nicht gegeben. Verwitwet sein, das war erlaubt. Aber das Haus zu verlassen, in dem der Ehemann noch lebte, selbst wenn er bereits lange *vor* dem Krieg den Verstand verloren hatte, das konnte niemand gutheißen, denn das machte hier in Luchsberg niemand außer Klara.

Natürlich, *gewollt* hätten es viele, gerade deshalb war es ja so unerträglich, wenn jemand es einfach tat.

Klara hatte als Grundschullehrerin gearbeitet, obwohl sie keine richtige Ausbildung dafür hatte, aber es gab keinen Lehrer mehr im Dorf und sie wollte es gern probieren.

Sie probierte es und sie konnte es. Sie tat es sogar ausgesprochen gern. Das hatte Tine leider nicht von ihr.

Das Fernweh dagegen, das hatten sie beide. Der Unterschied war, dass Klara ihrer Reiselust nicht wirklich hatte nachgehen können, zumindest nicht, als sie noch jung war.

Aber sie nahm sich ferne Länder vor, eins nach dem anderen, und las und sammelte alles, was sie darüber finden konnte. Es dauerte oft ein halbes Jahr, bevor sie ein Land mental verließ, um sich mit dem nächsten zu beschäftigen.

So wie sie unterrichtete, wie sie strickte oder ihre Gemüsebeete pflegte, genauso »reiste« sie auch: sorgfältig und ohne die geringste Ungeduld.

Eine Heilige war sie trotzdem nicht, das wusste Tine. Die Geduld, die sie mit ihren Schülern hatte, fehlte ihr komplett im Umgang mit dem eigenen Sohn.

Als Tine ihr erstes Geld verdiente, schenkte sie ihrer Großmutter einen Fotoapparat. Aber Klara benutzte ihn nie, weil sie fand, sie könne nur entweder etwas sehen oder es fotografieren. Stattdessen sammelte sie Geräusche.

Sie sammelte prasselnden Regen, Motoren, die lange brauchten, bis sie endlich zündeten und das Echo verklingender Weihnachtslieder.

Im Radio hatte sie gehört, dass Donner in der Wüste vollkommen anders klang als in Europa und das faszinierte sie so sehr, dass Tine sie später mit auf eine Reise in die Sahara nahm. Leider gewitterte es in dieser Woche nicht.

Klara sammelte auch sehr seltsame Geräusche, zum Beispiel das Geräusch eines breiten Grinsens. Niemand wollte ihr glauben, dass man Lächeln hören konnte.

»Probier es im Dunkeln«, riet sie Tine, »wenn du abends allein im Bett liegst, geht es am besten!«

Und es stimmte. Da war ein Geräusch: Ein leises Schmatzen, wenn die Mundwinkel auseinandergingen, und eine Öffnung zwischen den Lippen entstand.

Klara hatte die Augen verdreht, als Tine ihr sagte, sie wolle ihre Tochter nach ihr benennen.

»Nimm wenigstens ein *C*«, sagte sie, »Kinder sollen nicht wie irgendjemand anders werden. Nur wie sie selbst.«

»Meinetwegen«, sagte Tine, »aber könnte dein Sohn nicht wenigstens *ein bisschen* mehr wie du sein?«

Zur Antwort bekam Tine ein unbestimmtes Grunzen, das, wie sie fand, gut in Klaras Geräuschsammlung gepasst hätte.

An der Tür klopfte es, obwohl sie halb offen stand. Clara war schon nach unten gegangen, ohne dass Tine es bemerkt hatte.

»Das Essen ist fertig«, sagte Jakob.

»Ich komme gleich!«, fuhr Tine ihn an.

Er zuckte mit den Schultern, drehte sich um, und ging die Treppe hinunter.

Nach einem großen Schluck Wein nahm sie einen Bogen Papier von Claras Schreibtisch und schnitt ein Quadrat zurecht, um einen Fischreiher zu falten. Ihre Hände waren nicht ruhig genug, und sie vergaß einen Zwischenschritt bei den Flügeln. Es sah jetzt aus wie ein übermüdeter Pfau, der seine Federn lustlos hinter sich her schleifte und sich wünschte, ein anderer Vogel zu sein, unscheinbar, aber flugfähig.

Tine knüllte den traurigen Pfau zusammen und warf ihn in den überfüllten Papierkorb. Auch wenn sie nichts lieber getan hätte, konnte sie sich nicht einfach aus dem Haus schleichen, ohne dass es jemand merkte. Und sollte es ihr doch gelingen, wäre es danach endgültig vorbei mit ihrer Hoffnung auf einen Hauch von Verständnis für ihre Sicht der Dinge.

Es ging nicht anders. Sie musste mitessen.

Langsam stieg sie die Stufen hinunter, dem immer lauter werdenden Gelächter und Geschrei ihrer Nichten und Neffen entgegen, die, wie sie wusste, am Kindertisch saßen, wo sie die Erwachsenen weniger störten.

Clara und Tine saßen nie am Tisch, wenn sie allein waren. Sie legten sich Kissen auf den Boden und lehnten sich mit dem Rücken an die Wand des Kachelofens im Wohnzimmer. So konnten sie direkt in den Garten sehen und waren auf Augenhöhe mit den verwelkten Sonnenblumen am Zaun.

Jetzt hörte Tine die Stimme ihrer Schwester. Sie unterbrach die Litanei ihres Bruders über seine Schwierigkeiten mit den neuen Kollegen in der Kanzlei.

Das seien keine Probleme, sagte sie triumphierend, verglichen mit all dem, was ihr allein letzte Woche bei der Arbeit passiert sei.

»Ist das ein neuer Wettbewerb?«, fragte ihre Mutter dazwischen. »Ihr könnt euch doch beide nicht beschweren.«

Nur noch ein Schritt trennte Tine von den anderen, aber noch bemerkte sie niemand.

»Beschweren kann man sich immer«, sagte ihr Vater und goss Wein nach.

Erleichtert stellte Tine fest, dass der Platz neben Jakob noch frei war. Sie würde sich mit ihm unterhalten, zur Not über das Wetter, dabei besonders viel Kartoffelsalat essen und sich überschwänglich dafür bedanken. Dann hätte sie es geschafft und könnte nach Hause.

»Helena!«, rief ihre Schwester, halb entsetzt und halb belustigt über ihre jüngste Tochter.

Alle lachten über etwas, was die Kinder an ihrem Tisch gerade taten. Tine wollte sehen, was es war, aber dafür konnte sie nicht im Flur stehen bleiben.

Sie betrat den Raum wie eine Abrissbirne. Alles Gelächter verstummte augenblicklich.

Jakob wies mit der Hand auf den Klavierhocker neben sich. Einen weiteren Stuhl gab es offensichtlich nicht in diesem Haus. Jedenfalls nicht für Tine. Sie versuchte, allen ins Gesicht zu sehen und nicht auf den abgeblätterten Nagellack an ihren Händen. Warum schaffte sie es nicht, ihn zu erneuern? Oder ihn wenigstens richtig zu entfernen?

Paula, ihre Schwester, lächelte unsicher. Sie hatte dieselbe Elfenbeinhaut wie Tine, aber ohne die Sommersprossen, ohne Rötungen und ohne Augenringe. Eine Haut, die sie auch ungeschminkt und bei greller Beleuchtung nicht zu verstecken brauchte.

Sie sah jünger aus als Tine, obwohl sie vier Jahre älter war. Wahrscheinlich schlief sie. Wahrscheinlich traf sie Freundinnen beim Yoga. Und wahrscheinlich fürchtete sie nicht jeden Tag den Weltuntergang.

Ihr Bruder Sebastian war nur zwei Jahre älter, aber er strahlte die Unbeirrbarkeit von jemandem aus, der seine Midlife-Crisis längst hinter sich hatte, und der nun auf den sanften Wellen von wohldosiertem beruflichem Erfolg und Familienglück durch den Rest seines Lebens getragen wurde.

Als Kind war er beweglicher gewesen, verletzlicher und ängstlicher, aber jetzt ruhte er so in sich, dass Tine sich danach sehnte, ihn zu erschüttern, ihn aus der Bahn zu werfen, nur um herauszufinden, ob der Junge, mit dem sie früher gespielt hatte, sich vielleicht doch noch irgendwo versteckte.

»Schön, dich zu sehen?«, sagte Sebastian, mit einem feinen, aber unüberhörbaren Fragezeichen am Ende.

Tine nickte nur und hob gehorsam ihren Teller in Richtung des angebotenen Rinderbratens, obwohl sie seit über zwanzig Jahren kein Fleisch mehr aß.

»Dieser Regen«, sagte ihre Mutter, während sie Tine viel zu viel auftat, »und der Sturm, der heute Nacht kommen soll. Wo ist er jetzt?«

»Noch in Frankreich«, sagte Jakob, »er wird schlimm, sagen sie.«

Tines Vater sah besorgt nach draußen, wo dicke, mit Hagel vermischte Tropfen auf den Asphalt und auf die Autodächer einschlugen.

»Ihr solltet den Oleander zumindest unten einpacken, damit er nicht erfriert«, sagte Tine zwischen zwei Bissen Kartoffelsalat.

»Steht der noch nicht im Wintergarten?«, fragte ihre Mutter entsetzt.

Tine schüttelte den Kopf und fragte sich, ob sie das Fleisch an Jakob weitergeben konnte, ohne dass es jemand merkte. Sie beschloss, es zu essen, aber dafür brauchte sie mehr Wein.

»Trinkst du immer noch so viel?«, fragte ihr Vater, als er sah, wie sie sich das Glas bis zum Rand füllte.

»Von selbst hört das nicht auf«, sagte Sebastian, bevor Tine antworten konnte. »Sie müsste sich Hilfe holen.«

Tine setzte sich auf ihre Hände, um nicht entweder das Glas nach ihrem Bruder zu werfen oder es in einem einzigen Zug zu leeren.

»Vielleicht hilft ihr auch ihre Familie?«, fragte Jakob mitten in die schweigsame Angespanntheit, die daraufhin noch unangenehmer wurde. Selbst die Kinder hielten die Luft an.

»Als hätten wir das nicht probiert!«

Tines Mutter schnaubte ungeduldig. Auch von Jakob war sie enttäuscht. Sie wünschte sich Erbauung und Anerkennung von den eingeladenen Geistlichen, keine Kritik am Umgang mit ihrer Tochter.

Tine befreite ihre Hände und stand auf. Es war sinnlos.

»Ich gehe jetzt«, sagte sie, »danke für die Einladung.«

Gerne hätte sie das Wort *Einladung* mit gestisch geformten Anführungsstrichen versehen, aber im letzten Moment ließ sie es bleiben. Es würde nichts ändern, sich wieder und wieder mit ihnen anzulegen.

»Ich fahre euch«, sagte Jakob, »lass mich noch fertig essen.«

»Nein, danke, ich kann zu Fuß gehen«, sagte Tine, auch wenn ihr klar war, dass es ewig dauern würde, mit ihrem verletzten Zeh zurückzuhumpeln.

»Doch wirklich, ich würde gern. Der Orkan wird bald hier sein. Setz dich schon mal ins Auto. Ich komme mit Clara nach.«

Jakob kramte in seiner Hosentasche und drückte ihr den Schlüssel in die Hand.

»Okay«, sagte Tine erschöpft, und verließ den Raum und dann das Haus und ihre Kindheit, wie die abgelegte Haut einer Schlange.

Es dauerte. Sie setzte sich auf den Beifahrersitz und zog ihren linken Schuh aus, um den Zeh zu untersuchen. Der Nagel war schon ganz blau. Wahrscheinlich würde er abfallen. Im Auto war es so kalt, dass sie sich zu einem Ball zusammenkrümmte. Dann drückte sie auf einen Knopf, um die Radionachrichten zu hören. Stattdessen ertönte ein Sprachlernprogramm, das sich noch in der Anlage befand. Erste Lektion.

Ken. Lo. Shalom. Ma Nishma? Ani beseder. Toda. Lehitraut.

So viel Hebräisch verstand sie immerhin. Neben ihr auf dem Fahrersitz lag Jakobs Telefon. Es musste ihm aus der Tasche gefallen sein, denn er ließ es normalerweise kaum aus den Augen. Plötzlich piepste es und eine Nachricht leuchtete ihr so aufdringlich entgegen, dass sich das Lesen kaum vermeiden ließ.

You keep asking who you are now… stand da. Die nächsten Nachrichten waren so kurz und folgten so schnell aufeinander, dass sie kaum dazu kam, sich wegen ihrer Indiskretion zu schämen. Der Schreibende hieß Amos. Er machte einen ungeduldigen Eindruck, wie jemand, dem sein eigenes Sprechtempo zu langsam war. Die Worte überschlugen sich. Er drückte auf Senden, bevor seine Sätze beendet waren.

You keep asking who you are now…
what can I say?
You're a human
animal
possibly a plant
A misplaced houseplant
with complicated ambitions.

But I love you of course.
If HE objects to that,
HE's not the one you believe in.
You know this.
I should not have to tell you.

Jakob öffnete die Tür und klappte den Fahrersitz um, damit Clara einsteigen konnte. Tine ließ das Handy fallen wie einen heißen Topfdeckel. Erst tat Jakob, als hätte er nichts bemerkt, und sagte nur: »Ach hier ist es!«

Aber dann überflog er die Nachrichten und verstand, dass Tine sie gelesen hatte.

Sie starrte etwas zu angestrengt aus dem Fenster, obwohl es nichts zu sehen gab außer Regentropfen, die langsam an der Scheibe hinunterkrochen.

Jakob steckte das Telefon in seine nasse Jacke, zog sie aus und warf sie auf den Rücksitz. Clara protestierte, aber Jakob war zu abgelenkt, um sich zu entschuldigen. Er ließ den Motor an und fluchte, weil sein Scheibenwischer nicht schnell genug lief. Beim Ausparken stieß er irgendwo an, aber es kümmerte ihn nicht.

Der Regen wurde wieder zu Hagel, ein wütender Trommelwirbel über ihren Köpfen.

»Morgen wird es besser«, sagte Jakob und drehte die Heizung auf.

»Wirklich? Vorhin hast du gesagt, es soll die nächsten Tage noch schlimmer werden.«

»Für *mich* wird es besser. Ich fliege nach Tel Aviv.«

»Ach«, sagte Tine, »wie schön. Tel Aviv ist ja sehr …«

In letzter Sekunde bremste sie sich und verhinderte, dass das Wort *gay-friendly* aus ihrem Mund rutschte.

»Was machst du da?«

»Einen Freund besuchen«, antwortete Jakob.

Er sah sie kurz an und sie erwiderte seinen Blick diesmal. Dass sie nicht dumm war, wusste er.

»*Meinen* Freund. Ja.«

Tine nickte nur und bemerkte erst jetzt, dass sie nicht angeschnallt war.

Langsam zog sie den Gurt über ihr Brustbein. Die Schnalle schluckte den Gurt mit einem genüsslichen Klicken.

»Warum bleibst du in diesem Verein?«, fragte sie nach einer Weile. »Warum machst du weiter?«

Jakob seufzte. Es klang wie eine Sprudelflasche, die man vor dem Öffnen geschüttelt hatte.

»Ich weiß es selbst nicht genau«, sagte er, »aber vielleicht ist es so: gerade die, die gehen wollen, sollten bleiben. Sonst sind am Ende nur noch die anderen übrig. Die, die am meisten Schaden anrichten.«

»Also glaubst du trotzdem an Gott?«

»Wenn ich es nicht täte, wäre es einfach. Ich bete jeden Abend, dass ich morgens aufwache und Atheist bin.«

Tine lachte höflich und zog vorsichtig ihren linken Schuh wieder an.

»Ich kann nicht mehr glauben, ohne betrunken zu sein.«

»Also sollte ich deine Nüchternheit wohl nicht befürworten.«

»Keine Sorge«, sagte Tine sehr leise, damit Clara es nicht hörte. »Meine Nüchternheit wird immer seltener.«

Ganz plötzlich wurde der Regen schwächer und ein müdes Mondlicht erschien hinter den vorbeiziehenden Wolken.

»Ich rauche nicht mehr«, sagte er nach einer Weile, um die Stille zu füllen.

»Einfach so?«

»Ja. Willst du den Trick wissen?«

»Nein, danke.«

Jakob zuckte mit den Schultern. Er fuhr einen Umweg, aber Tine widersprach nicht. Im Auto war es endlich warm geworden und am liebsten wäre sie noch stundenlang sitzen geblieben und hätte sich von ihm durch die Nacht fahren lassen, egal wohin.

»Tahvo Fährmann ist nicht nur mein Nachbar«, sagte sie.

»Ich weiß.«

»Woher?«

Jakob hielt das Auto plötzlich an. Sie standen vor dem Dorffriedhof.

»Von ihm etwa?«

Er nickte, beugte sich in ihre Richtung und holte etwas aus dem Handschuhfach.

»Ich dachte, du hast aufgehört?«

Jakob antwortete nicht. Er prüfte, ob er dem fast leeren Feuerzeug noch eine Flamme entlocken konnte, wenn er es schüttelte.

»Komm!«, sagte Jakob und stieg aus.

»Willst du mit?«, fragte Tine nach hinten. Im schwachen Licht der Straßenlaterne sah sie, wie Clara den Kopf schüttelte.

Tine folgte Jakob widerwillig. Sie gingen durch die akkuraten Reihen mit den im Regen glänzenden Granitplatten, an den Urnengräbern vorbei, bis ganz nach hinten zu dem verwilderten Teil an der Steinmauer. Hier waren die alten Gräber, um die sich niemand mehr kümmerte. Sie warteten auf neue Gäste.

Plötzlich blieb Jakob stehen.

»Normalerweise wäre der Stein schon längst wieder weg«, sagte er, »aber es gibt Ausnahmen, wenn genügend Platz ist. Viele wollen heutzutage lieber nach oben in den Friedwald.«

Er schüttelte sein Feuerzeug und zündete es an. Er bückte sich, um die Flamme mit seinem Körper vor dem Regen zu schützen. Dann beugte er sich neben den Grabstein, damit Tine die Inschrift besser lesen konnte.

Da stand:

Jonathan Euler
21. März 1976 – 14. Juni 1980

»Wer ist das?«, fragte Tine, obwohl sie es sofort ahnte. Sie dachte an die eingesperrten Fotos in der Kiste.

»Sein Sohn?«

Jakob nickte und richtete sich wieder auf.

Tine sah Jakobs Rücklichtern nach und konnte sich auf einmal nicht mehr erinnern, ob sie sich gerade bei ihm bedankt und sich von ihm verabschiedet hatte oder ob Clara und sie einfach aus seinem Auto gestiegen waren, ohne ein einziges Wort zu sagen.

»Einen Sohn also auch noch?«, fragte Clara, als das Feuer brannte und sie ihre nassen Sachen losgeworden waren. Sie hatte einen seltsam triumphierenden Tonfall in der Stimme, der Tine irritierte.

»Er ist tot. Schon seit langem.«

»Sein Sohn war er trotzdem.«

Clara hatte keine Lust, das Spiel zu erklären, das sie ohne sein Wissen mit Tahvo gespielt hatte, und ihre Mutter schien es sowieso nicht zu interessieren. Sie war mit ihrem Zeh beschäftigt, den sie in Jod tränkte und verband. Dann stocherte sie in der Glut im Kamin, bis sie wieder kräftig aufflammte und bereit war für ein größeres Stück Holz.

»Worüber habt ihr geredet, als ich von diesem Elternabend zurückkam? Das war im September, weißt du das noch? Du und Tahvo, ihr wart in der Küche und als ich dazukam, seid ihr plötzlich ganz still geworden…«

Clara zögerte. Dann sagte sie: »Ich wollte, dass er es mir verspricht. Dass er da nicht mehr hingeht. Er hat gesagt: *Versprechen sind für Idioten.* Er war einfach irgendwie immer komisch, wenn er von dort zurückkam.«

»Von wo denn?«, rief Tine ungeduldig.

Clara griff in die Tasche ihrer durchnässten Regenjacke, die über einem Stuhl neben dem Feuer hing. Sie zog eine verschmierte Zeichnung hervor.

»Was ist das?«

»Mein Traum. Weißt du nicht mehr? Ich bin immer aufgewacht in der Wüste, ohne Arme und Beine und einmal bin ich rausgerannt, auf die Straße und habe Tahvo getroffen, ausgerechnet vor dem …«

»Du bist rausgegangen? Nachts? Allein? Warum hast du mich nicht geweckt?«

Clara nahm Tine die Zeichnung aus der Hand und warf sie ins Feuer. Es zischte.

»Entschuldige«, sagte Tine, »ich wollte dich nicht unterbrechen.«

Tine seufzte. Diesmal verstand sie nicht, was sie falsch gemacht hatte.

»Deinen Traum von den wilden Tieren meinst du? Den du immer wieder hattest? Der mit dem Löwen?«

Clara nickte. Ganz langsam begann Tines Gehirn eine Verbindung herzustellen.

»Der *Löwe* … der Gasthof! Die Inhaberin heißt *Euler*!«

Tine sprang auf und vergaß ihren Zeh und die Nässe, die Kälte, sie vergaß, dass Clara dringend ins Bett musste, vergaß ihre nicht vorbereiteten Unterrichtsstunden und den Sturm, der draußen immer lauter heulte.

»Zieh dir was an«, sagte sie, »wir müssen Iona wecken.«

Vogelhaus

Zehn Jahre zuvor war er das erste Mal hier gewesen. Es war ein nebliger Novemberabend, mit einer Kälte, die hinterhältig in die Ärmel und Hosenbeine kroch, aber so langsam, dass man sich schon zu weit vom Haus entfernt hatte, wenn man sie bemerkte und einen dickeren Pullover hätte holen wollen.

Er saß in der dunkelsten Ecke und studierte die Speisekarte. Karolin kam an seinen Tisch, mit gezücktem Block und Kugelschreiber, fest entschlossen so zu tun, als erkenne sie ihn nicht wieder. Er war mager, ohne dabei schwach zu wirken, seine Kleidung war noch zerlumpter als früher. Sie stand vor ihm, wortlos, bereit für seine Bestellung, aber er bestellte nichts. Er sah sie an und schwieg. Sie drehte sich um und ließ ihn sitzen.

Wochenlang kam er jeden Abend um dieselbe Zeit und tat absolut nichts.

Einmal wollte Laura, die tüchtigste aller Kellnerinnen, ihn zwingen, wenigstens ein Wasser zu bestellen, aber Karolin ging dazwischen.

»Er will nichts«, sagte sie, »und er bekommt auch nichts.«

»Aber er belegt einen ganzen Tisch!«, rief Laura empört. »Am Sonntagabend können wir uns das nicht leisten.«

Karolin hatte nicht gefragt, woher Tahvo eigentlich wusste, dass sie nach Luchsberg zurückgekehrt war, wo sie doch nie wieder voneinander gehört hatten. Andererseits war es auch nicht so schwer zu erraten. Aber es kam ihr mehr als seltsam vor, ihn ausgerechnet jetzt hier zu sehen. Während der gesamten Zeit, in der sie zusammen gewesen waren, war seine Weigerung, ihre Eltern kennenzulernen oder auch nur zu sehen, wo sie aufgewachsen war, absolut gewesen. Es interessierte ihn einfach nicht, das behauptete er zumindest. Er weigerte sich, mit ihr nach Luchsberg zu fahren, genauso wie er sich weigerte, sie nach Finnland mitzunehmen, damit sie seine Familie kennenlernen konnte. Und jetzt saß er hier, mitten im Bratendunst des Dorfgasthofs wie die Pointe eines Witzes, den sie nicht verstand.

Nach Jonathans Unfall hatte sie sich einen Zeitplan gemacht. Noch drei Jahre halte ich aus, sagte sie sich. Dann gehe ich zu ihm. Drei Jahre schienen überschaubar. Aber bis dahin musste sie sich mit all ihrer letzten Kraft an ihn erinnern. Denn wenn sie auch tot war, wer würde das noch tun und für wie lange? Auf Tahvo konnte sie nicht zählen. Nicht mal zur Beerdigung war er gekommen, er war einfach verschwunden, nach Lappland, in den tiefsten nordischen Urwald. Deshalb zögerte sie, als die drei Jahre vorbei waren. Sie zögerte, weil sie nicht den allerletzten Funken auslöschen wollte, der von ihrem Sohn noch blieb, selbst wenn er nur in ihrem Kopf war.

Eines Tages begegnete sie Harald, mit dem sie zur Schule und in den Chor gegangen war, und der ihr gestand, damals in sie verliebt gewesen zu sein. Er war Musiklehrer geworden. Er trug etwas zu bunt karierte Hemden und fuhr mindestens dreimal im Jahr mit seiner Gitarre und seinem VW-Bus nach Südfrankreich. Er lachte viel. Sein Lachen wirkte echt. Am Anfang sah sie sich dauernd um, hatte das Gefühl, dass da jemand hinter ihr stehen musste, eine attraktive Frau, mit der Harald flirtete, während sie in der Mitte stand und gar nicht erst versuchte, den Ball zu fangen, der zwischen den beiden hin- und hergeworfen wurde. Aber da war niemand. Er meinte wohl wirklich *sie*, Karolin, er füllte ihre leer gewordene Form mit seiner Erinnerung an ein Schulmädchen. Sie heiratete ihn aus Neugier. Sie wollte wissen, was passieren würde, wenn sie so tat, als wäre es möglich, neu anzufangen. Es war nicht so, dass sie Harald nicht mochte, im Gegenteil. Er war der fürsorglichste Mensch, den sie je getroffen hatte. Er stellte die Uhr nach ihr. Wenn sie an manchen Tagen zu traurig war, um aus dem Bett aufzustehen und über die fortgeschrittene Uhrzeit erschrak, wenn sie schließlich doch aufstand, drehte er kurzerhand die Uhr zurück und behauptete, sie sei falsch gegangen. Dann machte er ihr Frühstück. Er bemühte sich wirklich und sie wusste es zu schätzen. Aber er sah immer nur einen kleinen Teil von ihr. Den Rest blendete er aus und sie behielt ihre Dunkelheit für sich, bis Harald Jahre später bei einem Autounfall mit seinem VW-Bus ums Leben kam und Karolin zu ihrem eigenen Entsetzen feststellte, dass sie sich nicht nur unendlich traurig fühlte, sondern auch befreit.

Ihre Zwillinge, Maya und Florin, waren zu diesem Zeitpunkt schon ausgezogen oder vielleicht konnte man sagen: geflohen. Florin wohnte in Boston und Maya in Buenos Aires und Karolin wusste weniger über ihr Leben als über das der Kellner und Küchenhilfen im *Löwen*. Den Grund ihrer Entfremdung konnte sie sich vorstellen. Seit dem Tag, an dem die Zwillinge geboren wurden, viel zu früh, aber in der Lage, eigenständig zu atmen, hatte es viele Momente gegeben, in denen sie ihr Experiment mit Harald bereute. Was, wenn sie wieder nicht in der Lage wäre, sie zu beschützen?

Manchmal, wenn eines der Kinder hohes Fieber oder starkes Nasenbluten hatte, musste sie sich vor Angst fast übergeben. Die Kinderärztin sah sie immer an, als hätte sie den Verstand verloren, wenn sie wegen einer Lappalie in die Praxis kam und nach der Entwarnung vor Erleichterung losheulte. Jedes Mal rechnete sie mit dem Schlimmstmöglichen und sie verstand nicht, wie irgendjemand es fertigbrachte, das nicht zu tun. Es war besser geworden, als Maya und Florin älter waren. Jetzt waren sie so weit weg und kamen so gut wie nie zu Besuch. Sich selbst einzuladen, sich aufzudrängen, das traute Karolin sich nicht. Als sie Maya eines Tages am Telefon fragte, warum sie ihr so wenig von sich erzählte, antwortete sie: »Weil du immer nur Angst hast. Du hast keinen Platz für irgendein anderes Gefühl.«

Aber immerhin, wollte Karolin sagen (sie tat es nicht), du und dein Bruder, ihr seid heute und vielleicht auch morgen und übermorgen noch am Leben. Es war ihr immer noch lieber, ihre Kinder auf diese Weise zu verlieren, sie deshalb nicht mehr zu sehen, weil ihnen die ständige Besorgnis ihrer Mutter auf die Nerven ging. Natürlich war es ihr lieber, von ihnen gemieden zu werden und tausende Kilometer von ihnen entfernt zu leben, als nur die Straße überqueren zu müssen, um ihre verwesenden Knochen auf dem Dorffriedhof zu besuchen.

Karolin hatte Tahvo nie die Schuld für den Unfall gegeben. Sie hatte die Balkontür offen gelassen. Er hatte telefoniert. Sie war zur Probe gegangen. Ihre Mitbewohner hatten die Leiter nicht weggeräumt. Sie hatte das Vogelhaus montiert und Jonathan von den kleinen Amseleiern erzählt, die darin ausgebrütet wurden. Vielleicht wäre die Leiter nicht gekippt, wenn jemand sie repariert hätte. Vielleicht wären die Verletzungen nicht tödlich gewesen, hätten sie nicht im vierten Stock gewohnt, hätte jemand vor Jahren unten eine dichte, weiche Hecke gepflanzt …

Die Geschichte zerbrach in tausend Stücke. Keins der Stücke hatte für sich genommen das Potenzial, eine Katastrophe auszulösen. Die Sinnlosigkeit dieser Verkettung auszuhalten, fand Karolin immer noch schwer, egal wie viele Jahre vergingen.

Niemand war schuld … aber stimmte das überhaupt noch? Tahvo hatte sich selbst immer für den Hauptschuldigen gehalten. Und jetzt wusste sie auch, warum.

Plötzlich verstand sie, weshalb er am Telefon geblieben war, anstatt nachzusehen, was Jonathan gerade tat. Die Schnur war kurz und der Flur war lang. Karolin hatte immer wieder darüber nachgedacht, was ihn so lange gehalten hatte. Tahvo hasste Telefonate, die länger als zwei Minuten dauerten und über einen reinen Informationsaustausch hinausgingen.

Aber in diesem Fall war es wohl unmöglich gewesen, das

Gespräch so schnell zu beenden. Karolin hatte nicht gewusst warum, aber jetzt hatte sie eine Theorie:

Genau in dem Moment, als Jonathan auf den Balkon ging und auf die Leiter stieg, um in das Vogelhaus hineinzusehen, genau in diesem Moment hatte Susanne Tahvo angerufen, um ihm zu sagen, dass sie schwanger war. Sie, der alle Ärzte Unfruchtbarkeit prophezeit hatten. Und das Telefonat, in welchem sie Tahvo das mitteilte, sorgte für eine gewaltige Unaufmerksamkeit seinerseits. Diese Unaufmerksamkeit kostete seinen Sohn das Leben.

Karolin stieg die schiefen Treppen hinauf, die zu ihrer Wohnung über dem Gasthaus führten. Für sie allein war die Wohnung viel zu groß. Sie ging ins Badezimmer und sah in den Spiegel, ohne das Licht einzuschalten. Die Straßenlaterne, die von draußen hereinschien, reichte ihr völlig aus. Mehr als das, was diese schwache Beleuchtung verriet, wollte sie gar nicht wissen. Ihre Falten waren noch an den vertrauten Stellen, ihre Haut ergab sich weiterhin der Schwerkraft.

Aber ihr Blick glühte und ihre Wangen waren rot und heiß, als hätte sie zu viel getrunken. Vor so langer Zeit hatte sie die Geschichte für beendet erklärt, und jetzt ging sie plötzlich weiter, einfach so, als sei die Pausentaste auf einmal kaputt.

Sie ging ins Schlafzimmer und legte sich angezogen auf das Bett, in dem sie schon geschlafen hatte, als sie noch zum Gesangsunterricht in die Stadt gefahren war. Damals war sie so jung gewesen und hatte geglaubt, sie sei erwachsen. Jetzt war sie alt und kam sich viel weniger erwachsen vor. Zum Beispiel hatte sie im Frühling immer wieder einen kindischen Hass auf alle Vögel, als ob irgendein Vogel jemals verlangt hatte, dass man ihm ein Haus baute.

Es klingelte. Karolin erhob sich stöhnend. Sie musste sich eine Weile am Fensterbrett festhalten, um nicht umzukippen. Bevor sie zur Tür ging, schwankte sie in die Küche und nahm ein Messer aus der Schublade, ohne weiter darüber nachzudenken, was sie damit anstellen wollte. Der Griff des Messers war schwer und glatt, beinahe beruhigend. Mit leeren Händen jedenfalls konnte sie ihm nicht begegnen, nicht, nachdem sie endlich wusste, was er getan hat. Wie seltsam, dass er ausgerechnet jetzt kam. Als hätte er ihre Wut gespürt.

Diesmal würde sie ihn nicht hereinbitten und sie würde nicht schweigend mit ihm am Tisch sitzen und Kaffee trinken und sie würde vor allem nie wieder zusammen mit ihm zum Friedhof gehen und vor dem Stein stehen, bis ihre Zehen taub wurden.

Sie riss die Tür auf, bereit ihn zur Rede zu stellen. Aber er war es nicht. Es waren die Tochter und die Rothaarige mit ihrem Kind.

Erinnyen

Tine lag im obersten Teil des dreistöckigen Etagenbetts und wartete, dass die Nacht vorbeiging. Sie hatte kurz geschlafen, aber dann war sie aufgewacht und konnte nicht mehr zurück in ihren seltsamen Traum, in dem es Frühling gewesen war, und sie mit Jakob Schulacker ein Gemüsebeet angelegt hatte. Ihre Platzangst rollte in Wellen an und verebbte immer erst kurz bevor sie glaubte zu ersticken. Sie hob einen Arm und stieß an die Decke, ohne den Ellbogen ausstrecken zu können. Die Kabine war überheizt und hatte kein Fenster. Für mehr als das Etagenbett reichte der Platz nicht aus. Iona war zu schwanger und Karolin war zu alt, um ganz oben zu liegen. Von den unteren Betten kam leises Schnarchen und Tine fragte sich, wie die beiden anderen es fertigbrachten, in dieser stickigen Luft zu schlafen. Langsam tastete sie sich zur Leiter, spürte das kalte Metall an ihren nackten Füßen. Beim Heruntersteigen berührte sie mit den Zehen Karolins Haare und dann, ganz unten, Ionas aus dem Bett herausragendes Knie. So wie sie war, barfuß und im Schlafanzug, schlich sie sich aus der Kabine in den oberen Teil des Schiffes.

Alles dauerte ewig. Tines Geduld war jetzt schon am Ende und sie waren noch nicht mal in Finnland. Zuerst hatten sie Tuulikki überreden müssen, ihnen zu sagen, wo genau Tahvo seine Jahre im Wald verbracht hatte. Es kostete sie viel Überwindung, ihnen den Ort zu verraten, denn sie fand, ihr Bruder habe ein Recht darauf zu verschwinden, wenn er das wollte. Diesmal hatte sie sie nicht in ihren Wagen gebeten, sondern nur die Tür geöffnet, während Iona, Tine und

Karolin, aufgestellt wie ein gleichschenkliges Dreieck, auf sie einredeten. Erst als Tuulikki verstand, wer Karolin und Iona waren, änderte sie ihre Meinung. Sie war sehr lange still und griff immer wieder mit den Händen in die Luft, als suchte sie dort nach etwas zum Festhalten. Ein paar silberne Haarsträhnen blieben an ihren Lippen hängen, während sie nachdachte. Irgendwann fand sie wohl, Tahvo sei diesmal zu weit gegangen mit seiner Heimlichtuerei. Sie beschrieb ihnen den Weg von Rovaniemi zur Siedlung so genau, als sei sie ihn selbst oft gefahren und zwar nicht nur auf dem Beifahrersitz. Sie gab ihnen eine Festnetznummer, die sie auswendig wusste, und den Namen des allerletzten Möchtegernaussteigers. Angeblich lebte dieser Mann noch immer dort und hatte es irgendwie geschafft, die unfachmännisch gezimmerten Blockhäuser in eine Übernachtungsmöglichkeit für Polarlicht-Touristen zu verwandeln. Wie die Touristen allerdings auf ihn stoßen konnten, war Tine ein Rätsel, denn er war unauffindbar im Internet und ging nie an sein Telefon.

Es war schrecklich, Clara auf unbestimmte Zeit bei Niklas zu lassen. Sich selbst konnte Tine in der Schule krankmelden, aber Clara mitten in der Schulzeit auf eine Reise mitzunehmen, von der niemand wusste, wann und wie sie enden würde, schien Tine trotz allem keine gute Idee. Dazu kam, dass sie wegen Ionas Bauch nicht fliegen konnten, was die Reise noch erheblich verlängern würde. Fast zwei Tage dauerte es, bis sie mit Tines Auto das Land durchquert hatten und die Küste erreichten, weil Iona immer wieder Pausen brauchte, um sich die Beine zu vertreten. Nicht, dass sie je gefahren wäre. Sie hatte gar keinen Führerschein. Karolin und Tine mussten sich am Steuer abwechseln und auf Ionas Bewegungsdrang Rücksicht nehmen, und jetzt saßen sie auf dieser elenden Ostseefähre fest, die ebenfalls zwei Tage brauchte, um bis nach Helsinki zu kommen, weil es in Polen einen Zwischenhalt gab.

Das Schiff machte einen gewaltigen Ruck, und Tine konnte sich im letzten Moment am Treppengeländer festhalten.

Sie hasste das Schiff, die beißende Kälte, die zunehmende Dunkelheit.

Hier fuhren sie, gefangen in einer stinkenden Kabine, über ein eisiges Meer, um in der Polarnacht einen Mann zu finden, der sich womöglich auch noch im tiefsten Wald versteckte. Aber Iona war so sicher, Tahvo hier zu finden und Karolin tat zumindest so, als sei sie es auch.

Die Fähre schien kurz die Luft anzuhalten und krachte dann mit Wucht in die nächste Welle. Tine wartete auf eine Übelkeit, die nicht kam, anders als damals, in dem kleinen Boot auf La Réunion, auf das Niklas sie gezerrt hatte, um Wale zu beobachten.

Der Wellengang war enorm gewesen, sie hatten keinen einzigen Wal gesehen, nur Wasser und Himmel und wieder Wasser und dann hatten sie die Augen nur noch geöffnet, um die kleinen Beutel zu treffen, was ihnen zumindest hin und wieder gelungen war. War nicht ihr ganzes bisheriges Leben genauso verlaufen? In Erwartung überwältigender Erlebnisse war sie hinaus in die Welt gefahren, um am Ende froh darüber zu sein, immerhin nur einen Teil ihrer Kleidung vollgekotzt zu haben.

Sie durchquerte die neonbeleuchteten Gänge und vermisste ihre Strümpfe. Der Boden war klebrig, wenn auch überraschend warm. Manchmal schleuderte der Seegang sie gegen eine der Kabinentüren. Die schlafenden Passagiere wachten davon nicht auf oder zumindest beschwerten sie sich nicht. Nach weiteren Treppen stand sie plötzlich vor der Tür, die zum Deck führte. Tine schrie, als der eiskalte Sturm ihr entgegenschlug. Die Luft fühlte sich an wie Rasiermesser und es stank nach Diesel. Sie hielt sich an der Reling fest und zählte bis zwanzig, aber bei einundzwanzig floh sie zurück ins Schiffsinnere. Im Gang hing eine große Uhr, vor der sie verwundert stehen blieb. Die Nacht war längst vorbei, es war sieben Uhr morgens. Ein dicker Mann in Uniform schob einen Wagen in Richtung Essbereich. Sie hätte einen Kaffee trinken können. Aber stattdessen ging sie in die Sauna, die angeblich schon frühmorgens beheizt wurde, obwohl die rostige Autofähre ansonsten alles andere als glamourös war. Es stimmte wohl, dass Saunas in Finnland nicht als Luxus galten, sondern als Notwendigkeit. Selbst winzige Zwei-Zimmer-Wohnungen in Plattenbauten besaßen Saunas, das hatte Tahvo mehrmals erwähnt, obwohl er seine eigene, selbstgebaute Fasssauna im Garten so gut wie nie benutzte. Sie zog ihren Schlafanzug aus, ließ ihn auf den Boden fallen und stemmte die schwere Holztür auf. Die Sauna war groß. Sie war allein. Niemand konnte sich darüber aufregen, dass sie kein Handtuch unter sich hatte und das Holz mit ihrem Schweiß ruinierte. Sie sah liegend an sich hinunter, durch die Lücke zwischen ihren erschöpften Brüsten, die nie ein Kind gestillt hatten, über ihren Bauch, der nur im Liegen die Sicht freigab auf ihr Schamhaar, in das sich langsam immer mehr Grau mischte. Ihre Oberschenkelinnenseiten hatten sich immer berührt. Wenn sie in tropischen Gebieten unterwegs gewesen war, scheuerten die Schenkel manchmal derartig unangenehm aneinander, dass sie versuchte, das mit Babypuder zu verhindern oder eine Männerunterhose anzog, die in der Lage war, eine Stoffbarriere zu bilden. Immer war ihr Körper ihr im Weg, weil er etwas anderes wollte als sie. Sie wollte viele Kinder, aber ihr Uterus wollte kein einziges. Sie liebte den Süden und die Sonne, aber ihre Haut reagierte hysterisch auf die kleinste Portion UV-Strahlung. Ihre Venen schimmerten so klar und blau unter ihrer Papierhaut, dass jeder Anfänger bei ihr Blut abnehmen konnte, ohne zu stochern. *Junkie's Dream,* so hatte eine Freundin, mit der sie in Burkina Faso stationiert gewesen war, ihren Hautton genannt.

Tine dachte an das letzte Mal mit Tahvo. Eigentlich war es kein letztes Mal gewesen, weil er es abgebrochen hatte. Das war noch nie vorgekommen.

»Du siehst also ein, dass du alt wirst?«, hatte Tine gefragt und gehofft, dass es liebevoll klang und geduldig. Dass sie ihn trotzdem wollte, auch bei seltenerem Vollzug.

»Grippe«, sagte Tahvo nur.

Er sah tatsächlich nicht gut aus, noch magerer als sonst, eine gelbliche Blässe unter den Bartstoppeln. Seine stechenden Augen hatten nichts Gletscherartiges mehr, sie erinnerten eher an überfrorene Sümpfe.

»Fieber?«, fragte Tine.

Er schüttelte den Kopf.

»Du hattest keine Angst, mich anzustecken? Reizend.«

»Ich muss weg. Ich fahre morgen.«

»Trotz deiner Grippe?«

Wie immer bekam sie auf die einfachsten Fragen keine Antwort. Zu diesem Zeitpunkt war sie wirklich nicht darauf gekommen, dass er lebensbedrohlich krank sein könnte, sie befürchtete viel Harmloseres, Viagra-Recherchen, ein gekränktes Ego. Aber es musste schlimmer sein, das sah sie mittlerweile ein.

Wollte er nicht, dass sie ihn krank sah? Dass sie glaubte, ihn pflegen zu müssen? War das ein Beweis für seinen Mangel an Vertrauen zu ihr oder war es am Ende etwa Rücksichtnahme? Vielleicht wollte auch er sich nur von seiner besten Seite zeigen und alles andere im Dunkeln lassen, genau wie sie. Vielleicht war er ein Lügner, aber dann war sie das auch.

Der Schweiß rann an ihr herunter, durchtränkte ihre Haare. Sie schloss die Augen und schmeckte das Salz, dass es irgendwie in ihren Mund geschafft hatte. Als die Tür aufging, beschloss sie, nicht nachzusehen, wer es war, eine Sauna-Ohnmacht vorzutäuschen und dabei ihre Beine aufgestellt zu lassen, obwohl es vielleicht eine zu gynäkologische Position war, um sie einem Wildfremden zu präsentieren. Tine lugte vorsichtig durch ihre halbgeöffneten Augen, um zumindest herauszufinden, ob es ein Mann war oder eine Frau. Es war eine Frau. Es war Karolin. Tine seufzte innerlich. Konnte sie nicht einen Moment für sich haben? Die ganze lange Fahrt mit dem Auto bis zur Küste waren sie schon kläglich daran gescheitert, irgendein Gesprächsthema zu finden. Sie hatten höchstens über die Strecke gesprochen und sonst ununterbrochen das Radio auf voller Lautstärke laufen lassen, um die unangenehme Stille zu übertönen, selbst wenn minutenlang nur Verkehrsmeldungen durchgesagt wurden, die sie überhaupt nicht betrafen. Jetzt, nackt, bei 90 Grad, war es noch unangenehmer, so eng aufeinanderzusitzen. Tine ließ ihre Augen halb geschlossen, aber sie legte ihre Beine ab und zog automatisch den Bauch ein, als Karolin über sie hinüberstieg und sich auf den oberen Brettern ablegte. Eine Weile ließen beide stumm den Schweiß an sich herunterrinnen. Tine hatte das Gefühl, dass die Hitze ihre Nasenhärchen versengte, wenn sie zu schnell einatmete, und versuchte für einen Moment, Sauerstoff über die Haut aufzunehmen wie eine Amphibie. Dann schnappte sie nach Luft und bekam einen Hustenanfall.

»Hast du dich erkältet?«, fragte Karolin.

Ihre Stimme klang müde und wie immer etwas heiser, als hätte sie jahrzehntelang geraucht.

»Nein«, krächzte Tine.

Wahrscheinlich sollte sie höflich sein und weiterreden, aber sie wollte nicht. Sie hatte auch keine Lust, die Augen zu öffnen, um Karolin nackt zu sehen und sich vorzustellen, wie es für sie gewesen war, ein Kind mit Tahvo zu haben und es zu verlieren. Iona gegenüber hatte Karolin eine seltsame Bemerkung gemacht, die darauf schließen ließ, dass sie Tahvo aus irgendeinem Grund die Schuld am Tod ihres Sohnes gab, plötzlich, nach all den Jahren, obwohl Jakob Tine noch auf dem Friedhof erzählt hatte, dass es ein Unfall gewesen war.

»Ein bisschen lustig ist es schon«, sagte Karolin.

»Was?«, fragte Tine.

»Alles. Diese Reise hier. Wir suchen nach Tahvo wie drei orientierungslose Erinnyen.«

»Warum Erinnyen?«

Tine öffnete die Augen und richtete sich zu schnell auf. Ihr wurde so schwindlig, dass sie fast vom Brett kippte.

»Weil wir alle ein Huhn mit ihm zu rupfen haben. Oder vielleicht auch: drei verschiedene Hühner.«

»Was ihr mit euren Hühnern macht, interessiert mich nicht. Ich will nur verstehen ... ich will nicht, dass er krank im Wald herumläuft. Ich will ihn zurück.«

Karolin machte ein widerliches Geräusch aus der Tiefe ihrer Kehle. Es war so voller Verachtung, dass Tine erschrak. Das also steckte hinter all der angestrengten Reserviertheit.

»Was?«, rief Tine.

Jetzt richtete sie ihren Blick und ihre volle Aufmerksamkeit auf Karolins noch immer entspannt ausgestreckten Körper, wild entschlossen, etwas zu finden, was sie abgrundtief ekeln würde. Aber sie fand nichts. Natürlich hing ihre Haut herunter, beulte sich aus und erschlaffte an den üblichen Stellen. Aber ihr Trotz, ihre offensichtliche Gleichgültigkeit darüber, umgab und beschützte sie wie ein sehr schmeichelhaftes Kleidungsstück. Es gab Frauen, die es konnten: Karolin und Iona bewegten sich in ihren Körpern, als gehörten sie ihnen wirklich. Wie Kinder. Wie Männer.

»Kann es nicht sein, dass es Menschen gibt, die sich ändern?«

»Vielleicht gibt es die, ja. Aber Tahvo gehört bestimmt nicht dazu.«

»Warst du dabei, wenn wir zusammen waren?«

»Ach Mädchen«, seufzte Karolin.

Tines Wut fühlte sich heißer an als die Sauna.

»*Mädchen?* Ich bin fast vierzig!«

»Jetzt glaubst du, das sei alt, ja. Warte ab. Es wird schlimmer.«

»Tahvo hat dich nie erwähnt. Vielleicht bist du nicht so wichtig für ihn.«

»Das bin ich sogar mit Sicherheit nicht. Niemand ist wichtig für Tahvo. Außer vielleicht ...«

Das Schiff krachte in eine hohe Welle und unterbrach den Satz, der für immer unvollendet in der Luft hängen blieb. Die heißen Kohlen auf dem Saunaofen verrutschten hinter ihrer Sicherheitskonstruktion.

Natürlich, Karolin hatte einen unbestreitbaren Vorsprung,

sie hatte so viel mehr Zeit mit ihm verbracht. Aber hieß das, dass sie genau wusste, wie er war, wenn er mit ihr, Tine, zu Abend aß oder ins Bett ging? Wie konnte sie wissen, wie sehr Clara ihn brauchte, dass er der Einzige war, der Rat wusste, wenn Claras Albträume nächtelang nicht aufhörten?

Die Sauna begann sich zu drehen. Tine fühlte ihren Schweiß immer schneller auf den Boden tropfen. Ihre Beine klebten am glühenden Holz. Gleich würde sie anfangen zu brennen und Karolin mit anzünden auf ihrem selbstbetriebenen Scheiterhaufen. Sie brauchte dringend Wasser. Sie hatte seit gestern Abend nichts mehr getrunken. Innerhalb von Sekunden wurde alles schwarz.

Kleine Flamme

Sie war schwerer, als sie aussah. Karolin legte ihr nass geschwitztes Handtuch auf den Boden und hievte Tines Körpermittelpunkt darauf, um sie aus der Sauna in den Ruheraum zu schleifen. Sie nahm einen Holzeimer, der in der Dusche stand, und füllte ihn mit kaltem Wasser, das sie Tine über die dampfenden Locken schüttete. Karolin hielt Ausschau nach einer Reaktion in Tines Gesicht und hoffte, dass sie nicht den Schiffsarzt rufen musste. Sie wartete, zählte bis zehn, beobachtete Tines zitternde Lippen, die goldenen Wimpern an den geschlossenen Augen, die unzähligen, wild verteilten Sommersprossen in ihrem Gesicht. Sie wirkten noch viel gewagter als die Tätowierungen an ihren Armen und Beinen, die alle aussahen wie aus Papier gefaltete Vögel. Karolin war sicher, dass Tine von sich selbst nicht viel hielt. Sie sah es an ihrer geduckten Haltung, an der Art, wie Tine auf dem Beifahrersitz in den Spiegel gesehen hatte, und sie fühlte sich schlecht dabei, weil sie daran denken musste, dass sie es nicht geschafft hatte, Maya, ihre eigene Tochter, vor diesem lebenslangen Selbsthass zu bewahren. Susanne dagegen war es anscheinend gelungen. Zumindest hatte Karolin Iona die ganze Fahrt über kein einziges Mal in den Spiegel schauen sehen. Weder kritisch nach Fehlern suchend, noch überhaupt.

Tine wachte auf, hustend und nach Luft schnappend, und sah sich verwirrt um. Karolin hielt ihr die Wasserflasche hin, die sie für sich selbst mitgebracht hatte. Sie stand schweigend daneben, wartete, dass Tine die Flasche ganz austrank. Langsam wurde ihr kalt und sie wickelte sich in ihren rot gestreiften Bademantel. Er war Haralds letztes Geschenk gewesen vor seinem Autounfall.

Tine schluckte gierig. Sollte sie ihr leidtun? Wahrscheinlich. Karolin fand es beinahe rührend, dass Tine zu glauben schien, es könne eine Art Rivalität zwischen ihnen geben. Schon der Gedanke daran war derartig albern, dass sie es kaum schaffte, nicht laut loszulachen. Tines Stirn verdunkelte sich. Je mehr sie zu sich kam, desto angriffslustiger wurde ihr Blick. Noch fehlten ihr die Worte.

»Hier sind deine Kleider«, sagte Karolin.

Sie wusste, dass sie herablassend klang. Sie hatte Tine und Tahvo oft zusammen in Luchsberg herumspazieren sehen, aber ihr Verhältnis interessierte sie nicht. Warum sollte es? Auch wenn sie vor Ewigkeiten selbst eine dieser Flammen gewesen war, konnte sie sich einfach nicht mehr daran erinnern, was sie damals an Tahvo gereizt hatte. Vielleicht war es sein Schweigen gewesen, der Ehrgeiz, es zu durchbrechen, diejenige zu sein, die als Einzige bis zu seinem Kern durchdrang, die ihn verstand, die ihn rettete, das klassische Beispiel von weiblichem Größenwahn. Was sie jetzt mit Tahvo verband, war so viel unvergänglicher als Liebe. Es war eine Verbindung, auf die sie gern verzichtet hätte.

Karolin hielt Tine ihren feuchten Pyjama entgegen. Sie richtete sich mühsam auf und setzte sich auf eine der klebrigen Liegen.

»Ich kann mich alleine anziehen.«

»Das will ich hoffen.«

Während sie sich anzog, wandte Tine den Blick verschämt ab, als sei das Anziehen für sie etwas Intimeres als das Nacktsein.

Tine stand taumelnd auf und verschwand, bevor Karolin noch mal ihre Hilfe anbieten konnte.

Im Frühstücksraum gab es kein Fenster, aber vor neun Uhr wurde es sowieso nicht hell. Das Meer war ruhiger geworden. Karolin sah auf den Bildschirm über dem Buffet. Noch zwei Stunden bis Helsinki. Sie musste sich anziehen, ihre Sachen zusammenpacken. Wie immer, wenn sie irgendwo hinfuhr, hatte sie das Gefühl, dass die Landessprache des Zielortes entschieden lauter wurde, je näher man dem Ende der Reise kam. Auf einmal stand sie inmitten von sanften Konsonanten und endlosen, monotonen Vokalketten, die geduldig aus den Mündern und aus dem Weg geschoben wurden, wie verträumt herumstehende Kinder. Niemand sah Karolin komisch an, weil sie noch ihren Bademantel trug. Es sah sie überhaupt niemand an, aber das war sie gewohnt. Das melodische Brummen galt ihr nicht, es umgab sie, ohne sie zu treffen, wie ein entfernt vorbeiziehendes Gewitter.

In der Tasche ihres Bademantels klingelte es. Sie zögerte kurz, den Anruf entgegenzunehmen, weil sie gehört hatte, dass die Satellitenübertragung auf See ziemlich teuer werden konnte. Aber es war Laura, der sie in ihrer Abwesenheit alle Verantwortung für den *Löwen* übertragen hatte, vielleicht war es wichtig. Karolin nahm ab und erfuhr von einem Zulieferer, der nicht zum ersten Mal Probleme machte. Am Ende überließ sie Laura die Entscheidung. Sie würde, und das musste sie endlich notariell beglaubigen lassen, Laura nach ihrem Tod auch das Gasthaus überlassen, denn ihre Kinder wollten damit nichts zu tun haben. Das Gasthaus war viel Arbeit für wenig Geld und außerdem für alle beide zu weit weg. Ihre Wohnung würden sie vielleicht haben wollen, um sie verkaufen zu können. Aber viel bekämen sie dafür nicht. Sie lag nicht zentral, war zugig und sehr hellhörig. Als Kind hatte Karolin beim Einschlafen oft ganze Gespräche von unten aus der Gaststube mitbekommen. Die Wortfetzen hatten sich im Halbschlaf aufs Merkwürdigste vermischt. Meistens ging es um die Ernte, um Landschaftsmaschinen, die zu schnell kaputt gingen, oder um Nachbarn, die sich unmöglich benahmen. Manchmal ging es um jemanden, der gestorben war und dann sprachen die Leute leiser, als ob sie sich schämten. Wenn sie zu Hause gesungen hatte, war ihr immer klar gewesen, dass jeder sie hören konnte. Ganz ohne Publikum hatte sie also fast nie gesungen, auch wenn die Zuhörer in diesem Fall nicht wegen ihrer Darbietung, sondern wegen der Schnitzel ihrer Eltern gekommen waren.

Die Gäste, die sie kannten, wichen ihrem Blick aus, wenn sie zwischendurch ins Gasthaus hinunterkam, um etwas zu essen oder um ihren Eltern zu helfen. Es war ihnen unangenehm, sie singen gehört zu haben, sie benahmen sich, als hätten sie sie versehentlich nackt gesehen. Das Singen war ihnen peinlich wie das Sterben.

Karolin tat es nicht leid, den beginnenden Weihnachtsrummel zu verpassen. Ihr graute es jedes Jahr vor den Betriebsfeiern mit angetrunkenen Chefs, die Reden hielten, die niemand außer ihnen lustig fand, vor den Fressgelagen und den einsamen Stammgästen, die am Abend des dreiundzwanzigsten Dezembers bis lange nach der Öffnungszeit sitzen blieben, um vor den Feiertagen noch etwas Gesellschaft zu haben, selbst wenn sie nur erkauft war.

Es war ein großes Glück, dass Laura so viel übernahm, seit sie von einer Aushilfe zu Karolins Stellvertreterin befördert worden war und es war kein Geheimnis, dass Laura sich viel mehr um den *Löwen* bemühte, als seine Besitzerin es je getan hatte. Laura sah *Potenzial*. Für Karolin war es einfach ein Gasthaus in einem Dorf, in dem man sonst nirgends etwas zu essen bekam. Die Leute kamen, ob die Speisekarte nun aktualisiert wurde oder nicht und ob das Design der Bodenfliesen in der Toilette nun hässlich war oder gefiel.

Karolin stellte ihre Uhr eine Stunde weiter und fühlte sich alt. Nicht weil ihr Nacken so steif war, dass sie ihn nicht mehr nach links drehen konnte, nicht weil ihr die Knie höllisch wehtaten oder weil sie seit vier Uhr morgens wach im Bett gelegen hatte. Sie fühlte sich alt, weil ihre Wut verflogen war, plötzlich und ohne Vorwarnung. Noch vor vier Tagen hatte sie sich nichts sehnlicher gewünscht, als Tahvo zu ohrfeigen oder Schlimmeres. Sie hatte die Wut verflucht und jetzt fehlte sie ihr schmerzlich, wie ein schreiendes Kind, das man übers Wochenende bei den Großeltern lässt.

Am Horizont tauchte ein grauer Streifen Festland auf, zerklüftet und fleckig, wie verschütteter und hart gewordener Haferbrei. Es gab jemanden, den sie finden wollte, den sie zur Rede stellen wollte, den sie hasste, den sie vermisste. Aber das war nicht Tahvo. Es war Susanne.

In Helsinki mussten sie das Auto winterfest machen, damit es bei minus 30 Grad nicht stehen blieb. Iona versuchte, Karolin zu übersetzen, was der Tankwart auf Englisch über Türschlossenteiser und die richtige Dosierung von Frostschutzmittel in der Scheibenwaschanlage erklärte. Währenddessen stand Tine schweigend abseits der Zapfsäule herum wie ein mürrischer Teenager, den man gezwungen hatte, an einem Familienausflug teilzunehmen. Noch war es nicht so kalt, wie es werden konnte, aber trotzdem lag eine bissige Schärfe in der Luft, die die kommende Kälte erahnen ließ. In einem Imbiss neben der Tankstelle aßen sie die teuerste Pizza ihres Lebens und sprachen kein einziges Wort.

Zum hundertsten Mal überlegte Karolin, wie sie es anstellen sollte, Iona nach ihrer Mutter zu fragen. Aber je länger das Schweigen zwischen ihnen dauerte, desto undurchdringlicher schien es zu werden. Sie setzte ihre Hoffnung auf einen Moment, in dem sie mit Iona allein sein konnte, ohne Tine, die sie entweder gar nicht ansah, oder so, als würde sie angestrengt darüber nachdenken, was in Karolins Altersgruppe wohl die wahrscheinlichste Todesursache war.

Als sie die Stadt Richtung Norden verließen, dämmerte es wieder. Schon nach zwei Stunden konnte Iona nicht mehr sitzen. Karolin schlug vor, in Tampere nach einer Unterkunft zu suchen. Tine nickte ausdruckslos und zückte ebenso ausdruckslos ihre Kreditkarte, als sie endlich eine Absteige fanden, in der es ein Zimmer mit drei Betten gab. Alles andere wäre viel zu teuer geworden. Der Weg war noch lang und Tine war die Einzige, die ein bisschen Geld hatte. Erst kürzlich hatte Karolin ihrem Sohn all ihr Erspartes für einen Hauskauf überwiesen und ihre Rente passte in das kleine, traurige Sparschwein, das für das Trinkgeld neben der Kasse stand. Iona wurde gar nicht erst gefragt. Karolin bezweifelte, dass sie überhaupt ein Bankkonto besaß.

Sie betraten das kleine Zimmer, in dem es ein Doppelbett und ein Einzelbett gab, auf das Karolin sofort ihre Tasche legte. Für eine düstere Absteige war es hier viel zu sauber. Das ganze Land war derartig sauber, dass Karolin am liebsten auf den Boden gespuckt hätte. Würde sofort jemand kommen und sie zwingen, es aufzuwischen? Oder gefröre ihr Speichel zu einem hübschen und hygienischen Kristall?

Sie riss erwartungsvoll die Vorhänge auf, als gäbe es draußen etwas anderes zu sehen als Dunkelheit und ein paar vereinzelte Lichter in der Ansammlung von Häusern, die versuchten eine Stadt zu sein.

»Kommt jemand mit an die Bar?«

Sie richtete ihre Frage so eindeutig es ging an Iona, aber die runzelte nur die Stirn und schenkte Karolin einen langen, stechenden Eisköniginnenblick. Tine verschwand im Bad.

Ihr Englisch reichte für die Bestellung. Ihr Geld reichte nicht für ein Getränk. Es war so unfassbar teuer, dass Karolin der Mund offen stehen blieb. Jetzt verstand sie, warum Alkoholismus hier geradezu ein Statussymbol war, und sie erinnerte sich an die einzige Geschichte, die Tahvo ihr je über seine Mutter erzählt hatte. Sie begann mit: »Als ich klein war, hatten wir so wenig Geld, dass ...«

Er machte eine Pause und sie war sicher, er würde gleich von Klarinettenunterricht oder von Urlaubsreisen sprechen, die seine Eltern ihren Kindern nicht hatten ermöglichen können. Stattdessen sagte er:

»Als ich klein war, hatten wir so wenig Geld, dass meine Mutter unseren Schnaps in der Badewanne brennen musste.«

Deshalb war die Badewanne jahrelang nicht benutzbar gewesen und sie hatten sich, wenn überhaupt, bei Verwandten oder in öffentlichen Schwimmbädern gewaschen.

Aber Karolin kannte hier niemanden mit selbstgebranntem Schnaps in der Badewanne und sie hatte nicht ihr einziges gutes Hemd angezogen, um an einer leeren Bar zu sitzen und Leitungswasser zu trinken. Sie kramte weiter in ihrer Tasche nach Kleingeld, signalisierte dem Barkeeper mit dem versteinerten Gesichtsausdruck zu warten, als hätte sie nur noch nicht gründlich genug gesucht.

Plötzlich stand jemand hinter ihr. Nicht nah genug, um sie zu berühren, aber so nah, dass ihr sofort weniger kalt wurde. Er hatte ein leises Lächeln und Hosenträger, obwohl seine Hose alles andere als zu weit war. Er fragte sie etwas auf Finnisch und wechselte mitten im Satz ins Englische, weil er an ihrem Gesichtsausdruck merkte, dass sie ihn nicht verstand. Karolin kämpfte um Wörter. Er hörte ihren Akzent und sprach plötzlich Deutsch. Ohne sich inhaltlich zu unterbrechen, sprang er einfach auf einen anderen Ast und änderte blitzschnell die Farbe wie ein gedoptes Chamäleon. Er sprach über das Wetter, über einen drohenden Sturm.

»Sie sind nicht der schweigende Finne, den ich hier erwartet hätte.«

Der Mann mit den Hosenträgern sah plötzlich ernst aus.

»Wäre Ihnen das lieber?«

»Um Himmels willen, nein. Bitte reden Sie weiter.«

Aber ihre Bemerkung hatte ihn durcheinandergebracht, er wirkte, als hätte er seinen Text vergessen.

»Otava«, sagte er zögernd und zeigte auf die Schnalle an seinen Hosenträgern, »ich war lange in Hamburg, ich bin Kapitän.«

»Karolin«, sagte Karolin, ohne auf sich zu deuten, »ich habe nichts zu trinken.«

»Ignoriert er sie?«

Er deutete auf den Barkeeper, der ihnen den Rücken zuwandte.

»Nein. Aber es ist zu teuer.«

Otava nickte und sah traurig die Flaschen an, die in einer Vitrine über ihnen aufgereiht standen und von allen Seiten beleuchtet wurden wie seltene Kunstgegenstände.

»Er wird immer wertvoller«, sagte er leise.

»Wer?«

»Der Rausch. Wissen Sie, mit dem Alter ... ich kann zum Beispiel nicht mehr weinen. Nur noch, wenn ich sehr viel getrunken habe. Früher habe ich geheult wie ein Schlosshund. Ohne einen einzigen Tropfen.«

»Sie sind jünger als ich«, antwortete Karolin, »ich weine überhaupt nicht mehr, höchstens wenn ich Zwiebeln schäle.«

»Das ist schlecht. Oder?«

»Ja. Vielleicht. Es soll so sein, fürchte ich. Alles verschwindet. Das Weinen auch.«

»Kommen Sie«, sagte Otava, »ich habe Cider in meinem Zimmer.«

Otava stieg keuchend die Treppen hinauf und Karolin folgte ihm. Sie schlug vor, den Aufzug zu nehmen.

»Auf keinen Fall«, antwortete er, »ich muss verbrennen. Sagt meine Ärztin.«

In seinem Zimmer hängte er seine Hosenträger ordentlich über den Stuhl und strich das Bett glatt, obwohl es aussah, als hätte er nie darin geschlafen. Überall standen verschnürte Pakete und Kisten herum, als erwarte er jeden Moment das Umzugsunternehmen.

»Sie sagten, Sie sind Kapitän?«

Er sah sie erschrocken an. Sein Gesicht wurde noch runder und er schüttete zu viel Cider in den Zahnputzbecher, den Karolin ihm andächtig entgegenhielt wie einen Messweinbecher. Der Schaum floss über ihre Hand und tropfte auf den veilchenblauen Teppichboden.

»Warum fragen Sie?«

Karolin lachte. Er sah so harmlos aus. Vielleicht war das sein Vorteil. Sie trank so schnell sie konnte, denn der Cider war warm und schmeckte widerlich.

»Ich *bin* Kapitän. Ich transportiere Dinge. Dinge, die auf Schiffen sind.«

Dann sagte er lange nichts. Er schenkte Karolin ein zweites und dann ein drittes Mal nach, und trank den kleinen Rest, der noch übrigblieb, direkt aus der Flasche.

»Und Sie? Was machen Sie hier?«

»Ich bin auf dem Weg nach Lappland, um meinen ... einen Ex zu suchen. Mit seiner Neuen und seiner Tochter, die er nicht kennt. Er ist wahrscheinlich irgendwo im Wald, was ein Problem ist. Vielleicht ist er auch tot, das wäre ein weiteres Problem.«

Otava nickte verständnisvoll und seufzte, als sei Karolins Situation ein gewöhnliches Ärgernis, eine der vielen Unannehmlichkeiten, die einem im Leben eben irgendwann begegnen.

»Rauchen Sie?«

Karolin schüttelte den Kopf. Otava nahm eine Packung Zigaretten aus einem Koffer und wickelte sie so langsam und feierlich aus wie ein Weihnachtsgeschenk, das unter Beobachtung geöffnet wird.

»Ich auch nicht. Aber ich probiere es immer wieder. Um abzunehmen. Verstehen Sie?«

Er öffnete das Fenster und ein eisiger Luftzug rauschte durchs Zimmer. Verzweifelt versuchte er die Zigarette anzuzünden, aber der Wind blies die kleine Flamme immer wieder aus.

»Vielleicht geht es besser, wenn Sie sich nicht so weit aus dem Fenster lehnen?«

»Ich muss«, sagte Otava und deutete auf den Rauchmelder über ihnen.

»Mir ist kalt.«

»Gehen Sie ruhig. Aber nehmen Sie meine Leuchte.«

»Ihre was?«

Otava warf die Zigarette mitsamt dem Feuerzeug aus dem Fenster und kehrte mit dem Oberkörper ins Zimmer zurück. Er schloss das Fenster, nahm eine riesige Taschenlampe aus dem Koffer und legte sie zärtlich in Karolins ausgestreckte Hände. Sie wog mindestens so viel wie ein ausgewachsener Kater.

»Brauchen Sie die nicht selbst?«

»Sie brauchen sie dringender. Dort oben haben Sie höchstens drei Stunden Tageslicht.«

Er trat näher und knipste die Taschenlampe an, der grelle Lichtstrahl traf Karolin mitten ins Gesicht. Sie war zu geblendet, um sich zu bedanken, aber nicht annähernd so betrunken, wie sie es sich vorgenommen hatte. Enttäuscht von der Zahmheit ihres Abenteuers, leuchtete sie sich den Weg zurück durch das schummrige Treppenhaus.

Im Zimmer war es still. Karolin schlich sich hinein, um niemanden aufzuwecken, aber sie stolperte über einen Koffer. Die riesige Taschenlampe glitt ihr aus den Händen und erlosch sofort, als sie auf den Boden fiel. Sie seufzte und wartete, bis ihre Pupillen sich geweitet hatten. Das Licht von draußen war schwach und bildete einen schüchternen goldenen Kreis um Ionas schlafenden Oberkörper.

Wie schon tagsüber und auch all die Tage davor, trug Iona Tahvos Hosen. Zwischen Knopf und Knopfloch spannte sich ein langes Gummiband, das bei jedem Atemzug zu zerspringen drohte. Einen Schlafanzug besaß sie nicht, und mit dem alten Nachthemd, das Karolin ihr immer wieder anbot, wollte sie nichts zu tun haben. Sie weigerte sich sogar, ihre Schuhe im Bett auszuziehen.

Karolin setzte sich leise auf die Bettkante und suchte im Halbdunkeln nach Spuren von Susanne in Ionas Gesicht. Sie fand nichts, wie immer. Iona sah wirklich kein bisschen aus wie ihre Mutter. Aber sie klang wie sie. Ihre Stimme war genauso unerwartet weich. Eine zerzauste Haarsträhne hing ihr über dem linken Nasenflügel und wurde von ihrem Atem auf und ab geweht. Vorsichtig strich Karolin sie aus Ionas Gesicht und versuchte sie hinter ihrem linken Ohr zu befestigen.

»Was machst du da?«, fragte Tine schroff von der anderen Bettseite. Karolin zuckte zusammen und ließ die Haarsträhne los. Tine schlief nicht. Tine schien absolut niemals zu schlafen.

Antrag

Iona glaubte, dass der leichte Schwindel, den sie seit Tagen spürte, von der Klarheit der Luft kommen musste. Wenn sie aus dem Auto ausstieg, fühlte es sich jedes Mal so an, als wären ihre Lungen von der Menge an Sauerstoff überwältigt, die sie mit nur einem einzigen Atemzug bekamen. Das Atmen war nicht einfach, nicht mit dem Gewicht in ihrem Bauch und auch deshalb nicht, weil sie es bei dieser Kälte so langsam tun musste. Wenn sie zu unbedacht, zu schnell einatmete, stach die Kälte in ihre Bronchien wie die Spitze eines Venenkatheters.

Tine und Karolin jammerten über die Dunkelheit, aber sie waren selbst schuld, weil sie nicht genau hinsahen. Denn je weiter sie in Richtung Norden fuhren, desto dichter und heller wurde die Schneedecke. Der Schnee glitzerte entschlossener als das verschwindende Tageslicht, er hielt der Nacht etwas entgegen, was Iona bemerkte und zu schätzen wusste, etwas, das den anderen entging.

Der Wald glitt stundenlang am Beifahrerfenster vorbei und Iona sah angestrengt nach draußen.

Sie suchte nach Unterbrechungen, die nicht eintraten. Da waren keine Häuser, keine anderen Autos, keine Outdoorsportler, nichts. Erst war es furchtbar langweilig, dann war es entsetzlich öde und irgendwann löste sich in ihr ein Widerstand und sie verstand nicht mehr, wie sie je irgendetwas anderes hatte wollen können, als aus dem Fenster zu sehen, in den endlosen Wald, so wie jetzt.

Sie dachte noch immer an Sam. Aber es war, als hätten diese Gedanken ihre scharfen Kanten verloren, als hätten sie sich sanft und rund geschliffen an der Unbeirrbarkeit der Landschaft, durch die sie zogen.

Sams Töchter besaßen zwei Schildkröten, die den Winter immer im untersten Kühlschrankfach verbrachten. Iona hatte so viele Fotos gesehen, sowohl von den Töchtern als auch von den Schildkröten, sie konnte manchmal kaum glauben, dass sie sich eigentlich gar nicht kannten.

Sam war sehr besorgt darüber gewesen, ob sich die Schildkröten tatsächlich einfach wieder aufwärmen ließen, ob sich ihr Herzschlag im Frühling wirklich beschleunigen würde, ganz von allein.

Iona hatte vor allem Bedenken wegen der Salmonellen auf dem Schildkrötenpanzer. Sie fand, dass lebende Tiere besser einen Kühlschrank für sich haben sollten.

Sam fragte: »Und wo sollen wir den hinstellen?«, als hätte er völlig vergessen, dass Iona sein Haus noch nie betreten hatte und deshalb nicht wissen konnte, wie wenig Platz es dort gab.

Bevor er sie aus dem untersten Fach holte, redete er ihnen ein paar Tage lang gut zu. Immer öfter ließ er Licht in den Kühlschrank und manchmal sang er sogar *Here comes the sun*, obwohl er es nie schaffte, die Gitarre richtig zu stimmen und sich bei den Akkorden ständig vergriff. Selbst das überlebten die Schildkröten.

Iona schlief ein und erwachte wieder. Dieselben Wälder, dieselbe flachbrüstige Landschaft, nur das Licht hatte nachgelassen, so dass die Eisschicht der Seen, die manchmal in der Sonne zwischen den Bäumen hervorblitzten, aufgehört hatte zu funkeln. Der Schnee lag immer schwerer auf den erschlaffenden Ästen, aber sonst hatte sie nichts verpasst.

Sie verstand plötzlich, warum es ihren Vater hierhergezogen hatte, gerade in seinem dunkelsten Moment. Was immer man mitbrachte, es war nie so stark wie die Kälte. Es musste schrumpfen und weicher werden und wenn es das nicht tat, konnte man sich immer noch in den Schnee legen und einschlafen, was so viel angenehmer, so viel sauberer und einfacher war, als von Häusern oder vor einfahrende Züge zu springen oder sich eine Überdosis an rezeptpflichtigen Barbituraten zu besorgen. Vielleicht weil es so einfach war, tat man es am Ende doch nicht. Es war eine Einladung, die nicht verjährte.

Hier war so viel Platz für jeden einzelnen Gedanken, egal wie klein und dumm er war. Es gab nichts, was im Weg stand, nichts, das die Gedanken hätte verwirren oder bremsen können. Was übrig blieb, war ein wildes Tier. Ein Wesen, das keine Zeit kannte als Jetzt, das hoffnungslos war, schuldlos und ohne Verzweiflung.

Iona stellte sich vor, wie es wäre, hier zu leben. Ganz allein, in einer Hütte, so wie ihr Vater das getan hatte. Zumindest bevor all diese Leute ihm gefolgt waren, die genauso leben wollten wie er. Hatte er sie eingeladen? Woher kannte er sie? War er freiwillig in die Rolle des Anführers geraten, wenn er doch offensichtlich jemand war, der die meiste Zeit am liebsten allein war und schwieg?

Noch nie zuvor hatte Iona sich solche Fragen gestellt. Noch vor wenigen Tagen hätte sie nicht geglaubt, dass sie je versuchen würde, irgendetwas an ihrem Vater zu verstehen. Aber hier, im Land seiner Mutter, fiel es ihr auf einmal leicht. Zum ersten Mal dachte sie über ihn nach, als sei er ein menschliches Wesen mit Widersprüchen und Bedürfnissen, als sei er nicht, oder zumindest nicht nur, das Monster ihrer Kindheit.

»Brauchst du eine Pause?«, fragte Karolin, die seit Stunden am Steuer saß.

Ihr besorgter Tonfall irritierte Iona, sie spürte ihn auf der Haut wie eine klebrige Schicht Sonnencreme, die ihr jemand ungefragt auf die Wangen schmierte.

Seit Tagen starrte Karolin sie an, als ob sie etwas suchte, was sie verloren hatte. Das Ergebnis ihrer Suche war jedes Mal ein triumphierender Gesichtsausdruck.

Karolin maßte sich an, sie zu kennen, nur weil sie ihre Eltern kannte, weil sie deshalb glaubte, mehr über Iona zu wissen als Iona selbst. Zuerst war Iona selbst neugierig gewesen, vor lauter Überraschung über die Tatsache, dass ihre Mutter so etwas wie eine Freundin gehabt hatte. Aber dann spürte sie, wie dringend Karolin ihre Nähe suchte, wie sie anfing, sie mit Susanne zu vergleichen, als hätte Iona gar keine Wahl, als entweder wie der eine oder wie der andere Elternteil zu sein.

»Du sitzt schon zu lange, oder?«

»Nicht länger als ihr.«

»Das stimmt. Aber wir sind nicht schwanger.«

Iona sah, wie sich Tines Gesicht im Rückspiegel verzerrte. Je mehr Karolin Iona anstarrte, desto öfter wandte Tine sich von ihr ab.

»Meinetwegen können wir gern anhalten. Ist es noch weit bis Oulu?«

»Wir sind kurz davor«, sagte Karolin und setzte den Blinker, um anzuhalten, obwohl seit Stunden niemand außer ihnen auf der Straße war.

Iona zog sich mit Mühe aus dem Sitz. Ihr Bauch war steinhart. Ein Fels, an dem man sich nicht festhalten konnte. Sie versuchte ihr Praktikum in der Gynäkologie und Herrn Braxton Hicks zu verdrängen, was ihr zunehmend schlechter gelang. Aber sobald sie die rasiermesserscharfe Kälte spürte, wurde es leicht, an nichts anderes zu denken als an die Gegenwart.

Iona sah etwas Goldenes im Schnee, es glitzerte, obwohl das Licht der Mittagssonne in den letzten Zügen lag. Iona wollte sich bücken, um es aufzuheben, aber sie schaffte es nicht. Sie kam nicht mehr an den Boden, und eigentlich wusste sie das auch. Es war der Grund, warum sie ihre Schuhe selbst im Bett nicht mehr auszog und sich deshalb nur noch mit einem Waschlappen waschen konnte. Sie wollte nicht um Hilfe bitten müssen, sie wollte zu jeder Tages- und Nachtzeit in der Lage sein, aufzustehen und zu gehen.

Tine hatte Ionas gescheitertem Versuch wortlos zugesehen. Sie bückte sich und reichte ihr das glänzende Ding, ohne zu fragen, was Iona damit wollte. Tines Lippen waren matrosenblau. Trotz ihrer Fellmütze, trotz Handschuhen und dickem Wintermantel klapperten und ratterten ihre Zahnreihen aufeinander wie Maschinengewehrsalven. Ihre Nase lief und hinterließ auf ihrem Schal eine nasse Spur, die sofort zu gefrieren schien.

»Kannst du so überhaupt rauchen?«, fragte Iona.

Ohne zu antworten, stieg Tine wieder ins Auto und schloss die Tür. Iona drehte den Ring in der Hand, der aus der Nähe betrachtet viel weniger funkelte.

»Was hast du da?«, fragte Karolin, die plötzlich neben ihr stand.

Iona rückte von ihr ab. Es war der Ring eines Schraubverschlusses, der sich von einer Flasche gelöst hatte, mehr nicht. Im Hotel in Tampere hatte sie die Wodkaflaschen mit den riesigen goldenen Deckeln und den kyrillischen Buchstaben gesehen. Irgendjemand brachte sie wohl massenweise über die russisch-finnische Grenze, die manchmal mitten in einem See lag.

»Nichts, nur Müll.«

Sie steckte den Ring in die Manteltasche und begann, auf und ab zu gehen.

»Ist dir nicht kalt, Iona?«, fragte Karolin. »Mit dieser dünnen Jacke?«

Ohne auf Ionas Antwort zu warten, fügte sie hinzu: »Deiner Mutter war auch nie kalt.«

Zumindest kam sie nicht auf die Idee, Iona zu folgen, als sie ihre Schritte entschlossen in den Wald lenkte. Das Pinkeln im Freien, bei minus 23 Grad und mit einem so gigantischen Bauch, war ein Kunststück für sich. Sie brauchte ein paar dehnbare Zweige, einen Baumstamm als Stütze, aber keine Zeugen, schon gar nicht Karolin.

Iona verstand nicht, was mit ihr passiert war. Was war es, das Karolins offensichtlichen Hass, ihre gerechtfertigte Wut auf Tahvo, in eine so erstickende Fürsorge ihr gegenüber verwandelt hatte?

Als sie fertig war, spürte sie einen merkwürdigen Stolz auf die dampfende Flüssigkeit, auf das große blassgelbe Loch, das sie im Schnee hinterließ. Einerseits, weil sie es geschafft hatte, sich nicht nass zu machen und andererseits, weil sie in der Lage war, etwas zu zerschmelzen, eine Struktur zu zerstören, allein durch die Wärme ihres Körpers.

Das Hotel in Oulu war noch überheizter als das in Tampere. Wieder mussten sie ein Zimmer teilen, was Iona nicht störte, aber Tine und Karolin offensichtlich schon. Die beiden schienen einander von Stunde zu Stunde unerträglicher zu finden.

»Was willst du essen, Iona?«, fragte Karolin, während sie ein paar riesige weiße Baumwollunterhosen zum Trocknen über die Badewanne hängte.

»Ich gehe gleich in den Supermarkt, an dem wir vorhin vorbeigefahren sind. Wir können hier natürlich nicht kochen, aber …«

»Schon gut«, unterbrach Iona, »ich esse irgendwas, es ist mir egal.«

»*Egal*? Egal sollte es dir vielleicht nicht …«

»Lass Sie doch endlich in Ruhe!«, fuhr Tine dazwischen. »Was willst du eigentlich von ihr?«

Karolin ließ die letzte Unterhose sinken und sah überrascht zwischen Tine und Iona hin und her.

»Ich wollte wissen, was ich mitbringen soll, mehr nicht.«

»Du behandelst sie wie ein Kind.«

»Ach wirklich? Und du? Warum lässt du sie nicht selber sprechen?«

»Brot«, sagte Iona, »Brot reicht völlig.«

»Du klebst an ihr wie eine Klette!«, rief Tine. »Du kennst sie doch gar nicht!«

Karolin schüttelte den Kopf, beschloss aber, nicht darauf einzugehen. Sie nahm ihre Jacke vom Haken, aber dann zögerte sie.

»Ich fürchte, ich habe kein Bargeld mehr.«

»Dann nimm doch die Karte.«

»Meine Karte? Da ist nichts mehr drauf.«

Tine nahm ihr Portemonnaie und reichte Karolin einen großen Schein. In ihren Augen lag die blanke Verachtung. Karolin bedankte sich ungerührt und verschwand.

»Danke«, sagte auch Iona nach einer Weile, »du musst mich aber nicht in Schutz nehmen.«

»Ich weiß. Es nervt mich nur so. Sie tut, als ob du eine seltene Krankheit hättest.«

»Vielleicht mochte sie meine Mutter wirklich. Vielleicht waren sie wirklich befreundet, selbst wenn ich es mir kaum vorstellen kann.«

»Keine Freundschaft, der ich nachtrauern würde«, murmelte Tine und hielt sich dann erschrocken den Mund zu. »Entschuldigung ... ich kenne deine Mutter ja gar nicht. Kannte. Also. Du weißt, was ich meine.«

»Schon gut«, sagte Iona, »ich fürchte, ich kenne sie auch nicht mehr. Ganz im Gegensatz zu Karolin, die sie so gut zu kennen glaubt, dass sie sie überall sieht. Vor allem in mir.«

»Du weißt, dass du nicht deine Mutter bist. Und dein Vater auch nicht. Lass dir das nicht einreden.«

Iona nickte. Es war ein Fehler gewesen, Tine zu unterschätzen, ihr zu unterstellen, dass sie vor lauter Selbstmitleid nicht mitbekam, was um sie herum passierte. Aber sie wusste, wie sie den Fehler wiedergutmachen konnte. Warum war sie nicht schon viel früher darauf gekommen?

Tine zog die Vorhänge so heftig zu, als wollte sie die viel zu frühe Nacht daran hindern, ins Zimmer zu kommen. Sie begann ihre Locken zu bürsten, zog sie mit Gewalt glatt, aber sobald sie der Bürste entkamen, sprangen sie in ihre ursprüngliche Form zurück. Iona holte tief Luft. Sie waren allein. Jetzt war ein guter Moment.

»Magst du Lakritze?«, fragte Iona. »Alles ist hier aus Lakritze. Absolut alles. Gestern gab es sogar Lakritzeis im Supermarkt. Also: Schmeckt dir das?«

»Manchmal. Vielleicht. Ehrlich gesagt, ich kann mich nicht erinnern, ob es mir schmeckt.«

»Okay. Das muss reichen.«

Iona grinste. Sie holte eine pompös verpackte Lakritzstange aus der einen Jackentasche und den abgebrochenen Verschluss der Wodkaflasche aus der anderen. Sie schob den Ringverschluss auf die Lakritzstange und hielt ihn Tine hin.

»Willst du mich heiraten?«

Tine starrte sie an.

»Was?«

»Willst du mich heiraten?«, fragte Iona nochmal und versuchte mit aller Kraft, nicht zu lachen. Dann lachte sie aber doch.

»Was meinst du damit? Findest du das lustig?«

»Du nicht?«

Tine begann ihre Haare zu zwirbeln und an ihnen zu reißen, bis sie ein dichtes rotes Haarbüschel zwischen den Fingern hielt, das sie angewidert fallen ließ.

»Nein. Warum? Ich verstehe nicht, was du meinst…«

»Ich meine, dass eine Adoption leichter wäre, wenn wir verheiratet sind. Das hoffe ich zumindest.«

»Welche Adoption?«

Langsam wurde Iona ungeduldig. Sie fing Tines Blick und sah demonstrativ auf ihren eigenen Bauch.

»Du willst dein Kind bei mir lassen?«

Iona nickte.

»Warum? Ganz abgesehen davon, dass es nicht so einfach ist, wie du denkst – warum? Bei *mir*? Spinnst du?«

Iona erhob sich mit einiger Mühe und begann im Raum auf und ab zu laufen, zwei Schritte vor, zwei Schritte zurück, das Zimmer war winzig.

»Du willst mehr Kinder. Ich will keins. Ist das so kompliziert?«

»Ja, ist es. Du hast keine Ahnung *wie* kompliziert. Und außerdem ... hast du vergessen, dass ich trinke?«

»Ich glaube, du kannst aufhören.«

Tine lachte ihr fiesestes Lachen und riss ihren Koffer auf. Sie begann, sich anzuziehen.

»Wo gehst du hin?«

»Rate mal.«

Tine zog die zwei Mützen übereinander, die sie gestern an einer Autobahnraststätte gekauft hatte, weil sie ihre eigene nicht mehr fand. Die obere war neonpink und trug den Schriftzug *Hyvää Matkaa*. Sie schaffte es kaum, ihren Rucksack zu schultern, weil sie drei Pullover unter der Winterjacke trug. Die Mützen hingen ihr so tief im Gesicht, dass sie fast ihre Augen verdeckten. Zuletzt verschwanden auch noch Tines Mund und ihre Nase unter ihrem meterlangen Schal.

Trotzdem sah Iona, wie wütend sie war. Sie sah es an der Art, wie Tine aus dem Zimmer stampfte, wie sie versuchte, die Tür zuzuknallen, die sich nicht zuknallen ließ.

Iona ließ sich in den Sessel sinken und verstand nicht, was gerade falschgelaufen war. Im Auto, kurz nach Luchsberg, war ihr die Idee gekommen und die ganze Zeit über hatte sie geglaubt, die beste Lösung für ihr Problem gefunden zu haben. Sie hatte sich daran festgeklammert wie an einem Rettungsring und war absolut sicher gewesen, dass Tine sich freuen würde. Offensichtlich hatte sie Tines Selbsthass unterschätzt.

Neben dem Sessel, auf dem sie saß, lag ein Katalog über Lappland. Auch wenn Iona den Text nicht verstand, blätterte sie den Katalog schon zum dritten Mal durch. Sie war selbst überrascht darüber, wie sehr diese raue Landschaft sie ansprach. Freiwillig wäre sie nie im Leben auf die Idee gekommen, nach Lappland zu fahren. Auf den Fotos war nicht viel anderes zu sehen als trockene Blätter, Flechten, Moos und andere unspektakuläre Gewächse, die auf Steinhügeln wuchsen.

Trotzdem hatte sie selten etwas so Schönes gesehen wie dieses sich ausdehnende Gestrüpp aus Blaubeerblättern, ein roter Teppich für das Herbstlicht, das über allem flirrte wie ein hauchzarter Sprühnebel aus flüssigem Gold.

Sie blätterte bis zum Schluss, aber dann ließ sie den Katalog plötzlich fallen, als hätte sie sich verbrannt. Ganz deutlich stand dort der Name ihres Vaters. Tahvo Fährmann. Das war kein Name, den viele Leute trugen. Das war er. Er war der Fotograf der Bilder, die sie so schön fand.

Mit dem Fuß schubste sie die Zeitschrift so tief unter das Hotelbett, dass sie ohne fremde Hilfe nie wieder an sie herankommen würde.

Auf dem Flur hörte sie Schritte. Die Karte piepste am Türöffner und Karolin trat ein, rotgesichtig und schwer atmend, beladen mit mehreren Tüten. Schweigend half Iona ihr, alles auszupacken. Danach stellte sie den Fernseher an, um ihre Redeunlust weniger offensichtlich zu machen. Sie aßen schnell und ohne richtig hinzusehen, Brot, Käse, ein paar Tomaten, die von weit her kamen und nach absolut nichts schmeckten.

»Wo ist Tine?«, fragte Karolin irgendwann.

»Ich glaube, sie betrinkt sich.«

Karolin schluckte ihren letzten Bissen mit Mühe herunter und sah Iona tadelnd an.

»Ist das eine gute Idee?«

»Natürlich nicht«, sagte Iona, »aber sie will mich nicht heiraten.«

Bevor Karolin weiterfragen konnte, zog sich Iona aus dem Sessel hoch und begann sich anzuziehen, so schnell es eben ging. Der Reißverschluss der Jacke ließ sich zum Glück noch schließen, aber eine falsche Bewegung und die Jacke würde zerreißen.

Auf der Straße war niemand. Die Häuser quadratisch, funktional, nichtssagend, als wäre jede Art von Dekoration eine gefährliche Energieverschwendung. Iona störte es nicht, sie verstand es. Warm zu bleiben war auch ihr selbst immer wichtiger gewesen als schön zu sein. Es schneite nicht mehr. Der Wind war abgeflaut. Es war so still, dass ihr die Einsamkeit in den Ohren rauschte wie ein sanfter Tinnitus.

Im Hotel hatte man ihr gesagt, es gäbe in der Nähe nur eine einzige Möglichkeit sich zu betrinken, was ihre Suche sehr vereinfachte. Wieder musste sie sich zwingen, langsamer zu atmen als ihr richtig vorkam, um ihre Bronchien zu schonen. Auch ohne den Wind war die Kälte immer noch mörderisch. Selbst ihr dicker Bauch wärmte sie nicht mehr. Sie glaubte ganz kurz, einen Vogel zu hören, aber dann schüttelte sie den Kopf über ihre Dummheit. Alle Vögel waren längst von hier verschwunden.

Sie öffnete die Tür und die Wärme umfing sie wie die überschwängliche Umarmung eines angetrunkenen Partygastes. Im Hotel hatte sie plötzlich ein beunruhigendes Gefühl gehabt und jetzt wusste sie, dass es berechtigt gewesen war. Es war dunkel, aber sie hörte laut und deutlich Tines Stimme, die auf Englisch versuchte, jemanden niederzubrüllen. Iona zuckte zusammen, als sie das Glas splittern hörte. Aber als sie näherkam, war es schon vorbei. Tine hielt den Rest einer Flasche in den Händen. Die Scherben lagen um sie herum verteilt wie Eiskristalle.

»Was ist passiert?«, fragte Iona.

»Nichts«, sagte Tine tonlos.

Die beiden Männer neben Tine starrten Iona an, ihre Münder vor Entsetzen weit aufgerissen, anscheinend hatten sie nie etwas Schrecklicheres gesehen als eine hochschwangere Frau in einer Bar. Sie bewegten sich nicht, als hätten sie Angst vor allem, was als Nächstes passierte.

Iona brauchte drei Anläufe, bis sie richtig auf dem Barhocker saß.

»Warum schreist du dann so rum und zerschmetterst Flaschen?«

»Um zu verhindern, dass was passiert.«

Iona machte eine Handbewegung, die sie schon zu ihrer Zeit als Kellnerin immer wieder erfolglos probiert hatte, um die Gäste nach Hause zu schicken. Diesmal funktionierte sie besser als erwartet.

Die beiden Männer verschwanden so schnell sie konnten, ohne sich umzudrehen.

»Siehst du?«, sagte Iona nach einer Weile.

»Was soll ich sehen?«

»Du bist nicht betrunken. Und du kannst dich wehren. Beides sind gute Eigenschaften.«

Tine lachte widerwillig. Ein kleiner, fliegender Glassplitter hatte sie an der Hand erwischt und steckte unter ihrem Daumen wie ein seltsamer Schmuck. Iona zog ihn heraus und drückte eine Papierserviette auf Tines Hand.

»Glaubst du, du musst nett zu mir sein, weil dein Vater so ein Feigling ist?«

»Seit wann denkst du, dass er ein Feigling ist?«

»Seit ich dich kenne.«

»Aber zurück willst du ihn trotzdem? Immer noch?«

Tine nickte langsam und wandte ihren Blick von Iona ab.

»Ja. Ich glaube schon.«

Ein Kellner kniete mittlerweile unter Tines Hocker und kehrte schweigend die Scherben zusammen.

»You'll have to pay for the wine«, sagte er, ohne sich aufzurichten.

»I absolutely will not«, antwortete Tine.

»Okay«, erwiderte der Barkeeper traurig und verschwand, um seinen Scherbenhaufen zu entsorgen.

»Erzähl mir was Gutes«, sagte Iona plötzlich.

»Was meinst du?«

»Ich meine, alles Schlechte weiß ich schon. Sag mir was Gutes. Über Tahvo.«

»Wirklich?«

Erst sah sie Iona erschrocken an und dann sah sie panisch an sich herunter, als stünde sie plötzlich splitternackt in einem Raum voller Fremder.

»Ja. Los. Sag was.«

Tine dachte lange nach. Ihre Lippen begannen zu zittern.

»Sein Kuchen, sein K…«

Tine verzog das Gesicht und wandte sich ab. Es half nicht. Iona sah trotzdem, dass sie heulte.

»Ich *hasse* Kuchen«, schluchzte Tine, »aber sein Kuchen…«

»Ist ja gut. Vielleicht fällt dir später noch was ein.«

Iona legte eine Hand auf Tines Schulter in der Erwartung, dass sie sie sofort wegstoßen würde. Aber das tat sie nicht. Die Hand blieb liegen, bis Iona sie langsam wieder zurückzog und in ihre löchrige Manteltasche steckte.

Auf dem Rückweg zum Hotel telefonierte Tine mit Clara, bis der Akku vor Kälte versagte. Ionas Augen tränten und sie achtete darauf, die Lider weit geöffnet zu halten, damit ihre Wimpern nicht zusammenfroren.

»Du brauchst. Eine. Richtige. Jacke«, stieß Tine zwischen ihren unkontrolliert klappernden Kiefern hervor.

»Morgen, ja? Wir kaufen eine. Morgen.«

Iona nickte dankbar und dachte an das goldene Licht auf den Bildern in dem Katalog unter dem Hotelbett. Sie hätte das Licht mit Tine teilen sollen.

Fuchsfeuer

Alles war flach. Niemand war auf der Straße. Tine saß seit Stunden am Steuer und hatte kein einziges Mal blinken oder hupen müssen, sie hatte nicht beschleunigen oder für ein anderes Auto bremsen müssen. Bestimmt gab es Leute, die darin die große Freiheit sahen, die nicht das Gefühl hatten, immer tiefer in eine Hölle aus Eis zu geraten, in der sie festfrieren und qualvoll sterben konnten, fernab von jeder Zivilisation, so weit weg von Feigenbäumen und Rosmarinduft und von alten Mauern, die bis tief in die Nacht die Hitze des Tages in sich trugen. Hier musste man Leichen den Winter über kühl halten (das war zumindest einfach), um sie dann im Mai endlich beerdigen zu können, denn die stahlhart gefrorene Erde ließ vorher niemanden ein.

Sie waren kurz vor Rovaniemi, kurz davor, den Polarkreis zu überqueren, und Tines Sehnsucht nach Süden hatte sich in Bauchschmerzen verwandelt. Hätte Tahvo sie je gefragt, ob sie hier mit ihm leben wollte, sie hätte sofort abgelehnt und lieber für immer auf ihn verzichtet. Sie riss aus Versehen den Lenker herum, so sehr erschrak sie, als sie das dachte. Daran merkte sie, dass es die Wahrheit war. In dieser Kälte würde sie bösartig werden, bösartig, und noch bitterer und verschlossener als Tahvo, sie würde Löcher bekommen und zerreißen.

Iona und Karolin konnten die Kälte einfach hinnehmen, sie unangenehm finden, ohne sie zu hassen, und ihr Gleichmut verstärkte Tines Einsamkeit noch. Sie hatten nur die Schultern gezuckt über die trostlose Funktionalität der Städte, in denen sie angehalten hatten, als würde es keinen Unterschied machen, ob etwas schön war oder nicht.

Einmal war Tine in eine Kirche gegangen, während die anderen mit ihrem Geld einkauften. Angeblich war es eine Kirche, aber es hätte genauso gut ein Bürogebäude sein können. Tine hatte sich so oft über die fetten Barockengel lustig gemacht, über die Theatralik des verzierten Märtyrerskeletts in ihrer Taufkirche in Luchsberg, das wie ein vergessenes Schneewittchen in seinem Glassarg lag und nur zu hohen Feiertagen mit einem goldenen Tuch abgedeckt wurde. Jetzt fehlte es ihr fast: Das Chaos, die Gerüche, die haarsträubenden Geschichten der Heiligen. Hier war alles so farblos, dass sie an ihrer Sehkraft zu zweifeln begann. Vielleicht stimmte es: Man konnte aufhören, an Gott zu glauben, aber man konnte nicht aufhören, katholisch zu sein.

»Halt an!«, rief Iona plötzlich von hinten. »Da will jemand mit!«

Tine bremste viel zu scharf für die vereiste Straße, das Auto geriet ins Schlittern. Jetzt war es gut, dass außer ihnen niemand unterwegs war.

»Was? Wo denn?«

Iona deutete auf den Seitenstreifen. Tine kniff die Augen zusammen und tatsächlich, da stand etwas Rot-Weiß-Gestreiftes. Es bewegte sich. Es kam auf sie zu. Es trug eine riesige grüne Zipfelmütze und klopfte an die Scheibe des Beifahrersitzes, die Tine widerwillig herunterließ.

Eine tiefe weibliche Stimme stellte eine Frage auf Finnisch.

»*Tourists?*«, fragte sie irgendwann, weil sie keine Antwort bekam.

»*Sort of*«, sagte Tine, »*and what are you?*«

»*A Christmas Elf, of course*«, sagte die Stimme beleidigt. Erst jetzt sah Tine, dass unter der Verkleidung ein höchstens achtzehnjähriges Mädchen steckte.

»*Are you going to rape me?*«

Nachdem sie sich überzeugt hatte, dass alle drei die Köpfe schüttelten, stieg die Elfe unaufgefordert ins Auto und verlangte nach Rovaniemi gebracht zu werden, als sei Tine ein Taxi. Sie hatte Mühe mit dem Sicherheitsgurt, weil ihr Kostüm so viel Raum einnahm. In kurzen nüchternen Sätzen erklärte sie, dass sie nach einem Streit mit ihrem Freund aus dem Auto gestiegen und davongelaufen war.

Er sollte glauben, er hätte sie auf dem Gewissen. Die Elfe roch nach Gin und nach Baumharz, wie ein alaskischer Holzfäller nach Feierabend.

»Wir müssen sie fragen«, sagte Karolin, »vielleicht weiß sie, wie man zur Siedlung kommt.«

Tine reagierte nicht. Karolin konnte Englisch, sie wollte nur gerne im Hintergrund bleiben. Nach einer Weile erbarmte sich Iona und fragte nach dem Mann namens Janne Hinkkannen und nach seiner Ferienhaussiedlung. Die Elfe schob sich drei Kaugummis auf einmal in den Mund und begann laut schmatzend zu erzählen. Janne kannte sie gut, weil er, bevor sein Geschäft so gut lief, im Weihnachtsdorf, wo sie arbeitete, als Aushilfsweihnachtsmann eingesprungen war. Außerdem war ihre Mutter angeblich vor langer Zeit mit ihm zusammen gewesen. Tine wollte fragen, wie sein Geschäft gut laufen konnte, wenn man es nicht mal im Internet fand, aber die Elfe war schon bei der Wegbeschreibung. Sie erklärte so schnell, dass Tine sich überhaupt nichts merken konnte.

»Hier!«, rief sie auf einmal und Tine bremste schon wieder zu scharf. Die Elfe bedankte sich knapp und sprang davon, so schnell es in ihrem Kostüm eben möglich war. Die kalte Luft, die dabei ins Auto gelangte, ließ Tines Schultern noch mehr mit ihren Ohren verwachsen. Warum konnte Tahvo sich nicht in den Tropen verstecken? Warum hier, wo jeder Atemzug wehtat?

Iona hatte sich alles gemerkt, also folgte Tine ihren Anweisungen. Sie fuhr über eine Brücke und durch die Stadt, die anfing und sofort wieder zu Ende war, über eine weitere Brücke und dann wieder durch Dunkelheit und Wald und noch mehr Dunkelheit.

»Das muss es sein«, sagte Karolin irgendwann.

Ein paar Meter weiter hing ein schwach beleuchtetes

Schild über einer Ausfahrt, auf dem *Revontulet* stand. So hieß die Siedlung, so hießen die Polarlichter, derentwegen die Touristen angeblich hierherkamen. Tine hatte nachgesehen und herausgefunden, dass die wörtliche Übersetzung für *Revontulet* Fuchsfeuer war, nach der alten Sage von einem Polarfuchs, der durch den Schnee rannte und dabei mit seinem Schwanz ein großes Feuer entfachte. Die Funken flogen bis in den Himmel und aus ihnen entstanden die Nordlichter und ihre gruseligen Grüntöne, die man, das fand zumindest Tine, genauso gut auf Fotos ansehen konnte, ohne dabei Extremitäten an die Kälte zu verlieren.

Heute sah man sowieso nichts. Der Himmel war dunkel und immer dickere Schneeflocken fielen träge auf die Windschutzscheibe. Doch dann, hinter der nächsten Baumgruppe, sah Tine plötzlich Licht. Viel Licht.

Sie bremste, hielt an und traute ihren Augen kaum. Sie hatte ein paar verfallene Hütten erwartet, zwischen denen ein alter, ungepflegter Mann hin und her schlurfte, um die Sauna in Gang zu halten oder um irgendwelchen esoterischen Grüppchen ab und zu einen Tee zu bringen. Stattdessen sah sie die gläsernen Dächer der unterirdischen Iglus, die von innen leuchteten wie fluoreszierende Pilze.

Das Wort *Rezeption,* gebildet aus pinkfarbenen Neonröhren, blinkte ihnen in verschiedenen Sprachen angriffslustig entgegen. Der letzte Rest ihrer allerletzten Hoffnung fiel von ihr ab wie eine Dreijährige vom Fahrrad. Sie spürte den Aufprall am ganzen Körper. Sie konnte sich nicht vorstellen, dass Tahvo hier je freiwillig einen Fuß hinsetzen würde.

»Sind wir jetzt da?«, fragte Iona schläfrig von hinten, wie ein Kind.

Tine wusste nicht, was sie antworten sollte. Vielleicht hatte Tuulikki sie angelogen, womöglich gab es diesen Janne und die Feriensiedlung, die sie beschrieben hatte, überhaupt nicht mehr. Vielleicht hatte es sie auch nie gegeben. Tine ballte ihre Hände zu Fäusten und wollte schreien vor Wut. Wie hatten sie alle so dumm sein können? Sie hatten Tuulikki einfach geglaubt, einer blinden Unbekannten, die nicht auf ihrer Seite war.

Alles war so grell. Scheinwerfer fluteten die Wege wie in einem Fußballstadion. Widerwillig verließ Tine das warme Auto, stieg in den Mantel und wickelte ihren Schal fest um die sofort wieder laufende Nase. Während sie ihre Fausthandschuhe anzog, rannte sie fast ein russisches Paar um, das so pelzbehangen und so eng umschlungen herumlief, dass es aussah wie ein einziges riesiges Tier. Tine ging einfach weiter und ignorierte ihre Empörung. Sie entschuldigte sich nicht bei Leuten, die so viel Pelz trugen.

Sie stieß die Tür zur Rezeption auf und wollte sofort losbrüllen. Aber sie war noch nicht dran. Sie stand am Ende einer Schlange und bohrte dem Mann vor ihr einen behandschuhten Zeigefinger tief in seinen dicken Wintermantel, bis er ihn endlich spürte und sich zu ihr umdrehte.

»Woher kennen Sie diesen Ort?«, fragte sie ihn auf Englisch, mit der strengsten Lehrerinnenstimme, zu der sie fähig war.

»Was meinen Sie?«, fragte der Mann und strahlte sie mit seinen runden, roten Apfelbacken an.

Er sah so dümmlich und fröhlich aus, jeder würde ihn sofort als Weihnachtsmann einstellen.

»Woher wissen Sie von diesen Iglus hier, von diesem ... Hostel ... oder was immer das hier ist? Wie haben Sie davon erfahren?«

»Na, so wie Sie auch, nehme ich an«, sagte er und grinste noch breiter, so dass Tine bis tief in seine hinteren Zahnreihen sehen konnte. Sie waren so gesund und schneeweiß, wie es nur die von sehr reichen Leuten waren, die regelmäßig jeden Kaffee- und Rotweingenuss professionell wegbleichen ließen. Die Schlange rückte zügig weiter. Alles war hier so unerträglich wohl durchdacht und effizient.

»Der Geheimtipp, der sich besser herumspricht als jede Werbung. So glauben hier alle, etwas Besonderes zu sein, weil man den Ort nicht im Internet findet. Ziemlich gutes Geschäftsmodell, muss ich sagen. Zumindest für eine Weile. Ärgern Sie sich, weil mehr Leute hier sind, als Sie dachten? Es ist trotzdem schön, Sie werden sehen ...«

Er lachte und tätschelte ihren verrotzten Schal. Tine fauchte wie eine wütende Katze und trat einen Schritt zurück. Das Grinsen wirkte vollkommen unzerstörbar und sein Englisch war eindeutig australisch gefärbt, was Tine noch mehr entsetzte. Wieso schaute er sich die blödsinnigen Himmelslichter nicht auf seiner eigenen Halbkugel an?

»Next«, sagte die weißblonde Dame an der Rezeption und der Mann mit den Apfelbacken zückte seine Kreditkarte.

Als Tine an die Reihe kam, war sie schon so überzeugt, am falschen Ort zu sein, dass sie kurz überlegte, einfach wieder zu gehen.

»Moi! Haben Sie eine Reservierung?«, fragte die Weißblonde, deren Haarfarbe entweder echt war oder sehr überzeugend gefärbt. Sie war zwar überschminkt wie eine Flugbegleiterin, aber immerhin hatte sie nicht dieses Säuseln in ihrer Stimme, das sich alle Flugbegleiter irgendwann angewöhnten und das Tine hasste. Ihre Stimme war angenehm rau und tief. Sie klickerte zwischendurch auch nicht unnötig auf ihrer Tastatur herum, sondern sah Tine geduldig an.

»Warum haben Sie einen Computer, aber keine Website?«, fragte Tine so resigniert wie ein Kind, das schon weiß, dass es von den Erwachsenen keine richtige Antwort bekommen wird.

Die Empfangsdame lachte kurz auf. Ein tiefes, dröhnendes Lachen, ungekünstelt, voll von echter Herablassung.

»Für die Reservierungen natürlich. Haben Sie eine?«

»Nein, habe ich nicht. Wie hätte ich denn reservieren sollen? Per Brieftaube? Aber wo hätte ich die hinschicken sollen? Man findet ja nicht mal eine Postanschrift!«

Jetzt lachte die Dame nicht mehr. Sie sah gelangweilt aus.

»Wir haben nichts mehr frei. Gar nichts. Es tut mir leid. Ich kann in Rovaniemi fragen, ob dort ...«

»Wo ist Janne?«, unterbrach Tine.

»Welcher Janne denn?«, fragte die Weißblonde stirnrunzelnd und begann nun doch, etwas ungeduldig zu klingen.

»Wir haben Janne Korhonen, Janne Hyvärinen, Janne Tuomela …«

»Hinkkannen!«

Das Stirnrunzeln vertiefte sich bis aufs Äußerste. Tine fühlte sich fast schuldig, weil sie verantwortlich war für den unansehnlichen Graben zwischen diesen beiden hochsymmetrischen Augenbrauen in dieser sonst so makellosen Haut.

»Den Chef wollen Sie?«

»Ja, den Chef«, sagte Tine und versuchte, sich ihre Überraschung nicht anmerken zu lassen.

Hatte Tuulikki doch nicht gelogen? Auch wenn dieser Ort so absolut nicht zu Tahvo passte?

»Ich bin Journalistin«, sagte Tine, ohne darüber nachzudenken. Seltsamerweise schien es zu funktionieren.

»Warten Sie hier«, sagte die Weißblonde. »Setzen Sie sich.«

Tine sah sich um. Im Empfangsbereich loderte ein Kaminfeuer, neben dem ein riesiger weißer Hund zu schlafen schien. Tine hatte Angst vor Hunden. An der holzvertäfelten Wand hingen geometrische Figuren aus Metall, die, aus einem bestimmten Winkel betrachtet, wie Rentiere aussahen und aus einem anderen Winkel wie gewöhnliche Garderobenhaken. Sie konnte geradezu hören, wie Tahvo sich darüber lustig machte.

»Setzen Sie sich!«, sagte die Dame an der Rezeption wieder, nachdem sie die nächsten Gäste abgefertigt hatte.

»Wohin denn?«, fragte Tine. »Ich sehe keinen Stuhl.«

Die Weißblonde stand kopfschüttelnd auf und weckte den Hund neben dem Kamin. Als sie ihn umdrehte, merkte Tine, dass er gar kein Hund war, sondern ein ziemlich tiefer, fellüberzogener Sessel.

»Bitte!«, sagte die Weißblonde, ohne ihre Verachtung zu verbergen. Tine setzte sich und starrte in die Flammen des Kaminfeuers. Sie wartete, bis ihr die Augen zufielen. Wahrscheinlich wäre es nett gewesen, den anderen im Auto Bescheid zu sagen, aber sie war gerade fünf Stunden am Stück gefahren und das womöglich umsonst. Ihre Nettigkeit war für heute aufgebraucht. Das Feuer knackte und sie fing einen Funken mit dem dicken Handschuh, den sie immer noch anhatte. Sie musste sich merken, wie ihre Zehen sich anfühlten. Sie spürte sie hier viel zu selten.

Nach fast einer Stunde tippte ihr jemand leicht auf die Schulter, und sie fuhr erschrocken hoch.

Der Mann mit dem blau-rot gemusterten Trachtenpullover trat einen Schritt zurück. Er trug eine riesige Fellmütze, aus der schmelzende Schneereste fielen, die auf dem Boden kleine Pfützen bildeten. Seine dunkle Designerbrille störte die Sami-Folklore, was der volle mausgraue Schnurrbart wieder auszugleichen versuchte. Er lächelte, aber sein rechter Fuß tippte nervös in seinem Fellschuh herum und verriet seine Ungeduld.

»Hier bin ich«, sagte er auf Englisch, »Sie wollten mich sprechen.«

»Na endlich«, sagte Tine schläfrig und ärgerte sich sofort über sich selbst. Sie musste sich konzentrieren. Sie musste höflich sein.

»Von welcher Zeitung sind Sie?«

»Keine Zeitung«, sagte Tine und überlegte, wie sie ihre unüberlegte Lüge wieder vorsichtig in Richtung Wahrheit bringen konnte.

»Verstehe«, sagte der Geschäftsführer und setzte sich auf den Rand des Kamins, direkt neben das Feuer. Nur weil er so schlank war, schaffte er es trotzdem, die Beine übereinanderzuschlagen.

»Mit den anderen Medien kenne ich mich nicht so gut aus. Ich bin nur neugierig, weil ich früher selbst, wissen Sie …«

Er unterbrach sich und machte eine Pause, in die ein langsamer, genussvoller Zigarettenzug gepasst hätte. Er führte sogar die Hand zum Mund und legte sie auf dem Oberschenkel wieder ab. Tine war sicher, dass er rauchte oder erst seit kurzem nicht mehr.

»Woher kommen Sie?«

»Deutschland«, antwortete Tine und ihr entging nicht, dass er seine Augen kurz verengte, als hielte er das für unwahrscheinlich.

»So klingen Sie nicht«, sagte er, »was wollen Sie wissen?«

Tine atmete tief ein und aus. Dieses Spiel hatte keinen Sinn.

»Ich will wissen, wo Tahvo Fährmann ist.«

Er zuckte zusammen, nahm seine Brille ab und putzte sie langsam und vorsichtig mit dem blauen Teil seines Pullovers. Dabei ließ er Tine keinen Moment aus den Augen. Ohne Brille sah er zehn Jahre älter aus. Aber vielleicht war es nicht nur das, was ihn so plötzlich hatte altern lassen.

»Du bist Christine«, stellte er fest, »ich bin Janne. Aber das weißt du ja offensichtlich.«

»Woher ...?«

»Tahvo hat mir von dir erzählt.«

Tine blieb der Mund offen stehen. Wer war dieser Mann, dem Tahvo etwas erzählte und dem er noch dazu von ihr erzählte, von ihr, der unbedeutendsten aller Episodenfrauen, zumindest Karolin zufolge?

»Wo ist er? Ist er hier?«

Tine krallte sich in das Kunstfell des Sessels, um Janne nicht zu schütteln, bis sie jede einzelne neue Information über Tahvo aus ihm herausgeholt hatte.

»Sozusagen«, antwortete Janne zögernd.

»Was soll das heißen? Ist er hier? Ist er nicht hier? Und wo ist er dann?«

Tine hatte sich vorgenommen, dieses eine Mal nicht laut zu werden. Aber hier stand sie, aufgerichtet wie eine kampfbereite Bärenmutter vor dem Einzigen, der wirklich etwas zu wissen schien, und schrie.

Janne saß noch immer so dicht neben dem Feuer, als ob Verbrennungen ihn nicht betrafen.

»Alles in Ordnung«, sagte er beschwichtigend zu einigen Gästen, die sich über das Geschrei zu wundern schienen.

Offensichtlich fand er es aber überhaupt nicht in Ordnung, denn er packte Tine am Ärmel und zog sie mit sich nach draußen.

Die Kälte klappte ihr entgegen wie ein Springmesser, das aus Versehen in die falsche Richtung geöffnet wird. Auf einmal fühlte sie sich doch schlecht, als sie an Iona dachte, die seit über einer Stunde in einem Auto ohne Standheizung herumsaß.

»Können wir irgendwo reingehen? Bitte? Ich bringe noch ... jemanden mit.«

»Wir haben keine freien Betten mehr«, sagte Janne und klang plötzlich schroff.

»Ich rede nicht von Betten. Ich will nicht ins Bett!«

Diesmal griff Tine Janne am Ärmel und zog, bis er ihr folgte, was er komischerweise auch tat. Wahrscheinlich hatte er Angst um seinen blöden Pullover. Sie riss die Autotür auf und traf Janne fast am Kopf.

»Das ist seine *Tochter*«, rief sie triumphierend und zeigte auf Iona, als sei sie ein archäologisches Fundstück, auf das die Welt gewartet hatte.

»Tahvo weiß nicht mal, dass es sie *gibt*.«

Janne sagte nichts. Diesmal war er es, der vergaß seinen Mund zu schließen. Er starrte Iona an, bis sie sich genervt abwandte. Er sagte kein Wort. Aber er führte sie alle drei in seine Hütte, ins Warme.

Jannes Hütte stand im ursprünglichen Teil der Siedlung, dem Teil, den Tahvo und ein paar Freunde vor vielen Jahren für ihr Aussteigerprojekt gekauft hatten. Janne erzählte davon mit mechanischer Stimme, als sei er selbst erstaunt und leicht angewidert über jedes Wort, das aus seinem Mund kam. Nach ein paar Sätzen wurde er immer langsamer, so dass Tine an Claras Baby-Spieluhr denken musste, deren Melodie nur noch einen Ton pro Sekunde schaffte, bevor es Zeit war, sie wieder aufzuziehen. Janne ließ sich aufziehen, indem Tine Iona unauffällig in sein Gesichtsfeld schob. Jedes

Mal begann er dann wieder schneller zu reden, über anfängliche Nahrungsengpässe, über finanzielle Herausforderungen und ideologische Streitereien zwischen den Gründern. Es hätte interessant sein können, aber er erzählte es so, als sei er selbst gar nicht dabei gewesen.

Als die Vergangenheit sich erschöpft hatte, referierte Janne über die Entstehung seiner Geschäftsidee, seine durch partielle Geheimhaltung gehypte Hotelanlage, und warum er fand, dass sie mit dem ursprünglichen Idealismus der Kommune durchaus vereinbar war. Er klang wie ein Politiker, der versucht, einen schlechten Kompromiss als Tugend zu verkaufen.

Seine Hütte war warm und sauber, aber lange nicht so schick wie die gläsernen Iglus, die man von hier aus gar nicht sehen konnte. Ein Stück Wald stand dazwischen und schluckte das viele elektrische Licht, ohne das die Touristen nicht auskamen.

In manchen Nächten aber, wenn die Polarlichter besonders beeindruckend waren, inszenierte Janne einen allgemeinen Stromausfall, an dessen Echtheit bisher seltsamerweise noch niemand gezweifelt hatte, obwohl alles andere so perfekt funktionierte. Solche Einbrüche von überschaubarem Chaos waren angeblich bei den Gästen besonders beliebt, denn dann hatten sie wirklich das Gefühl, in der Wildnis zu sein und diese Wildnis mit bloßen Händen zu bezwingen.

»Weißt du, wo er ist?«, unterbrach Iona irgendwann, als Janne sich gerade in einer entschleunigten Sprechphase befand.

Ihr makelloses Insel-Englisch durchbohrte seine langweiligen Abhandlungen und sie erschlafften und fielen zu Boden wie zerlöcherte Luftballons. Tine hätte sie küssen können vor Dankbarkeit. Sie selbst biss sich schon die ganze Zeit auf die Lippen, um ihn nicht wieder anzuschreien.

»Es ist so«, sagte Janne sehr langsam und nahm endlich seine Fellmütze ab. Die Haare darunter waren ziemlich spärlich, vor allem im Vergleich zu seinem vollen Schnurrbart.

»Ich weiß *ungefähr*, wo er vielleicht sein könnte.«

»Und?«, fragte Karolin, die bisher nur stirnrunzelnd geschwiegen hatte.

»Wenn es wirklich unbedingt sein muss, dann suchen wir ihn. Aber nicht jetzt. Morgen. Wenn es hell ist.«

Tine wollte widersprechen, wollte rufen: »Es ist doch nur drei Stunden hell!«, aber sie wusste, dass es keinen Sinn hatte. Langsam ging Janne zum Fenster und starrte in den dunklen Himmel.

»Alles still heute. Schon seit Tagen. Ich höre nichts«, sagte er.

»Was gibt es hier zu hören?«, fragte Tine, »Rentiere?«

Janne sah sie erstaunt an, als hätte er kurz vergessen, mit wem er sprach.

»Die Lichter«, sagte er, und jetzt klang er traurig und zweifelnd und endlich wie ein Mensch.

»Die Sami haben schon immer gewusst, dass mit den Lichtern ein Geräusch verbunden ist, auch wenn sie nicht wussten, warum. Ein Geräusch, zu dem die Lichter tanzen. Es stimmt auch. Allerdings muss man es heute anders beschreiben, um nicht für verrückt erklärt zu werden. Heute muss man sagen: Es handelt sich um den Eintritt von magnetosphärischen Plasmapartikeln über die polaren Trichter. Es sind Elektrometeore, die sichtbar sein können, aber auch hörbar. Wie bei Gewitter, erst kommt das Licht und dann der Ton. Es klingt wie – Applaus. Oder wie Peitschenhiebe.«

Iona lachte kurz auf.

»Applaus oder Peitschenhiebe? Gibt es da Ähnlichkeiten?«

Janne zuckte mit den Schultern und sah weiterhin besorgt nach draußen.

»Die Vorhersagen werden immer unzuverlässiger. Als ob selbst das Wetter im All langsam durchdreht.«

Janne machte ihnen eine Pilzsuppe und dann ein Lager neben dem brennenden Kamin. Den Geschäftsmann hatte er abgelegt. Er schien in seiner Fellmütze zu wohnen. Niemand hatte mehr Kraft für Gespräche oder besser gesagt für weitere Monologe des unfreiwilligen Gastgebers, der ihnen alles zu erzählen bereit war, alles, außer dem, was sie eigentlich wissen wollten.

Tine war erleichtert, dass Iona sich in die Mitte legte. Durch den riesigen Bauch war sie vor Karolins Blicken geschützt, vor diesem ständig besorgten Gesichtsausdruck, der mittlerweile nicht mehr nur Iona galt.

Als sie sicher war, dass alle schliefen, legte Tine sehr vorsichtig eine Hand auf den Bauch, auf die vielen Kleiderschichten, die Iona seit Tagen nicht mehr ablegte. Es war erstaunlich, dass Iona nicht noch schlechter roch, dass sie nicht annähernd so stank wie an dem Abend, an dem sie Tahvos Fenster eingeschlagen hatte, um in sein Haus zu kommen.

Tine spürte einen Tritt und zog erschrocken die Hand weg, als hätte sie nicht genau das erwartet.

Sie war so müde und trotzdem die Einzige, die noch nicht schlief. In den letzten drei Nächten war sie fast ununterbrochen wach gewesen. Sie hatte versucht, ihr Leben zu korrigieren, mit Rotstift.

Sobald all ihre Fehler gezählt waren, zählte sie sie wieder von vorn und jedes Mal wuchs die Zahl, jedes Mal vermehrten und verschlimmerten sie sich, wie verkrustete Wunden, die man nie in Ruhe lässt. Was noch von ihr übrig blieb, raubte ihr die Kälte. Selbst jetzt, wo sie im Warmen lag, spürte sie sie noch deutlich in den Knochen, spürte sie wie einen Feind, der draußen auf sie wartete, still und geduldig, aber unbezwingbar.

In Jannes Küchenregal bemerkte sie drei Flaschen. Sie waren angebrochen, aber noch ziemlich voll.

Tine stand leise auf und nahm einen kleinen Schluck aus jeder Flasche, so dass Janne es nicht merken würde. Auch ein zweiter Schluck würde ihm nicht auffallen, beschloss sie. Der Schnaps schmeckte so sehr nach Rauch und nach Harz, als hätte man einen ganzen Wald verbrannt und dann vergären lassen.

Es half. Natürlich half es. Iona wusste einfach nicht, wie sehr es half. Trotzdem traute Tine sich nicht, noch mehr zu trinken, und deshalb wurde sie die Fragen nicht los. Deshalb umkreiste sie die Fragen die ganze Nacht über, mit kleinen Unterbrechungen von Schlafeinheiten, die sich wie Vollnarkosen anfühlten. Wie zu schwache Vollnarkosen, denn immer wieder wachte sie mitten im Eingriff auf.

Was hatte Tahvo hier verloren? Was um Himmels willen suchte er hier bloß?

Immer wieder starrte sie erst auf die Uhr und dann in die unbewegliche Dunkelheit vor dem Fenster, als würde die Dunkelheit irgendwann nachgeben, weil sie Tines stechenden Blick nicht mehr ertrug.

Aber es war acht und die Nacht war rabenschwarz. Dann war es neun und immer noch stockdunkel.

Die heutige Portion Tageslicht würde von 10:40 Uhr bis 13:37 Uhr dauern, und obwohl Tine die Zahlen klar und deutlich auf dem Bildschirm ihres Handys sah, wuchs ihre Ungeduld mit jeder Minute, in der es nicht heller wurde, in der sie den gleichmäßigen Schlafatem der anderen wahrnahm und ihr eigenes nervöses Luftschnappen.

Jannes Hütte bestand nur aus zwei Räumen, dem unteren, der gleichzeitig Wohnzimmer und Küche war, und dem oberen, in dem er schlief und schlief, als hätte er vormittags keine Termine. Vielleicht hatte er die auch nicht. Über seine Tagesabläufe hatte er nicht gesprochen.

Tine stieg die Treppen hinauf, um nachzusehen, ob Janne überhaupt noch da war, ob er nicht vielleicht zwischendurch aus dem Fenster geflohen war, um ihren Fragen nach Tahvo zu entgehen. Tines laute Schritte auf den knarzenden Stufen weckten niemanden auf. Sie gab sich keine Mühe leise zu sein. Es war ihr auch egal, ob sie jemandem versehentlich mit dem bläulichen Licht an ihrem Handy ins Gesicht leuchtete. Hatten sie denn eine Strecke von fast dreitausend Kilometern zurückgelegt und hatte sie Clara bis auf unbestimmte Zeit bei Niklas abgestellt, um in einer stickigen Hütte herumzuliegen und zu schlafen?

Janne lag in einem riesigen Bett, in dem er selbst kaum Platz hatte, weil er beidseitig von Bergen aufgeschlagener Bücher umgeben war. Tine hätte gern gewusst, was Janne las, aber alle Titel, die sie anleuchtete, waren auf Finnisch.

Sie räusperte sich. Er blieb einfach liegen. Tine untersuchte die Tabletten auf dem Nachttisch und erkannte den Wirkstoff. Es waren starke Schlaftabletten, solche, die sie nie hatte nehmen wollen, aus Angst, nicht richtig wach zu werden, falls Clara sie in der Nacht brauchte.

So still wie Janne dalag, hatte er sicher eine große Portion genommen. Sein Gesichtsausdruck war der einer winterstarren Eidechse. Tine fluchte laut, diesmal ohne eine Reaktion zu erwarten.

Sie schaltete das Deckenlicht an und sah sich hemmungslos um. Die Regale waren leer. Janne schien all seine Bücher grundsätzlich mit ins Bett zu nehmen. Tine strich über die verstaubten Bretter und war kurz davor, resigniert nach unten zurückzukehren. Aber gerade als sie das Licht wieder löschen wollte, entdeckte sie die Tasche unter dem Bett.

Eigentlich war es ein Rucksack, ein Militärrucksack der US Army, hergestellt für den Vietnamkrieg, den Tahvo Anfang der siebziger Jahre irgendwo gefunden hatte und seitdem benutzte. Er war olivgrün und so voller Löcher, dass Tine ihm einen neuen Rucksack gekauft hatte und vorschlug, den anderen zu entsorgen.

»Diese Tasche hier«, sagte er verächtlich zu Tines Geschenk, »hat absolut keine Geschichte.«

Tine hatte geantwortet, ihr sei nicht klar gewesen, dass Taschen eine Geschichte brauchten, und natürlich hatte sie vergeblich gehofft, die Geschichte wenigstens zu erfahren. Tahvo war unverhältnismäßig wütend gewesen.

Danach hatte sich Tine nie wieder getraut, ihm irgendetwas zu schenken.

Sie erkannte den Rucksack an dem roten Garn, mit dem Tahvo eine Seitentasche geflickt hatte. Er war voll beladen und klemmte, als sie ihn unter dem Bett hervorzog. Tine zog mit aller Kraft, bis das Bett wackelte, aber Janne rührte sich immer noch nicht. Sie riss den Rucksack auf und schüttete den Inhalt auf dem Fußboden aus. Ja. Es war seiner. Da war sein dicker Pullover, seine Wollsocken, Unterwäsche, die sie erkannte, weil sie sie schon so oft vom Boden ihres eigenen Schlafzimmers aufgelesen hatte. Vor allem aber waren da sein Portemonnaie und sein Fotoapparat, ohne den er nie weit weg ging, selbst wenn er nicht arbeitete. Er musste also hier sein. Ganz nah. In diesem Moment endete Tines allerletzte Geduld.

»Janne!«, schrie sie und zog die Bettdecke weg.

Darunter lagen dürre Männerbeine, die unter einem langen Nachthemd hervorlugten wie vertrocknete Christbaumzweige. Janne wachte nicht auf. Tine stapfte die Treppen hinunter, legte ihr ganzes Gewicht in jeden Schritt, um so viel Lärm zu machen wie möglich. Sie zog sich an, mit zitternden Händen. Das Zittern war eine Mischung aus Freude und Wut, die Freude darüber, ihre Wut endlich loszuwerden, Tahvo endlich fragen zu können, was er sich dabei gedacht hatte.

»Warum machst du so einen Lärm?«, fragte Karolin schläfrig.

Sie begann ebenfalls, sich anzuziehen, und sie war schneller als Tine, weil sie nicht zitterte.

»Er ist hier«, fauchte Tine, »Janne weiß genau, wo er ist. Sein Rucksack steht oben und alles ist drin, seine Kreditkarte, sein Ausweis, seine Kamera.«

»Seine Kamera?«, fragte Karolin verwundert.

Tine steckte eine der Flaschen, die ihr in der Nacht Gesellschaft geleistet hatten, in ihre Manteltasche. Es kümmerte sie nicht mehr, was irgendjemand deshalb über sie denken würde. Sie nahm einen großen Schluck gegen die Kälte, riss die Eingangstür auf und stapfte durch den eisigen Wind bis zum Saunahaus. Dort nahm sie den Eimer, der neben dem Ofen stand und füllte ihn bis zum Rand mit frischem Schnee, den sie ins Haus zurückbrachte und Janne über den Kopf leerte.

Der Schnee verfing sich in seinen Wimpern, die jetzt noch weißer waren als vorher. Selbst mit den Eiskristallen auf seiner Kopfhaut wurde er nicht sofort wach, sondern öffnete erst langsam ein Auge und dann wieder das andere, als könnte er es sich zwischenzeitlich auch noch anders überlegen und sich einfach zurückfallen lassen in seinen unzerstörbaren Schlaf.

Karolin saß auf einem niedrigen Hocker in Jannes Schlafzimmer und räumte Tahvos Sachen mit ungerührtem Gesichtsausdruck wieder in seinen Rucksack ein. Tine versuchte sie zu ignorieren, wie eine lästige Fliege, die sie einfach nicht loswurde. Endlich blieben Jannes Augen offen und erwiderten Tines Blick.

»Wann war er hier?«

Tine versuchte bedrohlich zu klingen, obwohl sie nichts gegen ihn in der Hand hatte als noch mehr Schnee. Und leider schien ihn Schnee in seinem Bett auch nicht besonders zu stören. Janne wirkte, als sei er diese Art, geweckt zu werden, längst gewohnt.

»Gestern«, sagte er und erhob sich mit großer Mühe. Er wollte an Tine vorbei, aber sie ließ ihn nicht.

»Gestern?«

»Gerade, als er weg war, hat mich Suvi an die Rezeption gerufen. Da warst du. Ihr habt euch verpasst. Sehr knapp. Als hätte er geahnt, dass ihr kommt.«

»Wo ist er jetzt?«, rief Tine.

Sie verstand nicht, warum Iona noch schlief, warum Karolin seelenruhig herumlief und aufräumte.

»Ich würde gern einen Kaffee trinken«, sagte Janne und klang auf einmal nicht mehr müde, sondern sehr bestimmt. Er schob Tine einfach zur Seite und ging in die Küche hinunter.

»Lass ihn doch erstmal aufwachen«, sagte Karolin.

Tine fühlte einen schwarzen Sog hinter ihrer Stirn. Sie war kurz davor, jemanden zu treten und langsam war es ihr fast egal, wen. Sie folgte Janne mit geballten Fäusten, ihre Nägel hinterließen einen scharfen Schmerz in ihren Handflächen.

Dann, endlich, brodelte der Kaffee in der Maschine. Janne brauchte ewig, um ein paar Tassen aus dem Schrank zu holen und noch länger, um zu überprüfen, ob sie wirklich sauber genug waren.

Tine wollte das scharfe Küchenmesser neben dem Herd an seinen Hals halten, aber sie wusste, dass er es ihr einfach aus der Hand genommen hätte. Unendlich besonnen führte er die Kaffeetasse an seine Lippen. Gleich würde er einen neuen Grund finden, warum er ihr nicht antworten konnte.

»Wo ist Tahvo?«, fragte Karolin plötzlich, zu Tines großer Überraschung. Sie war hinter ihnen hergeschlichen, hatte unbemerkt in einer dunklen Ecke der Küche gelauert wie eine Katze. In ihrem Tonfall lag das beiläufige Interesse von jemandem, der sich über einen plötzlichen Wetterumschwung wundert. Janne verschluckte sich. Er hustete lange.

»Im Wald.«

»Im Wald? Bei dieser Kälte? Warum?«

Karolin klang immer noch beinahe gleichgültig. Tine biss sich auf die Unterlippe und trat einen Schritt auf Janne zu. Sie ahnte es längst. Sie hoffte trotzdem mit aller Kraft, dass sie sich irrte.

»Er wollte nicht, dass du ihn so siehst.«

»Dass *ich* ......?«, fragte Tine. »Meinst du *mich*?«

Janne nickte und sah zu Iona hinüber, die immer noch schlief und tief atmete, obwohl sich niemand Mühe gab, leise zu sein.

»Er wollte lieber erfrieren, als von innen zerfressen zu werden.«

Der Satz knallte in Tines Gehörgang wie die Stoßwelle eines Überschallflugzeugs. Etwas zu hören war anders, als es zu ahnen, egal wie stark die Ahnung gewesen war. Sie sah

Tahvos Körper vor sich, steif wie eine Vogelscheuche, für immer unzertrennbar mit dem Boden.

»Hat er dazu kein Recht?«, fragte Janne.

Seine Stimme klang sehr weit weg. Tine wandte sich ab.

»Tahvo hat immer nur gemacht, was er wollte«, hörte sie Karolin ungerührt sagen, »es wäre doch ziemlich erstaunlich, wenn er ausgerechnet jetzt damit aufhören würde.«

Tine nahm den größten Schluck, der in ihren Mund passte und nahm Anlauf. Sie stürmte aus der Tür, am Saunahaus vorbei, in das Stück Wald hinter dem Haus, einfach geradeaus.

»Tahvo!«, rief sie immer wieder, bis sie über eine Wurzel stolperte und erschöpft liegen blieb.

Jemand war dicht hinter ihr. Mit einer Taschenlampe, deren Licht ihr in die Augen stach.

»Tahvo? Bist du das?«

»Natürlich nicht«, antwortete Karolin keuchend, »komm zurück, Tine, Janne weiß nicht, wo er hingegangen ist. Es ist gefährlich, was du da machst.«

»Kommst du, um mich zu retten?«, Tine lachte ihr fiesestes Lachen und beschleunigte ihren Schritt. Aber so sehr sie sich auch anstrengte, sie wurde nicht schnell genug, um Karolin abzuhängen. Nach einer Weile gab Tine auf, weil sie husten musste. Ihr Husten klang grässlich, wie die Knochen eines Erhängten, die im Wind aneinanderschlugen.

»Komm zurück!«, sagte Karolin wieder.

Tine antwortete nicht. Sie blieb kurz stehen, um einen tiefen Schluck aus der Flasche zu nehmen, die sie mitgenommen hatte. Was sie nicht dabeihatte, war ihr Telefon, aber der Akku kam gegen diese Art von Kälte sowieso nicht an.

Der Wald war anders als alle Wälder, die Tine kannte. Die kahlen Bäume mit ihrer bombastischen Schneelast hielten Abstand zueinander, als wollten sie sich gegenseitig nicht stören oder als könnten sie sich nicht leiden. Es ist kein Wald, um sich zu verstecken, dachte Tine, es ist ein Wald, um gefunden zu werden. Und tatsächlich schimmerte da etwas Rotes im Mondschein, schlecht verborgen zwischen der spärlichen Vegetation.

»Da!«, rief Tine und zeigte auf den roten Stoff im Schnee. Karolin beleuchtete die Stelle mit der Taschenlampe und zuckte zusammen. Es war Tahvos Winterjacke.

»Ist er verrückt?«, murmelte Karolin. »Man erfriert hier doch auch, ohne sich auszuziehen.«

»Weißt du nicht, was das ist?«, fragt Tine gereizt. »Es heißt Kälteidiotie. Irgendeine Störung im Gehirn, die einen Hitze fühlen lässt, obwohl man erfriert.«

»Hör mal, Tine«, sagte Karolin mit dieser Mütterlichkeit in ihrer Stimme, die Tine so unerträglich fand, »dieses eine Mal kann ich ausnahmsweise nachvollziehen, warum er sich so entschieden hat. Er ist tot oder so gut wie. Es gibt nichts mehr zu sagen.«

Tine antwortete nicht, sie blieb nicht stehen. Sie fand einen Handschuh und ein paar Meter weiter einen Schal. Von ihren Funden bestätigt, lief sie in dieselbe Richtung weiter. Es gab keinen vernünftigen Grund dafür, aber sie spürte, dass er noch lebte. Sie lief und lief und rief seinen Namen, bis sie heiser war.

Seit Stunden liefen sie durch den Wald und alles sah gleich aus. Alles war Schnee, und noch mehr Schnee und die immer gleichen kahlen Bäume. Zwischendurch war es hell geworden, aber jetzt dämmerte es schon wieder. Gefunden hatten sie nichts mehr, weder einen zweiten Handschuh noch irgendeinen anderen Hinweis.

Tine war so müde, sie hätte sich längst in den Schnee fallen lassen, um sich auszuruhen, wenn sie damit Karolin nicht Recht gegeben hätte, die schon seit einer Ewigkeit wiederholte, dass sie umkehren mussten, solange ihre Kräfte dazu noch reichten.

Jetzt waren sie am Ende. Sie stolperten immer wieder, ohne dass es ein Hindernis auf dem Boden gab. Die Batterien der Taschenlampe waren leer, die Flasche hatte Tine verloren. Der Schnaps verschwand aus ihrem Blut und hinterließ ein niederschmetterndes Elend aus Kälte und Erschöpfung. Ihre Knie waren zwei Sandsäcke. Darunter spürte sie nichts mehr, trotz all ihrer Schichten von Kleidung, trotz der unfassbar teuren Stiefel aus dem Outdoorladen.

»Du gewinnst«, sagte Tine und blieb stehen, »wir müssen zurück.«

Karolin atmete schwer unter dem Halstuch, das ihren Mund und ihre Nase verdeckte, um ihre Atemluft zu erwärmen.

»Wohin?«, fragte Karolin. »In welche Richtung?«

Solange sie den Schnaps gespürt hatte, war Tine fest davon überzeugt gewesen, dass sie einfach nur in die Richtung zurücklaufen mussten, aus der sie gekommen waren. Jetzt war sie plötzlich nicht mehr so sicher.

»Sind wir nicht immer geradeaus gelaufen? Dann gehen wir einfach denselben Weg wieder zurück.«

»Wir sind aber ein paar Mal abgebogen.«

»Was? Wann denn? Wo?«

»Das weiß ich nicht mehr.«

Ein Ast knackte neben ihnen und zerbrach unter der Last des Schnees, obwohl es längst nicht mehr schneite, als hätte er sich sehr lange überlegen müssen, ob er das Gewicht nun aushielt oder nicht. Er hatte sich dagegen entschieden. Karolins quadratischer Mantel bekam weiße Sprenkel. Sie nahm das Tuch von Nase und Mund und Tine erwartete eine lange vorwurfsvolle Ansprache, der sie nichts entgegensetzen konnte. Es war einzig und allein ihre Schuld. Aber Karolin schwieg.

»Warum bist du mir hinterhergelaufen?«, fragte Tine.

Mitten in der Stille traf sie der Gedanke wie eine Handgranate. Nächste Woche hatte Clara Geburtstag. Nächste Woche war der Tag, den Tine zu Claras Geburtstag erklärt hatte, aber sie, Tine, würde nicht da sein, würde zu keinem ihrer Geburtstage mehr da sein, weil sie erfroren in einem Wald lag, für immer unauffindbar und ohne Erklärung für ihr Verschwinden, genau wie Claras erste Eltern.

Die Dunkelheit zerquetschte das zarte Hadern der Dämmerung und ließ sich behäbig zwischen die Bäume fallen wie ein 200-Kilo-Mann auf seinen Sessel.

Tine wurde seltsam ruhig. Hier und jetzt, mit ihren tauben Armen und Beinen, die nichts mehr wollten, als endlich der Schwerkraft nachzugeben, spürte sie etwas, das sie überraschte. Sie spürte, dass sie absolut nicht sterben wollte, nicht jetzt und nicht so. Sie wollte leben, sogar wenn es kein anderes Leben war als ihr eigenes. Sie war überrascht von der Klarheit dieses Gedankens, während alles andere um sie herum zu verschwimmen begann.

»Es tut mir leid, dass du hier bist«, sagte Tine, »hier und ...... mit mir«.

Plötzlich verfärbte sich der Himmel. Karolin legte den Kopf in den Nacken und zeigte auf die giftgrünen Streifen. Sie fuhr sie nach wie mit einem Stift, als versuchte sie nachzuvollziehen, was sich der Designer dabei gedacht hatte.

»Ionas Mutter«, sagte Karolin, »sie hatte genau solche Augen. Genau dieses Grün.«

Tine wusste nicht, was sie dazu sagen sollte. Sie wünschte, Karolin würde endlich anfangen, ihr Vorwürfe zu machen, vielleicht bekäme die ganze Situation dadurch etwas Bodenständiges und würde sich weniger feierlich anfühlen, weniger wie das Ende.

»Du hattest Recht. Die ganze Zeit.«

Karolin schüttelte den Kopf, ohne den Blick von den Lichtern abzuwenden.

»Glaubst du, deshalb bin ich hier? Um Recht zu haben?«

Sie lachte und Tine bemerkte zum ersten Mal, was für ein raues Lachen Karolin hatte. Es knatterte wie der reparaturbedürftige Motor einer alten Vespa. Dass sie so lachen konnte, in dieser Nacht, in diesem Wald, beeindruckte Tine mehr, als wenn ihr plötzlich Flügel gewachsen wären. Obwohl Flügel ihnen jetzt mehr geholfen hätten.

Zu dem giftigen Grün am Himmel mischte sich ein kräftiges Violett, wie reife Auberginen, wie die liturgischen

Gewänder während der Fastenzeit. Tines Zähne klapperten nicht mehr. Ihr Körper begann, aufzugeben.

»Weißt du, an wen ich denke?«

»Natürlich«, sagte Karolin, »an Clara.«

»Auch. Aber auch an Iona. An Ionas Kind. Das macht keinen Sinn.«

Karolin nahm ihren Blick vom Himmel. Sie zog Tine an sich und ein kurzer Moment von Wärme durchzuckte beide wie eine lang zurückliegende Erinnerung, die noch einmal kurz aufflammt, bevor sie für immer verschwindet.

»Und weißt du, an wen ich *nicht* denke?«, fragte Tine und versuchte ebenfalls zu lachen, genauso trotzig und laut wie Karolin, als wäre es ganz und gar gleichgültig, wie viel Energie dabei verloren ging. Es gelang ihr nicht. Sie konnte nicht mal mehr husten.

»Ja«, sagte Karolin, »ich weiß es. Ich denke auch nicht an ihn.«

Da war das Geräusch. Das musste Janne gemeint haben. Tine konnte kaum glauben, dass es tatsächlich von den Polarlichtern kam. Es klang wie ein einsamer Applaudierender in einem leeren Theater, der so langsam klatschte, als sei er nicht ganz sicher, ob das Stück wirklich vorbei war. Vielleicht war es das auch nicht.

»Wir müssen weiter, wir müssen ...... wir müssen es wenigstens probieren ......«

Tine fühlte ihre Knie einklappen. Karolin zog sie hoch und lehnte sie an einen Baumstamm.

»Es hat keinen Sinn. Wir sind zu schwach. Die einzige Chance, die wir noch haben, ist ...... gehört zu werden.«

»Gehört?«

Tines Augen fielen zu. Es bedurfte all ihrer Kraft, sie wieder zu öffnen.

»Wie denn? Wer soll uns denn hier hören?«

Karolin antwortete nicht. Stattdessen begann sie zu singen.

Seltsame Tiere

Als Iona um Viertel nach eins aufwachte, verschwand das Tageslicht schon wieder.

Die letzten Sonnenstrahlen lugten durch die Äste der Bäume wie lange Finger, die versuchten, eine hoffnungslos verfilzte Mähne zu entwirren. Der Himmel war erdbeerrosa und der Schnee bekam einen Goldstich von der untergehenden Sonne. Es war still. Die bleierne Müdigkeit vom Vortag war verschwunden, Iona war wach und ruhig wie eine Zen-Nonne nach stundenlanger Meditation, oder zumindest so, wie sie sich das vorstellte.

Sie zog sich mit Anlauf von ihrem Lager hoch, kontrollierte, ob ihre Schnürsenkel noch geschlossen waren, und setzte sich an den Tisch, an dem Janne ein Frühstück bereitet hatte, aber die Teller waren unberührt, niemand hatte von ihnen gegessen.

»Ist jemand hier?«, fragte Iona in den Raum, aber sie wusste längst, dass sie allein war. Sie zog die neue, dicke Jacke an, die Fellmütze und die Fäustlinge, die Tine ihr in Oulu geschenkt hatte. Als sie die Etiketten entfernt hatte, war ihr aufgefallen, dass sie das seit Jahrzehnten nicht mehr getan hatte. Während ihrer ganzen Zeit in London hatte sie kein einziges neues Kleidungsstück gekauft. Draußen stand Janne vor einem lodernden Feuer, in das er Dinge hineinwarf.

»Was machst du da?«, fragte Iona, als sie dicht hinter ihm stand, und Janne drehte sich erschrocken um. Er sah sie sehr lange und nachdenklich an.

»Ich mache, worum mich dein Vater gebeten hat.«

Mit einer blitzschnellen Bewegung nahm Iona ihm das

Foto aus der Hand. Darauf war eine ältere Frau, die Tuulikki sehr ähnlich sah.

»Ist das meine Großmutter?«, fragte Iona und Janne nickte und zog die Schultern hoch, als würde er sich schämen.

»Kanntest du sie?«

Janne schüttelte den Kopf.

»Weiß er von mir?«

Das Kopfschütteln wurde heftiger. Iona gab das Foto zurück und Janne warf es in die Flammen, wo es zu einer schwarzen Wolke wurde und verschwand. Währenddessen schüttelte Janne weiter den Kopf, als hätte er nie wieder vor, damit aufzuhören.

Als Nächstes warf er den alten, olivgrünen Rucksack ins Feuer, der aufloderte wie ein großes Stück Grillanzünder, als hätten all die Jahre auf Tahvos Rücken ihn ausgetrocknet und brennbarer gemacht. Ganz im Gegensatz zu den Krebspatienten, dachte Iona. Wenn sie zu viele Zyklen Chemotherapie hinter sich hatten, wurden ihre Körper beinahe feuerfest. Den Mitarbeitern der Krematorien machte das ziemlich viel Arbeit. Hatte ihre Mutter ihr das erzählt? Iona fragte sich, warum sie sich solche Dinge immer merken konnte, es aber noch nie im Leben geschafft hatte, eine einzige Telefonnummer auswendig zu lernen.

»Ich weiß, dass er krank ist. Ich habe seinen Laborbericht gefunden.«

»Bist du Ärztin?«, fragte Janne sehr erstaunt.

»Nein, ich habe abgebrochen. Meine Mutter war Ärztin. Kanntest du sie?«

Janne begann wieder so heftig den Kopf zu schütteln, dass er aussah wie ein Wackeldackel auf der Rückbank eines rasanten Autofahrers.

»Wo sind die anderen?«, fragte Iona. »In der Sauna?«

Janne lachte auf und warf eine ganze Kiste mit Fotos ins Feuer.

»Im Gegenteil.«

Iona sah ihn fragend an. Das Feuer sprühte Funken in alle Richtungen und es stank fürchterlich.

»Schau!«, rief Janne plötzlich aus und zeigte auf den Himmel, an dem ein schmaler grüner Streifen zu sehen war, »schau, da kommen sie!«

»Wer?«

»Die Nordlichter! Die Fuchsfeuer! Da sind sie endlich.«

»Wo sind die anderen?«, fragte Iona wieder, langsam wurde sie nervös.

»Sie wollten nicht warten. Du hast so lange geschlafen ...«

»Was meinst du damit? Wo *sind* sie?«

Janne richtete seinen Blick direkt auf Iona und unterbrach für einen Moment seine Vernichtungsaktion.

Er trug seine Fellmütze wieder, aber nicht den Rest seines Kostüms, das er wohl hauptsächlich für die Touristen anzog.

»Ich habe sie gewarnt. Ich habe gesagt, ich weiß nicht, wo er ist, es hat keinen Sinn, einfach so draufloszugehen. Der Wald ist nicht wie bei euch. Es ist kein zahmer Wald.«

»Warum bist du nicht mitgegangen?«

»*Du* warst doch noch hier. Ich habe euch nur eingeladen, weil ich sehe, dass du wirklich seine Tochter bist.«

Iona bekam Angst.

»Wie finden sie denn zurück? Es wird dunkel!«

»Natürlich. Genau deshalb ist es gefährlich. Aber sie ist nicht ganz dicht. Die Rothaarige.«

Janne schüttelte wieder den Kopf und wandte sich von Iona ab. Es gab nichts mehr zum Verbrennen.

»Wir müssen sie suchen gehen. Sofort!«, befahl Iona.

»Ich dachte, du bist hierhergekommen, um deinen Vater zu suchen.«

»Glaubst du, ich weiß nicht, dass es zu spät ist? Wer geht denn in den Wald, bei minus 25 Grad mit einem Pankreaskarzinom im Endstadium, wenn er nicht sterben will?«

Janne nickte. Jetzt bekam das Feuer, was es brauchte. Er fütterte es mit trockenem Holz und es schmatzte dankbar, während der Gestank ganz langsam verflog.

»Du bist klüger als sie. Du verstehst das alles.«

Iona wollte widersprechen, aber sie kam nicht dazu.

»Warum hast du diese lange Reise gemacht, wenn du es alles schon wusstest?«, fragte Janne interessiert.

»Höchstens *geahnt*, nicht gewusst. Außerdem: Wer würde denn jemals auf eine Reise verzichten?«

»Jemand, der hochschwanger ist?«

Janne legte den Kopf schief und zwinkerte Iona zu. Sie hatte ein starkes Bedürfnis danach, ihn zu ohrfeigen, aber ihre Hände – in den Fäustlingen, in den Manteltaschen, vor dem Feuer – waren gerade so wunderbar warm.

»Ich gehe sie suchen«.

Sie ging langsam. Sie wusste, er würde sie nicht alleine losziehen lassen. Ihr gegenüber schien er sich verantwortlich zu fühlen, ob es nun wegen ihrer erkennbaren Verwandtschaft zu Tahvo oder wegen ihrer Schwangerschaft war. Janne rannte ihr nach, er zog einen sehr langen Schlitten hinter sich her und trug in der anderen Hand eine Fackel. Es war trotzdem dunkel. Das grüne Licht am Himmel half nicht viel.

»Warum hast du einen Schlitten dabei?«, fragte Iona.

»Falls wir sie finden. Falls. Dann weiß man nicht, in welchem Zustand sie sind.«

In unregelmäßigen Abständen rief Iona nach Tine. Die Dringlichkeit ihres Rufens überraschte sie selbst. Sie suchte Tine nicht halbherzig, so wie sie ihren Vater gesucht hatte. Sie suchte Tine und sie suchte auch Karolin, weil sie sie wirklich finden wollte, egal wie sehr ihr alle beide zuweilen auf die Nerven gingen. Sie war es nicht gewohnt, etwas wirklich zu wollen und es fühlte sich seltsam an. Wie das Paar neue Schuhe, das sie trug, das zwar die richtige Größe hatte, aber noch kein bisschen eingelaufen war.

Sie gingen in Richtung Norden. Janne behauptete, das an den Sternen ablesen zu können, aber Iona sah keine Sterne am Himmel, nur Farben. Sie hatte keine Wahl, als ihm zu glauben.

»Was lebt hier?«, fragte Iona, um sich von ihrer Angst abzulenken. »Außer Rentieren?«

»Elche«, sagte Janne, »und Bären. Und Biber, Luchse und Vielfraße. Hasen und Füchse natürlich.«

Er überlegte kurz. Die Fackel flackerte verzweifelt und erlosch.

»Außerdem Vögel: Eulen, Auerhähne und Schneehühner.«

Janne warf die erloschene Fackel in den Schnee und sah in den Himmel. Ein dunkles Violett überlagerte langsam den giftigen Grünton.

»Schlafen jetzt alle Tiere?«, fragte Iona. »Es ist so unglaublich still.«

»Die meisten schlafen. Menschen sollten das auch tun. Wenn sie vernünftig wären ...«

»Sch!«, unterbrach Iona und blieb stehen. Sie war ganz sicher, etwas gehört zu haben. Aber jetzt war das Geräusch wieder verschwunden.

»Da war ein Geräusch.«

»Das waren die Lichter.«

»Nein, ein lebendiges Geräusch. Ein Tier. Sehr weit weg.«

»Wir kehren um. Wir sind seit zwei Stunden unterwegs.«

Janne drehte sich um, sah in den Himmel und justierte seine Gehrichtung. Er machte ein paar energische Schritte.

»Kommst du?«

»Wenn wir sie gefunden haben. Dann kehren wir um.«

»Das ist Wahnsinn!«, rief Janne.

Er packte Iona am Ärmel und versuchte, sie mit sich zu ziehen. Aber sie war zu stark. Und sie war viel zu schwer.

Iona spürte etwas. Es war kein richtiger Schmerz, eher die Vorahnung davon. Es war wie auf einem Krater festgebunden zu sein, vollkommen allein, und sicher zu wissen, dass der Vulkan bald ausbrach. Es gab kein Zurück, keine Rettung, kein einziges Versteck, in das man sich flüchten konnte. Iona merkte längst, dass es keine Übung mehr war. Vielleicht war es auch gestern und vorgestern keine Übung gewesen, vielleicht hatte sie ihren Gynäkologiekurs nicht so gut in Erinnerung, wie sie geglaubt hatte. Aber war der Termin nicht erst in drei Wochen? Hatte sie sich so sehr verzählt?

Das Gefühl war stärker als das Frieren, und das Frieren war gewaltig. Sie musste es für sich behalten. Um sich abzulenken, begann sie zu reden. Janne war zu ungeduldig, um zu merken, dass sie immer wieder mitten im Satz stehen blieb und erst nach ein paar Atemzügen wieder weitergehen konnte.

»Es war einmal ein Vogel«, begann Iona mit zitternder Stimme, »der geriet in einen Sturm. Darin waren schon Rentiere und Saunaöfen und Chauffeure, Fotoalben, Onkologen und Touristen.

Die, die es konnten, schrien laut, weil sie nicht sterben wollten, sie fürchteten den Schmerz des Zusammenpralls. Sie wussten, sie würden zerbrechen. Also schrien sie vor Angst. Aber das Schreien half nicht. Sie zerbrachen trotzdem.

Alle außer dem Vogel.

Der Vogel flog weiter und ließ den Sturm hinter sich. Er flog über türkisblaues Wasser, über Inseln mit silbernen Stränden, auf denen Zucker wuchs.

Aber als er sich gerade freuen wollte, spürte er den Schuss, das Blut in seinen Federn, und fiel vom Himmel. Dass man ihn im Ofen briet, mit Maniok und Süßkartoffeln, spürte er nicht mehr.«

»Was redest du da?«, fragte Janne genervt. »Was soll das bedeuten?«

Iona blieb stehen und hoffte, dass Janne es auf die Kälte und auf die Erschöpfung schieben würde. Das tat er auch.

»Merkst du nicht, dass du keine Kraft mehr hast? Willst du unbedingt deine Zehen amputieren lassen? Oder gleich ganz erfrieren?«

»Schau!« sagte Iona und ging wieder weiter. »Die Lichter verändern sich!«

»Natürlich«, erwiderte Janne etwas besänftigt, »sie bewegen sich. Sie tanzen.«

»Weißt du überhaupt, warum wir Licht sehen? Wir und ... andere Tiere ... alle Wirbeltiere, aber auch Tintenfische und Schnecken. Wir *fangen* das Licht. Mit der Netzhaut. Die Retina wandelt es um. Es muss durch die Hornhaut, durch die Linse und den Glaskörper und dann ... Wird es ein Impuls. Eigentlich nicht anders als eine Leinwand. Unsere Augen sind Leinwände. Oder wie diese Filme, die es früher gab. Diese ... sehr lichtempfindlichen Filme.«

Janne schwieg. Er sah in den Himmel und bewunderte die Lichter, seine Lichter, sein Geschäftsmodell. Er wollte kein Film sein und auch keine Leinwand.

»Sei still!«, befahl Iona plötzlich.

»*Ich* bin doch still.«

»Sch!«

Da war das Geräusch wieder, lauter diesmal, viel näher. Wenn es ein Tier war, war es ein sehr seltsames Tier. Es sang. Aber was es sang, waren keine Lieder. Es waren Tonleitern.

Rettungen

Tine wachte auf. Sie wusste nicht, wo sie war, aber es war warm. Die Wärme fühlte sich an, als hätte sie stundenlang den Atem angehalten und konnte jetzt endlich Luft holen. Es war so warm, dass ihr fast die Tränen kamen. Karolin saß neben ihr und reichte ihr mit beiden Händen eine Tasse Tee, so groß wie ein Kinderstiefel.

»Wo sind wir?«, fragte Tine.

Ihre Füße waren in dicke Decken gepackt. Tine sah sie an wie etwas, das nicht zu ihr gehörte. Sie spürte ihre Zehen noch immer nicht. Sie trank den ganzen Stiefel voll flüssigem Zucker und hoffte, dass er wieder Leben in ihre Füße bringen würde.

»In einem Mökki, das einer Bekannten von Janne gehört. Es war näher als sein Haus.«

Tine runzelte die Stirn. Ihr Kopf fühlte sich genauso verpackt an wie ihre Füße. Natürlich, sie hatte eine halbe Flasche Schnaps getrunken und sie hätte auch eine ganze getrunken, wenn sie ihr nicht unbemerkt aus der Tasche gefallen wäre. Das große Loch in ihrer Manteltasche war ihre Rettung gewesen. Das Loch und Karolins Stimme, die nicht aufgehört hatte zu singen, auch wenn die Töne, die dabei herauskamen, irgendwann alles andere als schön gewesen waren.

»Ein Mökki ist ein Haus am See. Obwohl es hier lange nicht so viele Seen gibt wie im Rest des Landes. Sagt Lumi. So heißt die Bekannte. Sie und Janne kennen sich noch von der Kommune ... sie ist die Mutter der Weihnachtselfe, die wir gestern im Auto hatten.«

»Sie hat uns gefunden?«

»Nein. Das war Iona. Sie hat uns gehört. Mich. Meine Ausbildung hat sich wohl doch gelohnt.«

Karolin grinste. Sie klang noch heiserer als sonst. Auch ihre Füße steckten in riesigen Packen Stoff, die locker mit bunten Bändern verschnürt waren, wie zwei verfrühte Weihnachtsgeschenke.

»Wo ist Iona?«

»In der Sauna. Lumi sagt, das sei der beste Ort. Der sterilste. Die Sauna ist natürlich nur warm, nicht auf 90 Grad geheizt. Sie spricht besser Deutsch als ich, weil sie lange in Frankfurt gelebt hat. Lumi meine ich, nicht die Sauna.«

Tine brauchte einen Moment, um zu verstehen, was Karolin meinte. Eine kleine, runde Frau betrat die Hütte und hantierte in der Küche herum. Sie war vielleicht fünfzig oder vielleicht gerade noch nicht.

»Du bist wach«, bemerkte die Frau, die wohl Lumi hieß, als sie Tines geöffnete Augen sah, »das ist gut.«

Lumi schenkte Tine noch mehr von dem Tee ein, den sie mit zittrigen Händen zum Mund führte.

»Wo ist Janne?«, fragte Karolin.

»Zurück im Hotel. Er kann hier nichts machen.«

»Gibt es hier denn nirgends ein Krankenhaus? Keinen Arzt in der Nähe?«

Tine spürte, wie die Angst sie wach machte, wie sie die Watte aus ihrem Kopf vertrieb, wie eine heftige Windbö.

»Dafür ist es zu spät«, sagte Lumi.

»Wieso zu spät?«

»Lumi ist Tierärztin«, sagte Karolin aufmunternd.

»Wie gut, dass Iona ein Pferd ist«, schnaubte Tine, aber bevor sie weiterreden konnte, hatte Lumi blitzschnell die Pakete an ihren Füßen aufgewickelt. Sie legte den Kopf schief und begutachtete die bläulichen Blasen an Tines Zehen. Tine hielt die Luft an, in Erwartung von Schmerz. Aber sie spürte nichts.

»Ich weiß nicht, ob du alle Zehen behalten kannst. Der kleine hier schafft es vielleicht nicht. Das wird man erst in ein paar Tagen wissen.«

Lumis unangebrachtes, breites Lächeln hinterließ tiefe Furchen in ihrem Gesicht. Tine war froh, dass sie ihre Füße gleich wieder verpackte.

»Ihr müsst auf dem Rückweg zur Botschaft, nach Helsinki. Der Junge braucht eine Urkunde. Sonst wird es vielleicht Probleme geben.«

»Er ist schon *da*?«, rief Karolin.

Tine verschluckte sich und konnte nicht mehr aufhören zu husten. Lumi nickte und strahlte.

»Nur eine Stunde hat es gedauert. Das ist erstaunlich beim ersten Kind. Aber es scheint alles in Ordnung zu sein. Zum Glück hat Janne mir noch geholfen, die große Matratze in die Sauna zu tragen. Dort schlafen sie jetzt. Iona sagt, du sollst einen Namen vorschlagen.«

Lumi deutete auf Tine und Tine deutete überrascht auf sich selbst, als ob sie nicht ganz glauben konnte, dass wirklich sie gemeint war. Sie wartete, dass die Information bis zu ihr durchdrang und irgendetwas in ihr auslöste, aber sie blieb unterwegs stecken, versandete spurlos. Hilflos hielt Tine sich mit ihrem Blick an Lumis kinnlangen Haaren fest. Sie glänzten wie frisch poliertes Silber und ihr sanfter Schwung verlieh Lumis pragmatischem Stil etwas unpassend Glamouröses.

»Ist es wahr, dass man das Wasser aus den Seen hier trinken kann?«, fragte Tine völlig zusammenhanglos. Sie war überfordert mit der Namensgebung. Sie wartete auf ein großes Gefühl, aber nicht ehrfürchtig, sondern eher wie auf eine Straßenbahn, die schon seit zehn Minuten hätte da sein sollen.

»Aus diesem hier nicht mehr.«

»Warum nicht?«

»Wegen der Band, die vor ein paar Jahren hier mit dem Flugzeug abgestürzt ist. Das Flugzeug war klein, aber groß genug, um den See mit Schwermetallen zu verpesten.«

»War die Band gut?«, fragte Karolin, als ob das für die Wasserqualität irgendeinen Unterschied machte. Sie hatte sich zu schnell aufgerichtet und ließ sich mit schmerzverzerrtem Gesicht wieder in die Sessellehne zurücksinken. Lumi nickte eifrig.

»Ich mochte sie sehr. Samu Kotka. So hieß auch der Gründer, glaube ich.«

»Gab es Überlebende?«

Lumi schüttelte den Kopf und richtete mit energischer Stimme einen Befehl an ein kleines Gerät, das neben der Kaffeemaschine stand. In ihrer Aufforderung tauchte der Name Samu Kotka in einer der unzähligen Deklinationen auf. Der Raum füllte sich daraufhin mit einem A-capella-Stück, das Tine so schön und so entsetzlich traurig fand, dass sie erleichtert aufhören konnte, auf das große Gefühl zu warten. Denn da war es ja, so sollte es sein, wenn ein Mann, den man zwar kaum kannte, aber zu lieben geglaubt hatte, erfroren und unauffindbar in einem Wald herumlag. Wenn gleichzeitig ein paar Meter weiter ein neugeborenes Kind schlief, zerknittert und mit so viel Haut, die darauf wartete, sich auszudehnen, um irgendwann wieder zu erschlaffen. Wenn man ein paar Zehen verlieren musste, um zu begreifen, dass jemand, den man nicht leiden konnte, ein Mensch war, nicht mehr und nicht weniger.

»Samu Kotka«, fragte Tine mit brüchiger Stimme, »bedeutet das irgendwas?«

»*Kotka* ist dieser große Vogel – Moment, es fällt mir gleich ein …«

Lumi versuchte mit ihren kurzen Armen, majestätische Flügelschläge zu imitieren.

»Ein Adler?«

»Ja. Ein Adler.«

»Ein abgestürzter Adler also.«

Lumi nickte und sah nachdenklich aus dem Fenster, auf den dick vereisten, zugeschneiten See mit seinen eingefrorenen Musikerresten. Es dämmerte, aber Tine hatte keine Ahnung in welche Richtung. Ihr Zeitgefühl hatte sich vollkommen aufgelöst. Sie fand es seltsam, dass Lumi sich so unglaublich gewählt ausdrücken konnte, und ihr trotzdem das Wort »Adler« nicht einfiel. Aber dann dachte sie an ihren eigenen Sprachaufenthalt in Granada, und daran, dass sie schon ziemlich bald in der Lage gewesen war, den groben Inhalt eines Zeitungsartikels auf Spanisch zu verstehen, dagegen aber bei dem Versuch, ein Kinderbuch zu lesen, kläglich scheiterte. Einfache Dinge konnte man nicht aus dem Kontext begreifen, entweder man kannte das Wort oder nicht, man konnte nicht ausweichen und einfach ein Ersatzteil besorgen aus dem riesigen Vorrat an eingebildetem Erwachsenenwissen.

Lumi stand auf und hantierte wieder in der Küche herum. Sie reichte den Kälteversehrten einen Teller mit Gebäck.

»Pikkupullat!«, rief Karolin erfreut.

»Ich habe sie nur aufgetaut«, sagte Lumi entschuldigend.

Tine grub ihre Zähne in den süßen Hefeteig. Beim zweiten Bissen bemerkte sie den Kardamom und da erst fiel ihr auf, dass sie diese Brötchen schon oft gegessen hatte, nur in einer besseren Version. In Tahvos Version, die unglaublich gut geschmeckt hatte, genau wie all seine hässlichen Kuchen.

»Backen konnte er«, sagte Karolin mit vollem Mund.

»Das ja«, antwortete Tine und sie dachte: Das also bleibt von ihm übrig. Nicht sein Talent als Fotograf, nicht seine schweigsame Wut, nicht seine Überzeugungen. Kein wirkliches Vermögen bleibt übrig, aber auch nicht sein Ablehnen von Vermögen, was übrig bleibt, ist das: zwei Frauen, die sich einig sind, dass er gut backen konnte.

»Du warst auch in der Kommune?«, fragte Karolin, und nahm ein weiteres Brötchen vom Teller, obwohl sie das erste noch nicht aufgegessen hatte.

»Die letzten zwei Jahre, ja. Janne war mein Freund damals, obwohl ich viel jünger war, viel zu jung für die ganze Sache. Aber ich war nicht lange dabei, denn Janne hat ja dann alles explodieren lassen. Mit seinem Mantel …«

Lumi kicherte und plötzlich sah man die Ähnlichkeit mit ihrer Tochter, der Weihnachtselfe.

»Es war ein sehr, sehr teurer Mantel. Dunkelgrün. Ich wüsste wirklich gern, wo er ist. Janne hat ihn danach, soweit ich weiß, nur ein einziges Mal getragen.«

Karolin und Tine sahen sie fragend an. Sie hatten keine Ahnung, wovon sie redete.

»Es war nicht so, dass wir völlig ohne Geld auskamen, selbst am Ende nicht. Wir mussten manchmal, alle zwei, drei Monate, in eine größere Stadt fahren, um Dinge zu kaufen, die es eben nur in der Zivilisation gab. Dafür hat jeder sein Erspartes in einen großen Topf geworfen und als niemand mehr Erspartes hatte, musste jeder sich etwas suchen, womit er ... nun ja ... wieder teilnehmen konnte am Kapitalismus.«

»Tahvo hat immer behauptet, dass ihr nach einer Weile völlig autark wart. Dass ihr euch absolut selbst versorgen konntet, mit allem, was nötig war.«

»Das stimmt auch fast. Aber es gab immer ein paar kleine Ausnahmen. Und Tahvo hat nie aufgehört zu arbeiten. Er hat immer Aufträge angenommen, auch wenn er behauptet hat, er würde es nicht aus finanziellen Gründen tun.«

»Warum denn dann?«, fragte Tine.

Das Lied hing ihr noch in den Knochen. Sie hätte es gern noch einmal gehört, immer wieder und dabei geheult, bis ihr all der überzuckerte Tee aus den Augen fließen würde. Ihre Blase drückte, aber sie konnte nicht einschätzen, ob ihre mumifizierten Füße sie zur Toilette tragen würden. Draußen war die Dämmerung einem erschöpften Mittagslicht gewichen. Schlaff und verbraucht hing es am Himmel wie ein alter Putzlappen.

»Für die Kunst?«

Karolin lachte spöttisch.

»Aber was hat ein grüner Mantel damit zu tun?«

Vorsichtig, als wäre es ein Katzenbaby, legte sie Tine noch ein Stück Pikkupullat in den Schoß.

Lumi nahm einen Hocker und setzte sich vor sie, mit dem Rücken zum Feuer. Sie breitete feierlich eine Decke über ihre

Beine und strich sie lange glatt, wie eine Tischdecke, auf der gleich etwas absolut Köstliches serviert werden würde.

»Das ganze Projekt, die jahrelange Arbeit von fast dreißig Leuten mit eisernem Willen, Leute, die hungern gelernt hatten und gelernt hatten, es monatelang bei Minusgraden im Freien auszuhalten und in selbstgebauten Hütten, in denen es nicht wesentlich wärmer wurde, all das scheiterte an einem Stück Stoff. Janne sollte in der Stadt ein paar essenzielle Dinge besorgen und, naja, er nahm das gesamte Geld der Gruppe und kaufte sich diesen Mantel.«

»Hätte er nicht einfach gleich gehen können?«

»Natürlich. Ich verstehe es bis heute nicht ganz. Aber ich glaube, dass Tahvo heimlich darüber erleichtert war, auch wenn er sich lauthals mit ihm stritt. Ich glaube, er empfand das Aussteigerleben zu diesem Zeitpunkt nicht mehr als Herausforderung. Janne sagt, immer wenn Tahvo etwas gelungen ist, hat er das Interesse daran verloren.«

»Genau wie Susanne«, sagte Karolin leise zu sich selbst.

»Vielleicht war es aber auch etwas anderes. Jedenfalls glaube ich mittlerweile, dass es nicht möglich ist, einfach alles hinter sich zu lassen. Solange man am Leben ist, kann man nicht aus der Welt fallen, so wie man in sie hineingefallen ist. Man ist längst viel zu sehr mit allem verwickelt. Das heißt aber auch nicht, dass man alles mitmachen soll. Man muss gehen und bleiben, gleichzeitig, das ist die einzige Rettung. Allerdings – für manche Leute ist das nicht radikal genug …«

Karolin starrte ins Feuer und nickte ernst und Tine versuchte so auszusehen, als wüsste sie genau, wovon Lumi sprach. In Wirklichkeit hatte sie gar nicht zugehört, sondern überlegte nur angespannt, wie sie ihre Füße auf den Boden setzen sollte, wie sie sie abrollen sollte, ohne ihren Zehen noch mehr Schaden zuzufügen. Sie stand auf, indem sie sich mit den Armen am Fensterbrett hochzog und ihr Gewicht nur sehr langsam von den Fersen in Richtung Vorderfuß verlagerte. Während sich ihr Kreislauf an das Stehen gewöhnte, sah Tine aus dem Fenster und suchte das Saunahaus neben dem See. Der beigefarbene Fleck hinter den Wolken erinnerte sie an ein krankes Schaf, das von der Herde verlassen auf der Weide herumstand und dessen überwuchernde Wolle niemand mehr haben wollte. Bemüh dich nicht, wollte sie der Sonne zurufen, es hat keinen Sinn mehr.

»Wo ist die Toilette?«

»Draußen«, antwortete Lumi bedauernd und zeigte auf den kleinen Verschlag neben der Sauna.

Tine ließ sich von Lumi große Mülltüten um ihre Bandagen schnüren, holte tief Luft und humpelte aus der Tür.

Auf dem Rückweg warf sie einen Blick durch die dunklen Fenster in das heftig rauchende Saunahaus. Sie sah Bewegung. Iona war wach. Tines eingeschnürte Füße hinterließen riesige Krater im Schnee, zu groß für einen Menschen, zu unförmig für ein Tier der Wildnis, selbst ein aufgetautes Mammut würde elegantere Spuren hinterlassen als sie. Sie fragte sich, ob sie neue Schuhe kaufen musste, und wem sie ihre alten geben sollte, wenn sie wirklich ein paar Zehen verlor. Dann dachte sie an Claras Füße, die noch wachsen würden und die Tatsache, dass sie dabei zusehen konnte, erfüllte sie ganz plötzlich mit einer Freude, die alles überstrahlte – ihre Schmerzen, die Kälte, den blinden Fleck, den Tahvo auf ihrem Leben hinterließ. Jetzt, in diesem Moment, war ihr nichts wichtiger als der Gedanke an Claras Füße, die noch ganz waren und vor denen noch so viele Wege lagen, unberührte Wege, die noch nie jemand gegangen war. Vielleicht hätten Clara und sie irgendwann dieselbe Schuhgröße, ausgeschlossen war es nicht.

Der Holzgriff an der Tür war in Reichweite, aber Tine zögerte plötzlich. Sie hatte Angst, nicht gerührt genug zu sein, sich nicht genug für Iona freuen zu können, auch wenn sie mehr als erleichtert war, dass Iona lebte und das Kind auch. Trotzdem fühlte sie sich behäbig, unqualifiziert. Sie hatte nie jemanden geboren.

Sie riss sich aus dem Kreisverkehr ihrer idiotischen Gedanken, drückte die Tür auf und schloss sie schnell wieder hinter sich, um keine Wärme nach draußen zu verlieren.

Das Saunathermometer zeigte 20 Grad, ein Tag im Frühling. Iona lehnte an einem riesigen Berg aus Kissen. Unter ihrer Decke zeichnete sich eine Beule ab, die sie von jetzt an für immer ihren Sohn nennen würde. Schwaches Licht mühte sich durch die kleinen, beschlagenen Fenster und beleuchtete Ionas Gesicht mit dem schiefen Grinsen, das sie anzustrengen schien. Tine setzte sich auf die untere Holzpritsche und versuchte darauf zu achten, dass die durchnässten Tüten an ihren Füßen die Matratze nicht berührten. Kein Wind drang durch die Ritzen. Es roch nach Blut.

Die Luft in dem kleinen Raum war erfüllt von einer leisen, aber langsam wachsenden Panik, die Tine sofort ansteckte. Sie fragte sich, ob das Kind noch Luft bekam, ob es schon getrunken hatte, was sie ihm anziehen sollten. Nichts an diesen Fragen war leicht und fluffig. Alles war nacktes Überleben.

Bei Clara hatte sie wenigstens Zeit gehabt, sich wirklich daran zu gewöhnen, es war wie ein wochenlanges Bewerbungsgespräch gewesen, eine komplizierte Kennenlernphase mit sehr unsicherem Ausgang. Die Beule unter Ionas Decke kam Tine dagegen vor wie eine arrangierte Heirat. Ob man sich mochte oder nicht, würde sich erst herausstellen, wenn es längst zu spät war.

»Wie fühlt es sich an?«, fragte Tine nach einer Weile und zur Verdeutlichung malte sie mit der Hand einen großen Kreis in die Luft.

Sie hoffte, dass Iona verstand, was sie meinte, denn ihr fehlten auf einmal alle entscheidenden Worte.

Iona überlegte lange. Das angestrengte Grinsen verschwand und ihr Gesicht wurde weich.

»Einsam«, sagte sie schließlich.

Andere Augen

Im Traum ist er mit dem Vogel auf Augenhöhe. Der Vogel hat ein veilchenblaues Gefieder und einen rötlich schimmernden Kopf. Ansonsten sieht er aus wie ein Fischreiher. Er breitet seine Flügel aus, fliegt absichtlich mitten in eine riesige Windhose, die aus dem Nichts auftaucht und immer näher kommt. Es kann kein anderer Vogel sein als der aus der Geschichte, die sein Vater ihm schon so oft erzählt hat. Sein Vater, der in Florida lebt und den er bisher nur auf dem Bildschirm gesehen hat.

Er steht auf, zieht sich an und geht nach draußen. Er geht an dem großen Garten hinter dem Kuhstall vorbei und pflückt, umständlich durch den Zaun hindurch, eine Schwertlilie für Clara. Sie ist die Einzige, die noch blüht, eine trotzige Spätzünderin und eine enorme Unwahrscheinlichkeit mitten in der Wüste, die sie umgibt. Irgendjemand muss sie heimlich gegossen haben. Ihr tiefes Violett sieht liturgisch aus, *fastenzeitlila* nennt Tine diese Farbe. Samu befestigt die Schwertlilie am Lederriemen der Rolleiflex, die um seinen Hals hängt wie ein übergewichtiger Kettenanhänger.

Er hat die Kamera im Keller gefunden, den seine Mutter kürzlich ausgeräumt hat, jetzt erst, nach all den Jahren, in denen sie sich verhielt wie eine Touristin, die klaglos ein ungemütliches Hotel hinnimmt, obwohl Tuulikki ihr das Haus längst offiziell überschrieben hatte. Iona war da, aber sie schwebte. Sie hinterließ keine Spuren. Tine machte das wahnsinnig. Sie empfand es als Angriff auf ihre Verabredung, es machte ihr Angst, weil es verdeutlichte, wie sehr Iona innerlich noch immer bereit war, jeden Moment abzureisen. Ihre Angst war unbegründet. Iona blieb.

Die Schweißtropfen auf Samus Nasenflügeln ballen sich zusammen und rinnen an seiner Mundfalte entlang, hinterlassen einen salzigen Gruß, bevor er sie wegwischt.

Clara sagt immer: »Für jemanden, der in einer Sauna geboren ist, verträgst du Hitze nicht besonders gut.«

Und jedes Mal antwortet Samu: »Für jemanden, der in einem Kuhstall gefunden wurde, riechst du eigentlich ganz angenehm.«

Zuhause schlüpft Clara in sein Zimmer und lässt sich dramatisch auf sein Bett fallen.

»So schlimm?«, fragt er.

»Schlimmer«, antwortet Clara, »ich habe das Kuchenbuffet aufgebaut und als ich ...«

»Du hast was? ...«

»Ich weiß. Tine dreht durch. Aber es ist *meine* Hochzeit. *Ich* mag Kuchen.«

»Na gut, aber gleich mehrere?«

»Jeder analoge Gast bringt einen mit. Statt Geschenk. Das stand auf der Einladung.«

Sie wissen beide, dass es nicht nur die vielen Kuchen sind, die Tine empören. Die Mütter verstehen absolut nicht, warum Clara unbedingt heiraten muss.

»Kann ich ein Foto von dir machen?«

»Mit diesem Ding da?«

Clara dreht sich auf die Seite, schiebt ein paar Kissen hinter sich, stützt den Kopf in den linken Ellbogen und sieht ihn herausfordernd an. Ihr Blick ähnelt dem eines römischen Senators, der auf seinem Speisesofa zu Tisch liegt und schon viel zu lange auf den nächsten Gang wartet.

Samu hebt die Rolleiflex, hält sie auf Claras Gesicht und drückt auf den größten Knopf, den er finden kann. Er befürchtet, ihr die hohe Stirn abgeschnitten zu haben, aber jetzt ist es zu spät. Jeder bekommt nur einen Versuch.

»Ist das eine von Tahvos?«, fragt Clara, »Iona hat sie nicht entsorgt?«

»Ich habe sie gerettet. Aber bedienen kann ich sie nicht.«

»Egal«, sagt Clara.

Sie schwingt ihr langes Lackhaar hin und her und verknotet es zu einem seltsamen Vogelnest. Clara sieht kein bisschen aus wie jemand, der in einem Friseursalon arbeitet, wenn auch nicht als Friseurin, sondern als Expertin für Montaigne. Der Salon bietet neuerdings an, die Kunden während ihres Haarschnitts oder während einer langwierigen Foliensträhnchenprozedur mit philosophischen Gesprächen zu unterhalten, falls das gewünscht wird. Sehr oft wird es nicht gewünscht. Meistens muss Clara den Saugroboter entleeren oder Kopfhautmassagen anbieten und dabei über das Wetter reden, als gäbe es noch irgendetwas Neues über das Wetter zu sagen, als sprächen nicht sowieso schon alle tagsüber und in ihren Träumen über nichts anderes mehr.

Samu begleitet Clara nach unten.

»Wo bleibt ihr denn?«, fragt Tine.

Aus dem Wohnzimmer braust eine Welle aus Gelächter heran, die langsam verebbt.

»Wir sind doch da«, antwortet Clara, während sie ihre Haare doch wieder aus dem Knoten befreit und sich schüttelt wie ein nasser Hund. Für mehr Zurechtmachen bleibt keine Zeit mehr.

Samu versperrt Tine den Weg.

»Ein Foto«, sagt er und fummelt an der Rolleiflex herum.

Tine reckt ihren Hals, hält die Luft an und atmet erleichtert aus, als das Klicken vorüber ist.

Im Wohnzimmer sucht Samu nach Iona, um auch von ihr ein Foto zu machen, bevor der anstrengende Teil der Feier beginnt, der Teil, in dem lange Reden gehalten und monströse Versprechungen gemacht werden sollen.

Iona lehnt an der Wand, so weit weg wie möglich von allen anderen, und Samu fotografiert sie von der Seite, im Halbschatten, ohne sie zu warnen. Sie brummt ungeduldig, aber sie verändert ihre Haltung nicht. Die Gäste fliehen vor der Mittagshitze ins kühlere Wohnzimmer, aber Samu kämpft sich gegen den Strom in die andere Richtung, ins Freie.

Im Garten begrüßt er die Überlebenden: Einer der beiden Feigenbäume ist noch da, der Rosmarinstrauch, das syrische Brandkraut und ein paar vereinzelte erblondete Grasflicken. Er erinnert sich an den Sommer, in dem er sich vornahm, seiner Mutter alle Namen beizubringen, die sie so stolz war nicht zu kennen. Iona hatte es immer sehr großstädtisch von sich gefunden, täglich kilometerweit durch Wiesen und Wälder zu spazieren, ohne eine Fichte von einer Tanne unterscheiden zu können.

Ein leiser Wind zieht auf. Trockene Blätter rascheln und es klingt, als würde jemand eine Seite in einem zerlesenen Buch umblättern, ein altes Buch, das immer wieder gelesen wird, aber nie verstanden.

Samu streckt sich in alle Richtungen, fängt die Brise mit ausgebreiteten Armen und schließt die Augen. Aus dem Wohnzimmer ertönt Applaus. Etwas trifft ihn von hinten am Rücken, dort wo der Schweiß sein Hemd mit seiner Haut verklebt hat. Es ist leicht und fällt ihm vor die Füße, als der Wind wieder verebbt.

Er hebt es auf und wundert sich. Es muss während Ionas Aufräumarbeiten aus einer der unzählbaren Kisten gefallen sein, denn dass seine Mutter es absichtlich aufgehoben hat, kann er sich kaum vorstellen. Es ist ein Bild von seinem Großvater, aber nicht eins der vielen Tausenden, die er aufgenommen hat, sondern eins, das seinen Großvater *zeigt*.

Samu steckt das Bild in die Hosentasche, in die es nicht richtig hineinpasst. Er hat plötzlich schrecklichen Durst, aber um in die Küche zu gelangen, müsste er die Hochzeitsgesellschaft und ihre Ansprachen durchqueren. Erst wenn der offizielle Teil beendet ist, will er wieder dazustoßen und den restlichen Film verschießen. Er nimmt die Kamera ab und hängt sie an den Feigenbaum.

Sein Blick wandert an der Hauswand entlang, panisch fast, wie ein fliehender Gecko, seine Zunge wie Sandpapier. Er hat Glück. Das Fenster zum Bad steht offen. Nach einem kräftigen Klimmzug und einer weniger eleganten Vorwärtsrolle liegt er auf den kühlen Fliesen und seufzt erleichtert. Noch hat keine Behörde gemerkt, dass auch aus diesem Hahn Trinkwasser fließt, was eigentlich nur an einer Stelle pro Haushalt erlaubt ist.

Als sein Durst gestillt ist, sieht er in den Spiegel. Er sucht nach Ähnlichkeiten. Nach dem unheimlichen Grün seiner Großmutter, nach Ionas brennendem Blau, er vergleicht seine eigene mit der goldbraunen Iris seines Vaters. Er sucht lange, aber er findet nichts. Seine Augen gehören nur ihm.

Mein Dank gilt allen bei Nautilus, meiner Agentin Elisabeth Botros, Josephine Links, Christine Kolberg, Karolina Mottram und ganz besonders meinem Mann Georg.